140

新知
文库

XINZHI

Who Was Dracula? :
Bram Stoker's
Trail of Blood

WHO WAS DRACULA?: BRAM STOKER'S TRAIL OF BLOOD

by JIM STEINMEYER © TarcherPerigee 2013

All rights reserved including the right of reproduction in whole or in part in any form.

This edition published by arrangement with TarcherPerigee an imprint of Penguin Publishing Group, a division of Penguin Random House LLC.

谁是德古拉

吸血鬼小说的人物原型

[英]吉姆·斯坦迈耶 著　刘芳 译

生活·讀書·新知 三联书店

Simplified Chinese Copyright © 2021 by SDX Joint Publishing Company.
All Rights Reserved.

本作品简体中文版权由生活·读书·新知三联书店所有。
未经许可，不得翻印。

图书在版编目（CIP）数据

谁是德古拉：吸血鬼小说的人物原型／（英）吉姆·斯坦迈耶著；刘芳译．—北京：生活·读书·新知三联书店，2021.4
（新知文库）
ISBN 978 – 7 – 108 – 07046 – 3

Ⅰ.①谁…　Ⅱ.①吉…②刘…　Ⅲ.①人物形象–小说研究–世界　Ⅳ.①I106.4

中国版本图书馆 CIP 数据核字（2021）第 005718 号

责任编辑　徐国强
装帧设计　陆智昌　康　健
责任校对　龚黔兰
责任印制　徐　方
出版发行　生活·讀書·新知三联书店
　　　　　（北京市东城区美术馆东街 22 号 100010）
网　　址　www.sdxjpc.com
图　　字　01-2020-7006
经　　销　新华书店
印　　刷　三河市天润建兴印务有限公司
版　　次　2021 年 4 月北京第 1 版
　　　　　2021 年 4 月北京第 1 次印刷
开　　本　635 毫米×965 毫米　1/16　印张 18
字　　数　211 千字　图 26 幅
印　　数　0,001 – 7,000 册
定　　价　48.00 元

（印装查询：01064002715；邮购查询：01084010542）

新知文库

出版说明

在今天三联书店的前身——生活书店、读书出版社和新知书店的出版史上，介绍新知识和新观念的图书曾占有很大比重。熟悉三联的读者也都会记得，20世纪80年代后期，我们曾以"新知文库"的名义，出版过一批译介西方现代人文社会科学知识的图书。今年是生活·读书·新知三联书店恢复独立建制20周年，我们再次推出"新知文库"，正是为了接续这一传统。

近半个世纪以来，无论在自然科学方面，还是在人文社会科学方面，知识都在以前所未有的速度更新。涉及自然环境、社会文化等领域的新发现、新探索和新成果层出不穷，并以同样前所未有的深度和广度影响人类的社会和生活。了解这种知识成果的内容，思考其与我们生活的关系，固然是明了社会变迁趋势的必需，但更为重要的，乃是通过知识演进的背景和过程，领悟和体会隐藏其中的理性精神和科学规律。

"新知文库"拟选编一些介绍人文社会科学和自然科学新知识及其如何被发现和传播的图书，陆续出版。希望读者能在愉悦的阅读中获取新知，开阔视野，启迪思维，激发好奇心和想象力。

生活·讀書·新知三联书店
2006年3月

向奥森·威尔斯（Orson Welles）致意，
是他首先告诉我："你知道的，那就是欧文！"
他一定会喜欢这个故事的。

如果你想要一个欢喜的结局，
记住，那无疑取决于你让故事在何处打住。
——奥森·威尔斯

目 录

导　言	1
序曲　"吾血之血"	6
第一章　恶魔,"以意想不到的方式"	9
第二章　男孩,"生而羞涩"	22
第三章　首席女演员,"只用真正的鲜花"	37
第四章　业务经理,"令人不快的事情"	53
第五章　吸血鬼,"我是德古拉"	68
第六章　总督,"恶魔般的狂怒"	86
第七章　小说家,"糟透了"	104
第八章　谋杀犯,"病态的迷恋"	118
第九章　嫌疑人,"知名人士"	133
第十章　演员,"卑贱的恐怖,冷酷的幽默"	146
第十一章　诗人,"永恒而甜美的死亡"	162
第十二章　剧作家,"他的罪恶之谜"	180
第十三章　被告,"可怕的和非法的"	196

第十四章	陌生人,"在这里,我是贵族"	213
第十五章	朋友,"交到您手中,哦,上帝啊"	226
第十六章	传奇,"流芳百世"	239

致谢和出处　　　　　　　　　　　　　　　　　　257

导　言

可怜堪叹，布拉姆·斯托克（Bram Stoker）！

他是那些能够幸运地创造出比他自身更神秘、更有意思的人物形象的作家之一，他也为此付出了代价。一代又一代的文学评论家、传记作家和心理分析学家对他进行了解剖、分析，试图从他身上找到他创造出的吸血鬼形象的痕迹。作为一个彻头彻尾的爱尔兰人、一个谨小慎微的维多利亚人，在近三十年的时间里，布拉姆·斯托克先是在伦敦的兰心剧院（Lyceum Theatre）工作，之后他又默默地服务于伦敦的一流演员亨利·欧文（Henry Irving）。当然，布拉姆·斯托克极为胜任这个职位。

在晚年，布拉姆·斯托克写了一部厚厚的小说，名叫《德古拉》（Dracula），这部作品得到了其同事惊人的反响以及一些批评家些微的赞赏。斯托克可能猜想到，这应是他最好的作品了，但他无论如何也料想不到"德古拉"会成为一种现象。正如他的曾侄孙、小说家达科尔·斯托克（Dacre Stoker）所写的："布拉姆肯定会惊讶于他所创造的吸血鬼形象启发了如此多的作品，包括书籍、电影、电视剧、漫画等。"在20世纪中期，这位吸血鬼似乎已经成为每个预算紧张的电影制片人的守护神。但尽管如此，奇怪的是，德古拉依旧保有他光彩夺目的声名，继续启发着娱乐界的一些重要人物，如奥森·威尔森、罗曼·波兰斯基（Roman Polanski）和弗朗西斯·福特·科波拉（Francis Ford Coppola）。德古拉是小说作品中最伟大、最为人熟知、最受欢迎的人物之一，他以一种超自然的力量在每一种媒体中闪现，令人肃然起敬，并一直吸引着受众。

与此同时，德古拉的多姿多彩也反衬了作家斯托克的了无生趣。不满足的评论界于是开始在想象中重塑作家，或者按照各自时代的潮流把作家重新装扮起来。至于创作吸血鬼的原因，布拉姆·斯托克一直被重重的猜测包围：心理动机、肉体欲望还是文学上的复仇？令人恼火的是，德古拉仿佛竭力在抗拒被解读，某种从心理学层面对小说的诠释，甚至都没提到作家本人。

《德古拉》是我读过的第一部成人小说。在公共图书馆的成人区，它又大又厚，里面没有一张图片。我8岁的时候，一位名叫艾登的同学滔滔不绝地谈论了这部小说中发生在城堡里的可怕事件和德古拉戏剧般被处决的场景。"他们砍掉了他的头！"在那个时候，经典的恐怖电影只会在深夜的电视节目中偶然出现，而这部小说是一个例外。我把它从图书馆借出，吃力地读着。将近400页令人生畏的灰色文本，以及维多利亚时期的伦敦和海滨小镇惠特比（Whitby），对一个四年级的孩子来说是一个很大的挑战。当我最终读完这本书后，布拉姆·斯托克那种凄惨的恐怖中又掺杂上了我的自以为是。我试图去和艾登谈论这本书，但他却皱了皱鼻子。"什么？我没看那部分，"他说，"我只看了开头和结尾。"

后来我意识到，大部分读者都只是读了"开头和结尾"。《德古拉》已经流行了近一个世纪，尽管经历了诸多的简化——或许也正是由于这些简化,它才得以流传至今。我们都知道位于特兰西瓦尼亚(Transylvania)的城堡以及那些刺入心脏的木桩,其他的则要靠我们去自行想象。一般来说,我们所了解的都是剧院制作人和电影编剧大刀阔斧改造过的德古拉。

伦敦西区、百老汇和好莱坞蜂拥而至,但他们似乎认为这个故事里充满了太多奇特的场景和事件——德古拉做晚餐和洗餐具的城堡、他在窗户和墙壁间出没、对淫荡的吸血鬼新娘们进行攻击、德古拉在伦敦的多处寓所、吸血鬼猎人们聚集在精神病院、吸血鬼衣冠楚楚的日间着装,以及结尾处半是西部牛仔式半是吉卜赛式的大篷车追击。

所以他们干脆省略了这些。

他们还认为这部小说中充斥了太多的人物和情节的转折——一个年轻貌美的吸血鬼受害者反而变成了吸血鬼淫荡的帮凶,对孩子的恐吓;斯托克招牌式的吸血鬼猎人,包括一个古板的英国贵族和一个善良的得克萨斯州老牛仔,他们返回特兰西瓦尼亚杀掉了德古拉的三个妻子,并净化了他的下一个新娘。

他们把这些全都从故事里删掉,进而专注于少数几个人物。

在20世纪的大部分时间里,这种做法催生了一种失去了獠牙的吸血鬼的故事。在德古拉的众多化身中,穿着30年代燕尾服的人们或是围立在沙发边,或是在床边忧郁地商议,趁女主角入睡时给她戴上大蒜。法式拱门提供了必要的恐惧,当然还有扇着翅膀不时出没的蝙蝠,这种吸血鬼就像穿着长斗篷的拉丁情人。

对布拉姆·斯托克而言,他的故事或许正是关于"开头和结尾"的。

我们现在了解到,自1890年开始,至1897年小说最终发表期间，斯托克一直一丝不苟地整合着他的小说。1890年，在他最早开始为吸血鬼小说搜集素材时，他正在伦敦的兰心剧院工作。同当时处于巅峰的剧院一样，斯托克也是风头正盛。一批社会名流在观看了亨利·欧文举世瞩目的表演后，大部分人留下来享用了欧文和斯托克在兰心剧院久负盛名的私人俱乐部——牛排屋（Beefsteak Room）——筹备的精致晚餐。在晚宴上，以神秘著称的记者亨利·斯坦利（Henry Stanley）声音低沉地讲述了非洲的帝国主义，旅行家万贝里（Arminius Vambery）描绘了生活在巴尔干地区怪异又奇妙的人们，冒险家兼翻译家理查德·波顿（Richard Burton）就他的中东之旅为听众编织出许多奇特的画面。这些谈话为布拉姆·斯托克提供了大量的素材，并且点燃了他的想象之火。那些故事很生动，但讲故事的人比故事更加精彩。

欧文爵士的戏剧性和晚宴上的宾客们对斯托克的小说创作产生了重要的影响，他们鲜明的特性从历史学角度和人物形象方面直接作用于他的吸血鬼小说。当他创作特兰西瓦尼亚的德古拉时——这个极其傲慢、想要掌控一切、被一群淫荡的情人包围着并且极度渴望鲜血的德古拉——这对古老的哥特小说范式绝对是一个全新的扭转。

1896年，《德古拉》将近完成期间，兰心剧院开始慢慢走下坡路，而斯托克的许多朋友也开始不同程度地陷入困境，丑闻缠身。与此同时，小说中的吸血鬼也在节节败退，原本令人恐惧的强大的德古拉被驱逐出伦敦，像动物一样被人追捕。这似乎是斯托克对其诸多同行彼时的绝望困境以及他们在社会上令人敬畏的神秘影响力逐渐丧失的艺术化描写。

在整理笔记的某个时刻，布拉姆·斯托克在一部关于东欧的作品中发现了一个15世纪的瓦拉几亚（Wallachian）总督，他的名字叫德古拉。在那个时候，这正是他想要的名字。他把这个名字写进了故事大纲（他原本打算使用"吸血鬼伯爵"），并用它命名了这部小说，他原本打算将其命名为《不死之身》(*The Undead*)。

弗拉德·泰佩什（Vlad Tepes），又名德古拉，从此成为文学作品中能瞬间吸引注意力的最伟大形象之一，这是一个隐藏在恐怖之后的真正的谜题。几十年来，斯托克仔细研究了这个残忍的总督并隐瞒了他的出处，仿佛一个针对欧洲历史迷的奇妙的笑话。但事情的真相更出人意表，德古拉这个名字其实是斯托克非常幸运地随便选出的。历史上真实的弗拉德肯定会让斯托克震惊的，因为他对此简直是一无所知。

对斯托克这部小说的魅力有一个简单的解释：因为它诞生于布拉姆·斯托克一生中的黄金时期，当时的他身处一群卓越的人物之间。斯托克明显受到维多利亚时期伦敦的友人及他旅美期间结识的性格各异的朋友的影响。我相信对他的《德古拉》启发最大的有以下四个人物：热情洋溢的诗人惠特曼、以堕落的"悖德"观念著称的作家王尔德、演绎过众多经典人物的演员亨利·欧文以及恐怖莫测的"开膛手杰克"。

令人吃惊的是，斯托克认识上述这些人物，甚至包括那个可能是真身的"开膛手杰克"。他们不仅在他的写作生涯中起到重要的作用，在他的私人生活中亦是举足轻重。几十年来，无数的学者、评论家纷纷推测，这些知名人士是否栖身于这部伟大的吸血鬼小说中。

如果不是的话，那就太不同寻常了。

吉姆·斯坦迈耶

序曲
"吾血之血"

对于那些从来没有读过这部小说但通过电影或道听途说过大部分恐怖的细节比如狼群、蝙蝠、刺穿心脏的木桩等的人,德古拉的形象依旧充满了惊奇。

实事求是地说,《德古拉》并不是一部伟大的小说,至今它仍因充斥其中的大量令人难以置信的事件、匪夷所思的巧合和性格过火的人物形象而被人诟病。在众所周知的特兰西瓦尼亚的冒险和德古拉的门徒之一出现在伦敦公墓后,整部小说的节奏开始变缓。作品中接下来出现了大量维多利亚式的说教,主要来自善良的米娜·哈克(Mina Harker)和她勇敢顽强的新婚丈夫乔纳森·哈克(Jonathan Harker),后者一直在不屈不挠地追击着德古拉。睿智的荷兰教授亚伯拉罕·范海辛(Abraham Van Helsing)决意填补自己关于不死之身研究的空白,吸血鬼猎人们密切关注着不动产交易、送货工人和打印的日志抄本。原本充斥着卖弄风情和下流抚摸的勾引消失了,甚至连德古拉本人也只是偶尔出现,似乎要消失一样。现代读者开始疑惑贝拉·卢戈西(Bela Lugosi)怎么会因此成名,为什么这个古怪又笨拙的侦探故事会被传颂至今。

接下来，小说在四分之三的地方描写了发生在精神病院的一场谋杀。原本痴迷于生死的精神病人伦菲尔德（Renfield）现在献身于他神秘的新"主人"德古拉，他被发现时身边有一颗破碎的头骨。在精神崩溃发疯而死之前，伦菲尔德供认：德古拉夜里秘密地去探访了米娜。而正是这点，使我们的读者开始起疑。

吸血鬼猎人飞奔到米娜和乔纳森的房间，猛烈地敲开房门，但他们还是来晚了。

乔纳森·哈克，米娜的新婚丈夫，躺在床上，呼吸沉重，昏迷不醒。

米娜跪在床上，她白色的睡裙上血迹斑斑。一个穿着黑衣服的高瘦男人抓着她的后颈，把她的脸紧贴在乔纳森的胸膛上，"强迫她埋首于他的怀中"。德古拉划破乔纳森胸膛上的血管，强迫米娜喝下他的血，"就如同一个孩子把小猫的鼻子按到牛奶碗里强迫它喝牛奶一样"。

之后，米娜讲述了吸血鬼如何闯进房间，刺伤乔纳森，把他留在那等死，并咆哮着威胁追捕他的那些人。"还有你，他们最喜欢的你，现在你是我的肉中肉、血中血，我族人中的至亲。"德古拉对米娜说，"之前你曾帮助他们来对付我，现在你将听从我的命令。"德古拉撕开乔纳森的衬衫，用一根长长的指甲划破血管，把米娜的脸压下来，强迫她喝他的血。

这幕场景形成了全书情感上的高潮。读者最熟悉的是吸血鬼"咬在颈上"式的攻击，但斯托克的设计却与众不同。米娜被迫喝下鲜血的场景完全出人意料，令人毛骨悚然。它使故事停滞在冰冷的恐惧中，令在场的人不寒而栗，仿佛他们被德古拉那双"燃烧着邪恶激情的红色眼睛"盯住一样。他们高举带有耶稣像的十字架，恢复神智，驱走德古拉。

在这种奇异恐惧的重压下，这部古板的维多利亚小说似乎土崩瓦解了，但它随即又挣扎着重返正途，并最终战胜了德古拉这场极富争议的攻击。

布拉姆·斯托克以一种令人寒毛直竖、充满性张力的笔触构建出这幅场景，来重复一场婚姻、一次强暴、一场渎神的仪式。它为我们讲了一个另类的吸血鬼故事，并对他们的危险性做出不同性质的暗示。

米娜是被她的软弱和"不洁"的命运摧毁的。这个故事由少量的暴力场景相关联，且场景间的转换极其突兀。睿智的教授声明他们已经没有足够的时间来驱逐德古拉，而米娜唯一存活的机会取决于她能否净化德古拉邪恶的力量。最后的追击郑重地拉开了帷幕，诱使着我们直至故事的结局：在特兰西瓦尼亚，德古拉最终没能逃出死神的铁掌。

自小说1897年发表一百多年来，《德古拉》始终以更多的内涵、更黑暗的意象、更多隐藏的意蕴吸引着观众。特兰西瓦尼亚的民间故事和不死之身的传说为这部维多利亚小说提供了一个舒适的框架，但诡计多端的吸血鬼德古拉却在这个框架中自行其是。他拒绝老老实实地待在故事里，反而给故事添加了出人意料、充满肉欲的逆转。布拉姆·斯托克的这部小说即使不是一部伟大的文学作品，也将永远是一个伟大的故事，一个从真正的英雄、恶棍、高潮迭起的戏剧和充满戏剧性的悲剧中汲取而来的可怕旋涡。《德古拉》中的噩梦一经付印，迅速被全世界的人铭记。

第一章
恶魔，"以意想不到的方式"

伦敦最久负盛名的兰心剧院变成了一个实验室。

最主要的科学家，同时也是英国知名演员的亨利·欧文（Henry Irving）在1885年12月进行了这场对他来说意义深远的实验。欧文在空荡荡的座椅间踱来踱去，他瘦削的个子、憔悴的面孔和独特的步态使人能将他从黑暗中辨识出来。他偶尔会停下来，扭头去看舞台上的表演，或冲着灯光里数百个挤在一块的演员咆哮几句。然后跌坐到装有软垫的椅子里，手臂在脑后交叉，不耐烦地抖着脚，看人们调整煤气灯上的彩色滤镜，或一排穿衬衣的人动静很大地挪开舞台上一面教堂的墙壁或者整个花园别墅。

兰心剧院最新的成果，虽然缓慢，却惊人地在舞台上初具雏形，它是歌德最著名的关于魔鬼交易的故事《浮士德》（Faust）。"他在每个细节上都要求精确，"著名的美国演员埃德温·布斯（Edwin Booth）在同欧文合作表演了《奥赛罗》（Othello）后这样评价他，"而且总是力求完美。你可以想象每一幕都要达到完美是多么不容易。"公众也熟知欧文的古怪脾气，总是把他看作像福尔摩斯、哈姆雷特和理查三世一样的人。他同时也是扮演傲慢、自命不凡的人物方面的专家，所有的伦敦人都在期盼他所饰演的梅菲斯特。兰心剧院成百的演员和工作人员都对他精湛的表演艺术肃然起敬，仿佛整场表演都已经装到这位"统治者"（The Governor）的脑子里一样，他的同事都这么尊敬地称呼他。现在，身处空荡荡的剧院中，欧文的视线停在那群本应为每场表演带来魔法的演员和舞台工作人员身上。随着时间的流逝，他或是同那些总在他身后打转的设计师和助手小声谈论着某些难题，或是对舞台上的演员吼来吼去。就这样，亨利·欧文看着他的《浮士德》一点点组合成形。

通常情况下，兰心剧院每出新戏的排演要花六到八周的时间，每天至少四到五个小时。之后一些小的场景就可以在日常表演结束之后的深夜到凌晨期间慢慢布置。所有的场景布置完成之后，就意味着新戏上演。但在此之前的一个星期，当"统治者"主管一切时，对这个剧组的人来说，那将是没完没了的工作。这个过程令人头昏脑涨、筋疲力尽，令人几乎忘掉外面的真实世界。黑暗的剧院中，似乎已经失去了时间的概念。只有当外面的门被粗鲁地推开，才会暂时破坏这场幻梦。突如其来的新鲜冷空气和冬日里的阳光昭示着兰心剧院并不是一片死寂的墓地，而只是在舞台上创造着神奇的画面和纯粹的艺术。

在这样的过程中，有个人总是站在欧文的身后——或坐在后面一排，前倾着身子去回答他的问题，然后冲到办公室去发电报——这是他的业务主管。这个高个子、宽胸脯的爱尔兰人留着精心修剪的红色胡须，这总是赋予他某种特殊的莎士比亚笔下国王般的气质。作为兰心剧院的"业务经理"，他的工作内容包括掌控预算、安排日程、写信进行业务往来，并负责缓和总是被如欧文之类的明星忽略却极其必要的人际关系，以推动《浮士德》的上演。

欧文突然站起来，把眼前的头发撩开，盯着舞台。他对弧形玻璃滤光镜上涂的灰色、靛蓝和橄榄绿的混合颜色非常满意。他为布罗肯（Brocken）场景①预设了一种特殊的、离奇的月光，并花了好几个小时试验哪些颜色的混合可以让暗淡的黄白色煤气灯光更令人不寒而栗。"就是这种。"他自言自语地说，检视着灯光投在纸制的覆雪圆石和荒凉的山顶上黑色树木周围柔和的阴影。"斯托克？"红色胡须的男人向前走了两步，即使没有回头，欧文也知道他的业务经理就在身后，所以他继续他的问题，"我们现在有多少魔鬼和精灵？"布拉姆·斯托克看了看手里的一叠记录："是的，欧文先生，我们现在的魔鬼比计划多30个……精灵多50个……并且女巫多50个……"

"嗯……不过，"欧文用平稳的懒洋洋的戏剧腔打断他，"你好像能猜到我的想法，对不对？这需要你清除杂念，就像不停拍打着海岸的波浪一样。"布拉姆·斯托克点点头，又去看他的记录。"我会从仓库里把多余的服装调出来，可以给你总共300多套服装。"他舔舔手指，翻到字迹潦草的下一页，接着说道："我可以为这一场景提供350套服装。"欧文点头，告诉他："记着一半的服装是女巫的。"布拉姆·斯托克从背心里抽出一支短短的铅笔，记下这些鬼怪的数目。

亨利·欧文是一个国际知名的大明星。在当时的伦敦，他不仅是一个引人注目的、古怪的、黑瘦的演员，还是一个以奢华的舞台场景革新而著称的导演。维多利亚女王是他的戏迷，而且，女王在1895年授予了他骑士爵位（Knighthood）。欧文是英国历史上第一个被册封为骑士的演员。《浮士德》是他才华的一次大爆发，也

---

① 在德国布罗肯山经常有彩虹光环现象发生，于是歌德在《浮士德》中将其描述为女巫聚集的地方。在中国的峨眉山也经常出现这种现象，被人们称为"佛光"。——译者注

为伦敦的戏迷和社交界广泛期待。但奇怪的是，时至今日，欧文几乎已经被英国的通俗历史所遗忘。只有当人们谈论起维多利亚时代，他才会被当作那个时代的纪念物而提起。人们把他称为一个古怪的"演员经理"（Actor Manager），意思是他既是演员又是经理，这不同于布拉姆·斯托克那个负责剧院日常运转的"业务经理"（Acting Manager）的头衔。欧文还喜欢为演员们指定细节，并对历史上知名的重要角色（如理查三世和哈姆雷特）进行改编，来迎合他对神秘事物和鬼魂幽灵的偏好。

而布拉姆·斯托克，这个安静的红胡子的爱尔兰绅士，为维多利亚时代所铭记的除了他毕生都活在"统治者"的影子里，不知疲倦地奉献和无情地调整预算及日程外，他还是一桩英勇冒险故事的作者。他创造了迄今为止文学中最著名的人物形象之一，而且随着时间的推移，这个人物为更多的人所熟知。

《浮士德》经过了精心策划和细致准备，其中某些夺人心魄的场景肯定会让伦敦的戏迷兴奋，会让他们再次称颂欧文的天才。届时，欧文也会登上荣誉之巅，而伟大的兰心剧院也因它的"三巨头"而名声大振。"三巨头"便是作为明星、制片人兼创作主力的欧文，负责剧场运转的布拉姆·斯托克以及舞台经理 H. J. 拉夫乔伊（H. J. Lovejoy），后者也是伦敦表演界的熟面孔，他监督着每一出戏剧。这个成功的公式还有第四个因素，那就是艾伦·特丽（Ellen Terry），这个聪明的金发女演员在欧文的许多戏剧里担任女主角，她的表演被很多观众认为是兰心剧院的魅力之一。当剧中的欧文孤僻、郁闷时，她天真无邪；当他神神秘秘、心绪不宁时，她则美丽善良。她有很多戏迷，尤其是那些才华横溢且见多识广的戏迷，比如乔治·萧伯纳和奥斯卡·王尔德——他们通常对亨利·欧文的品位嗤之以鼻。在欧文的婚姻结束之后，特丽成了他私人生活中名副其实的"女主角"。

亨利·欧文酝酿《浮士德》，首先是请一位爱尔兰剧作家W. G. 威尔斯（W. G. Wills）将歌德的著名诗篇按他的要求改成一出戏剧。剧本后来成了对原著中故事的拼凑，玛格丽特成了一个单纯、善良、无辜的角色，浮士德的形象被弱化为一个乏味的学者，而梅菲斯特——欧文本人极为中意的角色——成为一个耀眼的邪恶中心。他被预设为一个高而瘦的恶魔，走路略显跛脚，咆哮时有些口齿不清。这个角色抢了整出戏剧的风头。

1885 年夏，欧文带着一队合伙人和设计者来到德国纽伦堡。他们专门到此研究当地的风土人情，挑选戏服的布料，购买道具和小摆设。在这次研究之旅中，欧文认为附近的罗滕贝格（Rothenberg）是与故事最合宜的地方。他发电报让他的首席舞台艺术指导霍斯·克雷文（Hawes Craven）从伦敦赶过来，勾勒罗滕贝格广场、街道和乡村的草图，以便他们能够在兰心剧院的舞台上将之再现。

这是截至当时欧文投入最昂贵的一出戏剧，但他决心创造一部"如绘画般优美"的作品，于是对每一个细节反复检查，以求尽善尽美。作为一出戏剧，而不是歌剧，按照维多利亚时代音乐剧的传统，《浮士德》所有场景的配乐都由一支人数庞大的管弦乐队完成。舞台布景和服装方面也都经过了精心准备，力求真实地再现中世纪的德国风貌。

按照既定计划，欧文决定在兰心剧院增设一架管风琴来完成教堂那一幕中神圣的音乐，而终章配乐的隆隆声则由新购置的一组大钟来完成。用来装轰击球的木制水槽被安装到后台的一面墙上，轰击球沿着"之"字形水槽滚下的声音便成了从天际传来的惊雷。舞台下特制的蒸汽锅炉可以为梅菲斯特的出场制造出神秘的迷雾。

接下来要解决的是特效的问题。在第一场中，当浮士德用血去签恶魔的契约时，浮士德和梅菲斯特都应朝那本巨大的书俯下身去，书页随之开始发出可怕的光芒，照亮他们的身影。为了达到这种效果，工作人员在书中藏了一堆电池和灯泡。同理，欧文在梅菲斯特兜帽的边缘也安装了一排小电灯泡，把干电池藏到了红色的斗篷里。即使是在最黑暗的场景中，这些灯泡也能让梅菲斯特的脸发出令人毛骨悚然的神秘的光。

但整出戏剧中最费心思的当数瓦伦丁和浮士德决斗的那场。梅菲斯特在远处指挥着决斗。当两个人执剑扑向对方时，恶魔的魔法在剑声交击中迸发出蓝色的火花。这种神奇的效果全赖安装在舞台地板上的小金属片，它们各自都连着50节格罗夫电池。当演员们的鞋跟接触到这些金属片，电流就会沿着服装里的电线到达同样饰有小金属片的橡胶手套上。手套上的金属片又接触到剑身，因此，只要演员们站在这些小金属片上，火花就会在两把剑之间闪烁不断。

这套精妙的设备是由托马斯·爱迪生的一位同事，同时也是他在欧洲的经纪人高洛德（Gourand）上校设计的。在首演之夜，扮演瓦伦丁的演员由于紧张，忘记了这里面的机关，而拿剑的位置又不对，于是被90伏的电压狠狠地惊吓到了。

兰心剧院虽然早已配备了电灯，但欧文在职业生涯中除非要展现某些不同寻常的特效，从未在舞台上使用过它们。他总是认为电灯的灯光在舞台上显得太冰冷、太过约束，难以捉摸，而且它们总是给演员投上一种难看的紫色。因此，欧文关于化妆和幕布颜色的种种实验一直都是由煤气灯来完成，它们的灯光则是柔和的金色。

艾伦·特丽对兰心剧院的灯光也是赞不绝口。开幕时，舞台前灯发出或反射到整个舞台上耀眼的光芒，随着指令将舞台上的场景——展现出来。那种灯光,特丽回忆道:"非常浓厚,又极其温柔,带有些可爱的斑点和微尘,就像大自然中的光一样。"实际上,这种舞台前灯的光芒为剧院闷热的空气添加了一层波浪起伏般的光感,仿佛一面将观众同剧场魔法隔开的透明的墙,同时也让剧院中的一切显得愈发神秘。

欧文的成功还需要最后一个重要的因素——石灰灯。这种灯在欧文刚入行时才被发明出来,好像预测到他对成为公众焦点这一极为自私的需要一样。石灰光的光,是压缩石灰在氧气和氢气中燃烧之后产生的。这种灯光最初时的耀眼,伴随着燃烧的爆裂声,到最后咝咝的余烬,都极其符合在舞台上趾高气扬、高视阔步的梅菲斯特。这可能是欧文对传统的维多利亚戏剧最为"摩登"的贡献。当然,欧文其他的贡献还包括音乐剧(由于伴奏音乐而形成的过于紧张的情感和冲突)、轰动的场面(足以让人口干舌燥的奢华的不可思议的场面),还有历史性的场景(里面充斥着对品位和审美的挥霍,却总是忽视历史的真实性)。《浮士德》因此鹤立鸡群,熠熠生辉。但首演当晚的结果表明,它变成了一场关于审美的展览。而正是由于这种本末倒置,使得许多诸如此类的戏剧在不到百年的时光中慢慢湮灭了。

布拉姆·斯托克的首要工作是支持欧文所有的计划,同时巧妙地迎合欧文的喜好。他后来回忆起一位曾在首映夜到过后台的艺术家,这个艺术家注意到几乎每个员工都对欧文和他们的工作怀有一种无畏的奉献感。这位艺术家告诉斯托克:"我宁可舍弃世界上所有的东西,来换取欧文所得到的那种崇敬。"斯托克后来常常想起这句话,忽然意识到,这种对欧文盲目而无私的信任与奉献是他工作的主要部分。

但他同时还肩负着确保剧院高效运转、戏剧创作与平衡预算的工作。从这个方面来说,《浮士德》的种种筹划总是让这位业务经理战战兢兢。在 12 月 19 日的首映夜之前,斯托克接连好几个晚上看那些工作人员为布罗肯那一幕忙碌,他开始变得忧心忡忡起来。

斯托克后来又看了布罗肯那一幕的部分彩排。虽然这部分的中心依旧是梅菲斯特,但欧文却像没事人一样,这已成为他的风格,他坐在剧院里,专横地给出指令。他向来认为彩排是为除他之外的所有人准备的。

斯托克默默看着这有秩序的喧闹长达十分钟。在洒满月光的山顶上,成百个临时演员按照指挥尖叫、跳跃,在舞台上跑来跑去、不停地叽叽喳喳。"大部分的配角和主角都穿上了戏服,"斯托克后来写道,"极为精彩的场面,充满了匪夷所思的想象、光怪陆离的灯光和同心协力的豪情。所有这些奔跑、这些头昏脑涨、这些洪水般的得意扬扬都带有一股放荡恣肆般的恶魔味道。""但是,"斯托克用一种谨慎的笔触总结道,"这一切都显得冰冷而不真实。"

太阳升起后,彩排停止了。斯托克和欧文走到后者的化妆间去享用他们的三明治早餐。斯托克小心翼翼地表明了自己的意见,他深沉的男中音几乎成了耳语。"毕竟,这出戏也可能并不像我们长久以来所期待的那样,能牢牢地吸引公众——我们一直以为定然如此。我们是否应该悄悄地做好第二手准备?这样也可以迅速恢复元气,因为万一……"

欧文认真听着,他从未想过他的业务经理会有这种顾虑。然后,他慢慢摇了摇头。

我觉得你今晚的判断有失公允。你的观点主要来自布罗肯这一幕,多少有些以偏概全。如果只就今晚的彩排来说,你是对的,但你还没看到我的戏服。除非所有的东西都到位了,否则我不会去试穿那套戏服的,不过到时你就会看到。我故意把周边所有的颜色都设计成灰绿色,这样当我猩红色的袍子在其间穿行时——别忘了我们还有特殊的灯光——这将是令人终生难忘的画面。

说到这里时,欧文已经从椅子里站了起来,他夸张的神态为其话语增加了不少力量,睁大的眼睛则昭示着不可遏制的激动。

的确,虽然意识不到,但我知道我是对的。你还会看到身着白裙的艾伦·特丽,而她美丽喉咙上的伤口将给那个夜晚带来怎样的混乱和骚动!

布罗肯一幕绝对是《浮士德》中一次勇敢,甚至可以说鲁莽的改编。其实对整出戏剧来说,这一幕是毫无必要的。它没有任何对话,对剧情发展也没有任何推动作用。这一幕只是纯粹的、毫无依据的场景展示,在光怪陆离的幻想中展现魔鬼的力量。它是一项无比疯狂之举,将欧文的审美趣味和不世天才不带任何掩饰地直接呈现给观众。

事实证明,欧文绝对正确。梅菲斯特猩红色的服装对当时的戏剧界来说绝对是耳目一新:在1885年之前,魔鬼一向是穿黑色和红色的。欧文扮演的梅菲斯特迅速得到流行文化的认可。

几天之后,1885年12月19日,斯托克站在剧场后排,同首映夜的观众一同欣赏了这出戏剧。

第三幕刚结束,梅菲斯特同玛格丽特在大教堂对质。他恶毒地告诉玛格丽特她已经是一个堕落的女人,而且要为她母亲和哥哥的死负责。玛格丽特颤抖着蜷缩在圆顶拱门之下,而梅菲斯特继续咆哮着，称她将亲手杀死自己的孩子。就在这时，舞台上的灯光突然发生变化。教堂内部漆黑一片，观众只能看到灯光下梅菲斯特黑色的身影走下台阶，一瘸一拐地大步穿过城市广场。音乐声越来越强，幕布忽然落下，一切戛然而止。

在短暂的幕间休息后，第四幕开始。幕布拉开，观众看到的是布罗肯山被白雪覆盖的顶峰。舞台上空荡荡的。山上一块高高突出的岩石位于观众的左侧，后面是松树的影子，月亮从云层中发出微弱的光。

管风琴发出诱人的声响，预示着人物的出场。观众随着音乐听到了一阵神秘的吵闹声、呻吟声，仿佛某种鬼怪的合唱。欧文在舞台下面安排了四十多名歌手。突然，石头裂开。一身红色的梅菲斯特出现，牵引着穿黑袍的浮士德，走到了山顶。天边不时有闪电，这是明亮的化学焰火的效果，它们在舞台的两侧燃烧着，将浮华炫目的光影投射到岩石上面。

当两位主人公到达山顶时，舞台上突然出现了一群女巫，然后是一群猫头鹰，它们的翅膀在苍白的月亮上投下漆黑的影子，幻境继续。"奇特的无名生物、妖怪、半人半兽、叽叽喳喳的魔鬼和有翼的精灵挤在山顶，尖叫，哀号，怪腔怪调地唱着死亡颂歌。"

梅菲斯特在岩石上坐下，仿佛坐在空荡荡的宝座上，神秘的火花在他身边跳跃。女巫们接二连三地围了过去，簇拥着他，舞台上充满了呻吟和尖叫。梅菲斯特像个国王般看着恶魔的狂欢迅速变成一场嘈杂的庆典——震耳的咆哮、古怪的舞蹈，灰绿色的女巫在空中不停地旋转。当梅菲斯特终于站起来加入狂欢时，红色的火焰和迷雾蔓延开，仿佛整个山顶都陷入了火海。

突然，舞蹈停止了——几百个鬼怪猛地停住，然后融进舞台边缘的黑暗之中。回过神的浮士德转过脸，惊骇万分。他目不转睛地盯着后方，那里出现了穿着白袍的玛格丽特的幻影，一个血淋淋的伤口出现在她的喉咙上，石灰灯令她在昏暗的天际耀眼无比。梅菲斯特迅速做了个手势，玛格丽特消失了，舞台上又只剩下了他和浮士德。

观众席上只有沉默的喘气声。恶魔在阴暗冰冷的灯光中大步向前，直到他走到那块贫瘠岩石的最高点。然后，他戏剧般地抬起了手。雷声咆哮，管风琴尖叫，山峰再次陷入火焰般的灯光中。之前的女巫和魔鬼们重新涌到山顶，扭曲着，旋转着，围绕着他们的恶魔之王，纷纷跪在地上，形成了稠密的鬼怪之圈。闪亮的火花如同雨点一样落到舞台上——欧文让人从上方撒下一筐金色的金属箔，制造出这种红色的闪光——火光似乎掩盖了这些鬼怪，然后幕布无声无息地落下了。

下一幕是狱中的玛格丽特，她在分娩的阵痛中丧失了理智，发疯了。

作家迈克尔·布斯（Michael Booth）曾这样评价欧文的这场布罗肯：

> 就这样，这一幕结束了，它简直是舞台场景、不可遏制的力量、宏伟壮丽和无数梦魇的集合，许多评论家认为这一幕无与伦比。的确，布罗肯是19世纪戏剧史中最伟大的场景之一，同时应该也是英国戏剧舞台上同类戏剧中最为非凡的一幕。

但并不是所有的评论家都被它迷住了。很多人认为它存在太多不必要的奢侈场景，而且这一幕总是令人恼怒地联想到英国哑剧。著名的美国作家亨利·詹姆斯（Henry James），当时还兼职戏剧评论，他是兰心剧院首演之夜的常客。詹姆斯就认为这场布罗肯过于粗糙和愚蠢:"……仿佛一场无趣的恶作剧,充满了尖叫和喧闹,舞台上的灯光也失控了,而且,它与歌德的原著简直风马牛不相及。它的舞台效果简直比我们预期的还要丑陋……它表现出恐怖而廉价的构想,而且舞台上的表演没经过任何斟酌,只有大把空洞的热情。"

英国最著名的魔术师戴维·德文特(David Devant)在这部《浮士德》上演时刚刚开始他的事业;他坐在前排观看了这场"棒极了"的布罗肯,并为其中高超的戏剧特效而着迷。"几天之后,我得以参观后台。我永远记得当我看到那些帆布布景和绳索形成的迷宫时的那种震撼,还有很多穿衬衣的人在操控着灯光。"

那么,这一幕究竟是天才之作还是疯狂之举呢?可以肯定的是,在1885年12月19日夜晚,布拉姆·斯托克看到的除了亨利·欧文发光的猩红色长袍外,绝对还有些其他的东西。那个疯狂的瓦尔普吉斯(Walpurgis)①之夜,纯洁的处女雪白颈上的狰狞伤口这一画面,还有未知世界中强大的、仿佛能掌控人心灵的邪恶的统治者——这一切后来都在一叠厚厚的手稿中得以表现。在《浮士德》首演之夜的五年之后,布拉姆·斯托克开始构思一部伟大的作品,它在1897年出版时的名字是《德古拉》。

究竟是谁启发了斯托克的《德古拉》呢?

如果只是简单地在文学或历史中去寻找其前辈的话,那就过于草率。目前有两种流传最广的推断:一是历史上邪恶的特兰西瓦尼亚王子是德古拉形象的来源,还有人认为斯托克的灵感来源于他专

---

① 在德国,传说在瓦尔普吉斯之夜,女巫们会在布罗肯山上举行盛大的仪式,庆祝春天的到来。歌德的作品借用了这一传说。——译者注

横而傲慢的老板亨利·欧文。但真实的故事却远比这两种推测更加复杂,也更加有趣。德古拉应该是历史上真实人物的集合体——那些丑闻缠身、争议不断的人,那些带有传奇色彩、超越了自身生活时代的人,就如同被斯托克创造出来的德古拉,他从特兰西瓦尼亚的城堡中逃脱之后,对全世界施了魔法。

因此,《德古拉》在历史上留下了一条血色踪迹,这条踪迹始自兰心剧院的后台,穿过了维多利亚时期伦敦的一个化妆间,后来甚至在美国的海岸上留下了痕迹。

第二章
男孩,"生而羞涩"

布拉姆·斯托克在自传性质的文章中,往往会有被他自己忽略了的人生中最具深意的故事。在他用犹豫不决的笔触为自己描绘的草图中,他成了一个只会埋头苦干的人,而且总是根据亨利·欧文的成就来衡量自己的一生。因此,他一生中最重要的会晤是与欧文的相见,最美好的成就是能为欧文服务,最宝贵的友谊也始自兰心剧院的后台,同欧文的那些皇家客人在休息室愉快地吸雪茄,或是精彩纷呈的演出后的晚餐聚会。在斯托克关于自己的简短描述中,他的家庭、婚姻、儿子,甚至他最伟大的作品《德古拉》,都只是匆匆地一笔带过。

在欧文去世后,斯托克带着真挚的回忆,撰写了两卷本的《对亨利·欧文的个人回忆》(*Personal Reminiscences of Henry Irving*)。在这部作品中,他这样评价这位伟大的演员:"一个雄心壮志的人可以为他深爱而尊敬的朋友放弃自己的抱负,那么到某种合适的时候,他或许可以敞开心扉,向所有的人表明自己这么做的理由。"

从这个意义上来说,读者希望能明白这些含糊其词的话到底意味着什么。如果斯托克关于牺牲、通力协作、奉献之类的说法在两个人之间是相互的话，那我们对他的评价可能会更高些。但事实却不是这样，斯托克的表述很清晰，出于对亨利·欧文的敬爱和崇拜，他几乎付出了自己的一切。

情况就是这样；我今天写下这些是为了欧文，更是为了我自己，是为了我们之间的友谊。在我们一起工作的二十七年中，我尽自己全部的力量去帮助他——他是世界上最可敬的人。回首往事，值得庆幸的是，我从未令他失望过；而且出于最谨慎的品位的考虑，我不但从未出过风头，甚至还保持了更大程度的沉默。无论是现在还是将来的人都可以随意去评价我为欧文所做的那些工作。我找到了一首饱含着真正的痛彻心扉的诗来评价这位伟大的逝者：

站立在这碧玉般的海边，
请见证吧，我已付出了
自己所拥有的一切！

斯托克的观点正确与否尚且不论，这些诗句中包含的却不只是心碎。这首伊丽莎白·巴雷特·布朗宁（Elizabeth Barrett Browning）的《小巷中的伯莎》（"Bertha in the Lane"），描绘的是一个濒临死亡的女士无可奈何的孤寂。虽然斯托克没有提及，但布朗宁的诗歌还有下文：

赐福吾王，希望那能保佑我，
爱给我留下的伤口，
在生活中慢慢愈合！

《个人回忆》为读者呈现出一幅伟大的亨利·欧文的肖像,以及一个永远躲在幕后为他服务的作者的形象。作者的笔墨痛苦而真挚,一直在为这位演员歌功颂德,极少表露自己的观点。例如,斯托克描述他们第一次会面时的情景:欧文在酒店的化妆间里戏剧性地朗诵了一首诗,但他的表演极其枯燥,甚至连他自己都认为是"失败的,迷迷糊糊的";而见证了这么一出表演的斯托克却极其感动,他说,"我陷入一阵突如其来的歇斯底里中"。或许,这种歇斯底里是某种难以遏制的落泪。

接下来,出于自己的顾虑,斯托克加入了一段简短的自我解释的文字。

> 我自认为并不是那种歇斯底里的人。我之所以这么说并不是为自己辩护,而是想让读者更清楚地知道欧文身上那种无与伦比的力量。我早已不是天真青涩的无知少年,也不是那种习惯去膜拜强者的软弱的人……我是个非常强壮的人。虽然过去我的身体非常弱,据说在童年时还曾不止一次险些丧命。"我在七岁之前甚至不曾直立过。"……这种早期的病弱最终结束,我成了一个健康而结实的男孩,后来甚至成了家庭成员中最强壮的。

斯托克这段话的目的并不是向读者介绍他的童年时光,而是试图通过说明他的"歇斯底里"并不是什么无关紧要的琐事,而是以此再一次表达对欧文的歌颂。

斯托克早年的疾病有些莫名其妙,但那些年的赢弱并没有毁掉他的童年时光。对小时候的斯托克来说,双亲的溺爱和娇惯意味着他们花了更多的时间为躺在床上的男孩讲故事。母亲讲的是带有恐怖色彩的爱尔兰民间传说，父亲则为他叙述新近上演的戏剧故事。

他出生在都柏林市郊一个安静的海边小镇克朗塔夫（Clontarf）。他出生时的名字是亚伯拉罕·斯托克（Abraham Stoker），亚伯拉罕来自父亲的名字。小亚伯拉罕后来用一个简短的拼写形式布拉姆，他是家里七个孩子中的老三。

他的父亲老亚伯拉罕比妻子大20岁，在都柏林堡的议会法庭做枯燥乏味的文职工作。他的妻子夏洛特·索恩利（Charlotte Thornley），来自爱尔兰西北的斯莱戈（Sligo）。夏洛特始终念念不忘自己先辈们精彩的故事，对14岁时那场横扫家乡的霍乱依旧不寒而栗，也同样记得母亲去世时自己耳边凄惨的女妖叫声。

总的来说，斯托克一家是典型的爱尔兰中产教会家庭——后来改信了新教——自1845年爱尔兰暴发马铃薯疫病时就居住在克朗塔夫。在大饥荒时期，斯托克一家同样承受了整个国家的经济灾难，幸好由于亚伯拉罕·斯托克的公职，一家人才得以幸存。

自恢复健康后，布拉姆即使不算是一个勤奋的孩子，起码是一个好学生。他的兄弟全都事业有成，其中有三个成了内科医生。他的母亲极为关注儿童的教育，后来成了一位改革家，一直游说政府为失聪的儿童和济贫院的妇女开设学校。他的父亲一贯省吃俭用，却独爱看戏。只要条件允许，他总会坐到皇家剧院正厅的后排去观看演出。而他在出外旅行时，也总会抓住机会去看那些大明星的表演。他曾为布拉姆绘声绘色地再现了伟大的爱德蒙·基恩（Edmund Kean）最出色的《旧债新还》（*A New Way to Pay Old Debts*）以及法国魔术师罗伯特－乌丹（Robert-Houdin）最著名的表演《眼睛》，那一瞥之中包含了一切。

布拉姆在1863年考入了三一学院（Trinity College）——他哥

哥们的母校，也是都柏林当时最著名的新教大学。这时的布拉姆早已不复童年时的病弱，他身高 6 英尺 2 英寸（大约 187 厘米），重 175 磅（约 80 公斤），而且擅长许多运动：赛艇、竞走、赛跑、游泳和举重，他还入选了橄榄球队。

对于大学时的布拉姆来说，学术追求并不是第一要务，不过他也被邀请加入哲学协会和历史协会。斯托克是一个优秀的辩手，他的思维非常敏捷。虽然他生性羞涩，但在大学期间还是轻易融入各种团体之中。

1865 年，父亲亚伯拉罕的退休动摇了整个家庭的经济基础，尤其是当时家里还有两个儿子在三一学院读书。布拉姆休学一年，继承了父亲的衣钵，在都柏林城堡工作。后来他返回学校并于 1871 年完成了学业，继而又获得了数学硕士的学位。他的父母认为如果他们搬到国外，比如法国或瑞士，靠退休金生活或许会更轻松些。于是，他们在 1872 年把五个儿子留在了都柏林，双双离开了，布拉姆和做医生的大哥索恩利住到一起。

布拉姆·斯托克继承了父亲对戏剧的热爱，甚至还在都柏林参演了几部戏剧，他在三一学院参加辩论时练就的深沉坚定的嗓音是他获得这些角色的主要原因。1867 年，他在都柏林的皇家剧院第一次观看了亨利·欧文的表演。当时，斯托克 19 岁，欧文 29 岁。欧文跟随圣詹姆斯公司进行巡演，在都柏林剧作家理查德·布林斯利·谢里登（Richard Brinsley Sheridan）的戏剧《情敌》(*The Rivals*) 中扮演绝对船长（Captain Absolute）。就是在这个被很多人演绎过、现已家喻户晓的角色上，斯托克通过一个短暂的停顿或一个小小的动作发现欧文的"本事"——他赋予这个角色与众不同的个性。

当时的欧文已经以他机智的表演著称了。他在演绎角色时舍弃了戏剧舞台上传统的大吼大叫，反而巧妙地融入其中，仿佛让观众可以看到这个角色在思考、在反抗、在犹豫不决，或者拼命想避开困难。这样一个"充满活力、妙语连珠、伶牙俐齿、调情中都满是惹人发笑的自负"的绝对船长令斯托克耳目一新。他在为欧文入木三分的表演赞叹的同时，发现报纸上的溢美之词却独独没有提到他心目中的英雄。

四年之后，欧文凭借《两枝玫瑰》（*Two Roses*）重返都柏林的舞台。斯托克依旧为他扮演的古怪的狄格比·格兰德而激动，而都柏林的评论界又一次令他失望。斯托克自告奋勇为都柏林的《晚邮报》（*Evening Mail*）撰写评论，虽然这个职位没有薪水可拿，但为他打开了通向戏剧首演之夜的大门，使他可以置身戏剧界的新闻与绯闻之中，同时也为他带来了一些声誉。斯托克继续戏剧评论的写作，越来越多的读者也开始关注他的作品。

布拉姆·斯托克再次看了看手里的请柬，扶了扶头上的礼帽，系上大衣扣子，然后穿过都柏林梅瑞恩广场（Merrion Square）的门。这里是都柏林最大的住宅区之一，住着有名的王尔德一家。他们总是在周六举行这种盛大的社交聚会，每个房间都被蜡烛照亮，桌子上摆满了各种食物。斯托克沿着笑声和窃窃私语般的交谈穿过一个又一个房间，房子后面不知什么地方传来经典钢琴曲的声音。形形色色的宾客——艺术家、诗人、教授、科学家、作家——三五成群地小声交谈，女主人简·王尔德（Jane Wilde）被她的朋友称为"斯佩兰扎"（Speranza），则在房间里走来走去，似乎对于每场谈话都游刃有余。她在宾客中左右逢源，妙语连珠，还提供各式各样的茶点和三明治。她个子很高，略显笨拙，穿了件饰有长腰带和胸针的吉卜赛样式的裙子。

当时的斯托克继承他父亲的衣钵，在简易法庭（Petty Sessions，又名即决法庭）做文员，业余时间撰写评论文章。他的工作正如头衔表明的那样，很清闲。虽然他需要花大量的时间在爱尔兰各地出差，却极受好评，因此得以接二连三地升职。但他的野心并不在此，而是在文学或戏剧方面：写短篇小说向杂志投稿，或在都柏林参加戏剧剧组的面试。在梅瑞恩广场的王尔德家里，他接触到了都柏林文艺界的各色人物，见识到围绕在斯佩兰扎周围形形色色的怪人。

王尔德一家在都柏林以古怪著称。爱尔兰诗人威廉·巴特勒·叶芝（William Butler Yeates）当时也经常在王尔德家出入，他回忆时评论这一家是"寻欢作乐的、懒散的、无畏的……极其富有想象力和博学的"。斯佩兰扎是简的笔名，她因撰写极具煽动性的诗歌和文章鼓吹民族主义谴责王权而名噪一时。她的丈夫威廉·王尔德爵士是一个留灰色胡子的小个子，他在宴会上总是喜欢把谈话引向无数离奇的话题。作为维多利亚女王的眼科医生，他获得了爵士称号。他是眼科疾病方面的专家，还热衷于爱尔兰历史和迷信传说，同时还是一位早期的、业余的埃及古文物学家。

整个家庭都以富有争议而著称。简夫人曾在一场叛国审判中发表过激情澎湃的证言。她的丈夫婚前就有过几个私生子。在获得爵士称号后，威廉·王尔德还曾被控告侵犯自己的一个病人。这些丑闻全都是公开的秘密，几乎所有都柏林人都对此指指点点，但王尔德一家依旧我行我素。

威廉爵士和简夫人有两个儿子（一个女儿夭折了）。大儿子威廉·查尔斯·金斯伯里·王尔德（William Charles Kingsbury Wilde），被人们叫作威利（Willie），比布拉姆小五岁，也就读于三一学院，是个才华横溢的好学生。他们的小儿子奥斯卡·芬戈尔·奥弗莱厄蒂·威尔斯·王尔德（Oscar Fingal O'Flahertie Wills Wilde）比布拉姆小七岁,他在 1871 年进入三一学院时布拉姆正在读大学的最后一年。

奥斯卡·王尔德继承了父亲高谈阔论的倾向和他母亲对幽默和诗歌良好的品位——并且青出于蓝而胜于蓝。他像母亲一样高,一张圆脸上粗眉大眼。梅瑞恩广场的沙龙铸就了他日后驰名的机敏,而三一学院则促成了他的时尚品位和文学技巧,但他在都柏林并没待太长时间。1874 年,他获得了一笔牛津大学的奖学金,开始去征服伦敦。

王尔德一家成为布拉姆·斯托克的朋友——他比奥斯卡留在都柏林的时间要长。布拉姆喜欢威利和威廉爵士,王尔德夫人则对他在政府部门的工作很感兴趣(即使她一直在谴责爱尔兰政府),似乎对母亲的职责毫不上心。布拉姆和王尔德一家共度了 1875 年的圣诞节,第二年威廉爵士就去世了。

在都柏林时,奥斯卡和布拉姆并不是很亲近的朋友。奥斯卡过于傲慢,过于神秘莫测。但他展示出诸多布拉姆梦寐以求的成就,尤其是在别人看来不费吹灰之力的文学才能。

布拉姆终其一生,辛苦工作,努力成为一个评论家、一个小说家、一个诗人、一个剧作家,但总体而论,他的成就只能算是中人之上。他终生都在成功的边缘打转,却不得其门而入。他来自爱尔兰的年轻朋友王尔德则在上述诸多领域独领风骚。在很多年里,他是伦敦家喻户晓的名人,是万众瞩目的中心,甚至达到了荣誉的巅峰。

王尔德一家住宅的旁边,梅瑞恩广场 18 号这栋高大的砖式建筑属于托马斯·谢里登·勒法努(Thomas Sheridan Le Fanu)。

勒法努是都柏林的名人,他是一位非常有名的多产作家,写了十几本关于爱尔兰历史的情节曲折的小说,大都带有一些超自然的神秘色彩。他也是三一学院的毕业生,在成为记者之前曾学习过法律。勒法努最成功的一部小说《赛拉斯叔叔》（Uncle Silas）出版于1864年，而他最为后人铭记的作品则是《女吸血鬼卡蜜拉》（Carmilla）。这部作品于1872年开始在一部杂志上发表，后来被收入故事集《神秘的镜子》（In a Glass Darkly）。这表明在布拉姆离开三一学院不久后，这部作品便开始被都柏林人广泛阅读和探讨。无独有偶的是，布拉姆的第一部小说《水晶杯》（The Crystal Cup），一个国王献身于美的神话故事，也在这一年开始在伦敦的杂志上发表。

《女吸血鬼卡蜜拉》是一部杰出的吸血鬼小说。在某种程度上，这部作品中的哥特氛围和吸血鬼的传说及被压抑的性欲幻想后来似乎成了这一类小说的标杆。同勒法努的大部分作品一样，这部小说被精心设计成一起神秘的科学事件，由故事的女主人公劳拉以第一人称的视角开始讲述。劳拉经由一起马车事故结识了神秘的女孩卡蜜拉，卡蜜拉后来同劳拉及她的父亲住到一起。之后她就开始对劳拉进行频繁而吓人的午夜拜访，劳拉后来发现卡蜜拉其实是一个名叫卡恩斯坦伯爵夫人的吸血鬼。在故事的最后，一个吸血鬼专家打破了这场可怕的噩梦。他按照习俗，用木桩刺破了卡蜜拉的心脏，然后砍掉了她的头颅。

就小说本身而言，《女吸血鬼卡蜜拉》是纯粹哥特式的：相较于耸人听闻的坦露，作品中充满了令人忐忑不安的暗示。小说的字里行间满是性欲的张力，却一直被冷静地克制着。勒法努对传统吸血鬼小说的改造在于他的作品中标志性的同性恋主题，女吸血鬼只会去咬女性，进而引诱她们做自己的情人。

虽然非常可惜，但没有证据表明布拉姆·斯托克曾见过勒法努。当斯托克在《晚邮报》做戏剧评论时，勒法努其实是他的雇主之一（他当时是报纸的主编），但勒法努是出了名的避世隐居，他尽量避免同陌生人的一切接触。1860年他的妻子去世，勒法努由于她之前的精神崩溃而产生了强烈的负罪感，因此开始完全与世隔绝，也停止了写作。都柏林的邻居们称他为"隐形的王子"，因为他总是在夜间出没于黑暗的房间，避免同外界有一丝一毫的接触，他变成了自己作品中饱受折磨的那一类人。几年哀悼般的隐居后，他重新开始了写作和编辑，他曾担任过《都柏林大学杂志》（*Dublin University Magazine*）的主编。《女吸血鬼卡蜜拉》是勒法努最后的也是最伟大的成就，他于此后一年在都柏林去世，享年 58 岁。

斯托克之后创作的很多超自然的神奇故事的灵感都源于勒法努。《女吸血鬼卡蜜拉》中的吸血鬼诞生于斯托克的故乡，由斯托克的雇主之一，在斯托克的朋友王尔德一家附近的房子里创造出来的，这就为他的《德古拉》提供了诸多重要的启示。

作为一个戏剧评论家，斯托克肯定熟悉戏剧舞台上大获成功的吸血鬼故事。

1818 年约翰·波利多里（John Polidori）的短篇小说《吸血鬼》（*The Vampyre*）应该是英语文学中第一部有关吸血鬼的作品。故事的主人公是鲁斯温勋爵，这位贵族吸血鬼和他的朋友奥布里在漫游欧洲期间，造成了一系列的悲剧和许多神秘的死亡事件。小说的结尾是鲁斯温勋爵在设法娶了奥布里的妹妹后，随即吸干了她的鲜血，继而神秘地消失在夜色中。

这部作品其实成就一般，但有一个伟大的源头。作为拜伦勋爵（Lord Byron）的朋友、旅伴兼医生的波利多里曾在 1816 年随拜伦到瑞士日内瓦湖边的迪奥塔蒂别墅（Villa Diodati）避暑。在那里他们遇到了一群朋友，其中包括珀西·雪莱（Percy Shelley）和他的未婚妻玛丽·戈德温（Mary Godwin）。

关于这个文学小团体的故事几乎尽人皆知：每个人都被要求

写一篇鬼怪故事。诗人拜伦和雪莱的构思最后都没有成篇,倒是玛丽·戈德温那个古怪的故事后来以玛丽·雪莱的名字出版了,题目是《弗兰肯斯坦,或现代普罗米修斯》(Frankenstein, or The Modern Prometheus,又译《科学怪人》)。波利多里的作品大部分取材于被拜伦放弃的构思,最终形成了《吸血鬼》。这部小说发表之后就获得了不少赞誉,还一度被误认为是拜伦之作。

如果不是在1818年被夏尔·诺迪埃(Charles Nodier)改编为大受欢迎的法国音乐剧,波利多里的这部作品很可能早就被世人遗忘。接下来,这出戏剧又被翻译为英文,于1820年在伦敦上演。英国上演的这出戏剧采用了后来非常著名的手法——"吸血鬼陷阱",这种特殊的舞台装备被用到整出戏剧的高潮部分,鲁斯温勋爵被阳光困住时凭此瞬间消失。吸血鬼陷阱的秘诀在于开口在舞台地板上的活板门,活板门主要由橡胶制成。扮演鲁斯温勋爵的演员头朝下跳下,仿佛被大地吞没一般,而红色火焰似的闪光则预示了他地狱般的命运。这种舞台表演几乎令当时的观众喘不过气来,而"吸血鬼陷阱"也因此成为一个世纪以来衡量戏剧效果的标准之一。

这出戏剧的流行导致了19世纪中期一股小小的吸血鬼热潮。其中包括纽约博物馆展现的巴纳姆(P. T. Barnum)的《吸血鬼新娘》(The Vampire Bride)和法国作家大仲马(Alexander Dumas)的戏剧《吸血鬼》(Le Vampire)。另外还有1851年上演的鲍西考尔特(Dion Boucicault)的戏剧,名字也叫《吸血鬼》(The Vampire)。鲍西考尔特在戏中加入了煽情的一幕:几乎与身体等高的画像中的吸血鬼受害者们看起来栩栩如生,他们用画像警告女主人公她将面临的可怕命运。

鲍西考尔特是爱尔兰著名的剧作家和演员,曾主演过许多成功的戏剧。在他演绎的版本中,吸血鬼成了一个名叫艾伦·雷比的威尔士人，说话时带有浓重的爱尔兰口音。鲍西考尔特在舞台上是一个魅力超群的古怪的爱尔兰精灵，很难把他想象成一个魔鬼。但维多利亚女王非常喜欢他，在看过表演后对他的吸血鬼造型大加赞赏。但一周后再次观看演出时，女王的看法发生了改变，她认为这出戏剧"毫无价值"。《吸血鬼》是鲍西考尔特为数不多的几个败笔之一。

斯托克在都柏林的皇家剧院结识了当时的爱尔兰社交名流鲍西考尔特。对于19世纪70年代的布拉姆·斯托克来说，吸血鬼首先是一种和剧院紧密关联的生物，那些最流行的吸血鬼贪婪地吮吸着票房收入。

在三一学院期间，斯托克首次邂逅了沃尔特·惠特曼（Walt Whitman）的诗歌。准确来说，是三一学院的著名教授、斯托克的导师爱德华·道登（Edward Dowden）向他推荐了惠特曼。对道登来说，惠特曼既是他的朋友又是他的偶像。惠特曼的诗歌在三一学院的师生中广泛传播，他们热切地讨论着《芦笛集》（*Calamus*）中富有争议的"狂野的爱"和大胆的同性恋的诗篇："我要说出日夜陪伴着我的秘密，我要欢庆同志的爱情。"这些诗句在学生中反响不一。实际上，当时大多数的英国读者阅读的是但丁·加布里尔·罗塞蒂（Dante Gabriel Rossetti）主编的《沃尔特·惠特曼诗集》（*The Poems of Walt Whitman*）。在这部诗集中，罗塞蒂删掉了许多他认为"淫荡"的诗歌。

斯托克像道登一样赞赏惠特曼大胆、直白而男子气概十足的诗中真挚的情感，他俩同样喜欢那些富有争议的诗歌。斯托克后来弄到了一本《草叶集》（*Leaves of Grass*），才得以阅读惠特曼那些未经删节的诗歌。道登曾为诗人辩护，说他"绝不会堕落成任何下流的东西",但他同时也矛盾地认为"任何卓越的作家都会或多或少对某个人造成过伤害"。

源于这种精神上的共通,斯托克在1872年某天的冲动之下给诗人写了一封长长的信,但经过多方考虑,又把这封信锁到了书桌的抽屉里。或许,这封信写作的过程已经达到了他最直接的目的。斯托克自认为是一个艺术的卫道者,而将惠特曼视为他的祭司。在他留下的惠特曼式的散文中,斯托克倾诉了他的理想("一个强壮健康的男人……能找到灵魂上的父亲、兄弟、妻子该是多么幸福的事");他的目标("我想……和你谈论一些不是诗人的我几乎很少提及的东西");以及他的缺陷("我长得很丑,但很强壮……面对世界时总是很羞涩")。斯托克虽然很清楚惠特曼的诗歌在读者间毁誉参半的现状("我曾无意中听学校里的两个人谈论你……大声念着令他们两个捧腹大笑的诗行"),但他在信中依旧喋喋不休地表达着自己热情洋溢的崇敬之情。

如果说这封信是不合宜的、绝望的,那么斯托克在深思熟虑并将其束之高阁的四年之后,又把它寄了出去,就显得更加怪异了。这样的一封信,出自一个刚刚从三一学院毕业的学生,带有些甜蜜的天真和理想主义尚可理解。但多年之后,斯托克真的还能唤起当初虔诚的梦想吗?

导致这封信寄出最直接的原因是1876年斯托克在某个俱乐部参加的一次惠特曼诗歌的讨论。斯托克巧妙地为诗人辩护,脸上带着胜利的红晕,回到公寓就立即再次给惠特曼写信。除了四年前那封自荐信,这次的信中带有更多的坦诚:"我说的这些全都是真实的,就如同光就是光一样。消逝的四年时光只是让我加倍地喜爱您的作品……"

惠特曼被年轻的亚伯拉罕·斯托克的鲁莽逗笑了,在回信中对他大加赞赏:"那么鲜活,那么具有男子气概。"惠特曼同样激发了斯托克一直以来持有的对美国的兴趣,惠特曼的诗歌一直在称赞美国的民主制度,一直在表现一种理想化的、朴素的美国文化。

这是斯托克第一次同自己偶像的交往,也正是由此,惠特曼记住了这个年轻通信者的名字。惠特曼的诗歌——以及之后他的友谊——将对后来的斯托克大有裨益。

更加幸运的是,斯托克的另一个偶像重返都柏林了。

1876 年,亨利·欧文主演了戏剧《哈姆雷特》(*Hamlet*)。在他生活的年代,几乎每个伟大的演员都重新演绎过哈姆雷特,而且欧文个人的心理特征极其适合扮演这位忧郁的王子。当时的斯托克依旧供职于市政府,也仍在撰写评论。不过当时的他除了欣赏演出外,终于可以在都柏林的报纸上表达出他认为欧文应得的赞誉。斯托克的评论和他再次观看表演后的文章中狂热地吹捧欧文极富现代气息的表演方式,令欧文很感兴趣,他想见见这位评论家(斯托克的评论并不是唯一的原因),于是剧院经理安排了一次会面及晚餐。

"正是从这个特殊的夜晚开始,我的主人的心开始接近我,我的心也开始贴近他。他明白我极其欣赏高度的努力……"作为对斯托克的感谢,欧文主动提出为他朗诵托马斯·胡德(Thomas Hood)的《尤金·亚兰之梦》("The Dream of Eugenc Aram"),一首关于凶手及其良知的戏剧诗。这首诗其实只是一个在校生的练笔之作,但欧文清楚,凭自己的表演天赋可以将这篇简单的作品改头换面,点石成金。

> 凶猛的复仇精神不会罢休,
> 直到血债用血来偿!

是的,虽然他已被埋葬,
石头压在坟墓上,
岁月腐蚀了他的血肉之躯——
但人们依然能看到他的骨头。

哦,上帝啊!那个恐怖、恐怖的噩梦
一直困扰着我,现在终于苏醒!
一次,一次,我昏沉的头脑
我选择的人生;
我鲜红的右手爆发出一阵狂热的愤怒,
就如同火刑柱上的克兰麦(Thomas Cranmer)。

　　斯托克对这次朗诵的反应是"某种歇斯底里的东西"——而这可能正是亨利·欧文希望听到的恭维。当他戏剧般地恢复了冷静后,走进房间,拿出了一张签名照。照片上的题词泄露出他因斯托克的反应而兴奋不已的心情,也表达了一个演员对观众良好品位的赞赏:"致我亲爱的朋友斯托克。愿上帝保佑你!愿上帝保佑你!!亨利·欧文,都柏林,1876 年 12 月 3 日。"

　　由此,正是两人友谊的开端。斯托克渴求着欧文的关注,用自己不加矫饰的赞美取悦这个出类拔萃的演员。而欧文则狼吞虎咽般贪婪地吞下这些赞美,直到他心满意足,又自然而然地忽略掉了他的奉承者。多年之后,斯托克谈及这次会面时说:"看着眼前这张他的照片,还有那些真挚的话语,关于我们之间满是深情和理解的记忆,使我哪怕在写这段话时,也难以自持。"

　　"难以自持"是维多利亚时代一种委婉的表达,斯托克的意思其实是指欧文的照片至今拿起,仍然可以令他热泪盈眶。

第三章
首席女演员,"只用真正的鲜花"

一个出色的演员既会自觉排练,也能即兴发挥,《尤金·亚兰之梦》一度是亨利·欧文的保留剧目。1870年,他靠这出戏剧得到了老板贝特曼上校的认可。在都柏林,斯托克所见识的表演中新加的昏厥小动作则是这些年日臻完善的结果。诚然,每场表演都需要一个完美的收尾。

在入行后,年轻的亨利·欧文的第一个恋人是一个名叫内莉·摩尔(Nellie Moore)的女演员,他爱得死去活来,曾做出无数甜蜜的承诺。但随后一大堆争风吃醋、似是而非的风流韵事导致内莉转投另一个演员的怀抱,直到她因一场可怕的猩红热去世之前,两个人还没有机会重归于好——但有传言说她实际上是死于堕胎。

心碎之余,亨利在1869年同弗洛伦丝·奥卡拉汉(Florence O'Callaghan)结婚。弗洛伦丝不是演员,她的父亲是一位备受尊重的军人。虽说是她追求的亨利,但婚后却常常因为丈夫的工作而受到冷落、倍感难耐。

欧文已在伦敦的杂技剧场参演过《两枝玫瑰》,在义演之夜他贡献的是《尤金·亚兰之梦》——当时某些特定表演的收入被当作演员的报酬。美国演员兼剧院经理赫齐卡亚·林西克姆·贝特曼（Hezekiah Linthicum Bateman）上校观看了欧文的表演；他刚得到兰心剧院的租约，想借此来成就他女儿伊莎贝尔（Isabel）的演艺生涯。他非常赏识亨利·欧文的表演，意识到这个高个子的年轻演员可以成为伊莎贝尔的黄金搭档。

亨利和弗洛伦丝当时已经有了一个儿子，弗洛伦丝又身怀有孕，因此夫妇二人非常高兴能得到兰心剧院的工作。但欧文和贝特曼合作之后一直找不到一炮打响的机会，而欧文又一直受困于那几个角色。最终欧文督促剧院经理去购买利奥波德·刘易斯（Leopold Lewis）翻译的一出法国情景剧《波兰犹太人》（*Le Juif Poloniase*），这出戏的英国名字是《钟声》（*The Bells*），根据剧里凶手头脑中不时响起的神秘的雪橇铃声而命名。《钟声》融心理学与跌宕起伏的剧情为一体，张力十足，引人入胜，就如同阿尔弗雷德·希区柯克（Alfred Hitchcock）穿越时空，在这落满灰尘的维多利亚剧院亲自导演的一般。观众的疑惑和悬念随着凶手意识的一点点揭开而逐步成形，就像爱伦·坡（Edgar Allan Poe）的《一颗泄密的心》（*Tell-Tale Heart*），或胡德的《尤金·亚兰之梦》。欧文选定马赛厄斯为这出戏剧中的主角，并因此修整剧情，着力塑造这个人物身上的心理张力。

讽刺的是，《钟声》一剧中并没有伊莎贝尔·贝特曼的角色。

这出戏剧在1871年11月25日上演，全程几乎没有得到贝特曼上校的任何资助。戏服是借来的，舞台布景则是由仓库里那些被淘汰的幕布拼凑而来。戏剧中的故事发生在阿尔萨斯市的市长马赛厄斯的家里。他的女儿即将成婚，赶来帮忙的邻居们全都被一场暴风雪困在了室内，人们开始谈论之前发生的一起波兰犹太人的谋杀案。15年前，一个犹太人在乘坐雪橇经过这个村子时被神秘地谋杀了。

马赛厄斯漫不经心地听着人们的谈论，却一直为耳边不时回响的雪橇铃声而困扰，奇怪的是周围的人仿佛根本听不到这恼人的声音。市长在恍惚间似乎看到多年前的自己，持着一把斧头，蹑手蹑脚爬上犹太人的雪橇，想要谋财害命。

清醒之后，马赛厄斯振奋起精神，开始安排婚礼，顺便庆祝自己战胜了那股罪恶感，但当晚他又做起了可怕的噩梦。在梦中，他发现自己身处法庭上，在一个催眠师的询问之下，重现了当初的谋杀。他终于从噩梦中惊醒，跌跌撞撞地闯进屋子里，眼睛睁得大大的，手里一直拽着一条看不见的套索。在挣扎着说出"把绳子……从我的脖子上……拿开！"后，他就倒地死去了。

在《钟声》演出的过程中，观众始终非常安静。第一幕已经激起了人们的兴趣，戏剧中的罪恶在观众的头脑中惊起各种神秘的念头，并引发了不时的耳语。到第三幕结束后——故事已经发展到马赛厄斯被罪恶的秘密摧毁并对自己实施了处决——观众全都惊呆了。最后，逐渐地，缓慢地，他们开始鼓掌，声音越来越大，伴随着欢呼声和欧文的名字。面色憔悴的欧文对着观众鞠躬，脸上苍白的笑里带有马赛厄斯的影子和自己的特点，仿佛他刚刚从那个带有魔力的角色中苏醒一样。

这对欧文来说是一个毕生难忘的夜晚，这出三幕剧奠定了他事业成功的基础。在几个小时之后，喝完了庆祝的香槟酒，同事络绎不绝的赞扬依旧萦绕在耳边——就如同马赛厄斯耳边回响的雪橇铃声一样，欧文和他的妻子弗洛伦丝一起乘坐有篷马车回家。直到这时，他才意识到观看完戏剧的弗洛伦丝至今还未发表过任何评论。当马车里终于只剩下他们两个人，她才开口讲话："难道你想从此之后都像今天晚上这样出洋相？"

她说这些话时，马车刚好走到海德公园角。欧文敲了敲车门，示意马车夫停下。然后，他一言不发地走下马车，走进黑夜之中。

从此之后,他再也没有回过家,也再未和他的妻子说过一句话。

实际上,亨利·欧文的人生中从未有过弗洛伦丝·欧文的位置。

而令布拉姆·斯托克着迷的弗洛伦丝则是一个完全不同的都柏林美人。

弗洛伦丝·巴尔科姆(Florence Balcombe)长着一头赤褐色的长发,有着苍白的眼睛和苗条的个子。与欧文的妻子弗洛伦丝一样,她的父亲也是一个军人,她来自斯托克的出生地克朗塔夫。

弗洛伦丝第一个认真的追求者是奥斯卡·王尔德。他们在1876年相会,当时的王尔德20岁,刚刚在牛津待了两年回到都柏林。他在写给一个朋友的信里描述的极有可能就是弗洛伦丝,"她刚满17岁,有一张迄今为止我见过的最美的脸,当然不是六便士硬币上的那个美丽侧影"。他们的恋情持续了两年之久,王尔德还曾为她画过一张铅笔肖像画——他叫她弗洛丽(Florrie)——后来作为礼物送给了她。有一次圣诞节,王尔德送给了她一个刻有两个人名字的金十字架。这对恋人已经开始谈婚论嫁了。

最终,两个人的恋情在王尔德回到牛津之后慢慢冷淡下来。据王尔德的传记作家理查德·埃尔曼(Richard Ellmann)称,可能是王尔德听从了他母亲斯佩兰扎的建议,想要娶一个富有的女继承人。还有一种解释,据王尔德朋友们的说法,他当时正在医生的指导下治疗梅毒。无论哪种说法是正确的,在1878年,弗洛伦丝遇到了布拉姆·斯托克,随之而来的是斯托克热情的求爱。到这一年的年中,两个人已经订了婚。

布拉姆和弗洛伦丝的第一次会面极有可能是通过王尔德一家,当时布拉姆和这个家庭正交往过密。如果事实真是这样的话,那奥斯卡的被背叛感就可以理解了。雪上加霜的是,当奥斯卡想要和弗洛伦丝进行一场最终的会面来解决他们复杂的关系时，弗洛伦丝选定的地点是布拉姆的哥哥索恩利·斯托克的家。无论是斯托克还是弗洛伦丝都从未就这次会面进行过任何的解释，因此极有可能就是奥斯卡·王尔德单方面浪漫地夸大了他和弗洛伦丝的亲密关系，尤其是当这种关系结束后——他失败的爱情似乎还激发了好几首诗歌。听说弗洛伦丝订婚后，王尔德非常沮丧。他曾写信给弗洛伦丝，请她归还那个金十字架。因为她再也不会戴它，而他看到它，就会回忆起自己"年轻岁月中最甜蜜的时光"。

布拉姆·斯托克一直深受女人的喜爱：他个子高高的，非常英俊，有着温暖的笑容和安静谦和而有威严的气质。他的华尔兹跳得非常棒，还有一个收入可观的公务员职位。斯托克一直在追求他的文学梦，并以自己的理想和已经在杂志上发表的短篇小说为荣。就在他和弗洛伦丝相遇的1878年，他刚刚完成了自己的第一部作品《爱尔兰简易法庭文员的职责》(*The Duties of Clerks in Petty Sessions in Ireland*)。这部作品和文学毫不沾边，倒像是一部针对自己工作的技术手册。

只要欧文到爱尔兰巡演，斯托克每年至少见他一次。在1877年底，欧文向斯托克谈起让他帮忙管理自己的剧院，他希望斯托克能考虑辞掉公务员的职务，来为他工作。

英国人亨利·拉布谢尔（Henry Labouchere）曾做过记者、外交官，他是一名自由党人，后来成为下院议员。同时他也主编着一份极具影响力的周刊《真相》(*Truth*)，并管理着伦敦的王后剧院。剧院里的一名主演亨丽埃塔·霍德森（Henrietta Hodson）先是做了他的情人，后来成为他的妻子。

拉布谢尔非常喜欢欧文的表演，曾代表王后剧院向欧文抛出橄榄枝。拉比（他的朋友都习惯这么称呼他）认为贝特曼的兰心剧院在拖欧文的后腿，如果没有他们的话，欧文的成就会更大。他在1878年曾给欧文写信，信中先是对欧文的赞扬，之后开始批评他的新戏《路易十一》(Louis XI)："你的表演无可挑剔。我从未在任何一出戏剧的历史人物身上得到过如此多的领悟……这出戏剧之所以未能成功的原因在于剧本写得太过平淡无奇，你所在的公司简直不值得去评论……也正是因此，世界上没有哪个演员可以凭借这么糟糕的剧本和这么糟糕的公司取得成功。你的表演越是优秀，就显得你周围的人越是无能——这里面存在着一种永恒的悖论。"

欧文对拉比的提议并不太感兴趣，不过他的声望随后为他带来一个新的转机。欧文当时已经在很多戏剧中和伊莎贝尔·贝特曼演过对手戏，包括他饰演的哈姆雷特和她饰演的奥菲丽娅，他饰演的奥赛罗和她饰演的苔丝狄蒙娜。但就像拉布谢尔所指出的那样，他也发现了女主角伊莎贝尔身上的局限性。在贝特曼上校去世后，兰心剧院的管理权理所应当地落到了他的遗孀西德尼（Sidney）手上。欧文趁机要求多方面的改动，包括一个新的女主角。欧文的这些要求和困窘的经济状况令贝特曼夫人和她的女儿一筹莫展，她们最终在1878年放弃了兰心剧院的租约，转移到德鲁里巷（Drury Lane）另觅剧院。

事实证明欧文对伊莎贝尔·贝特曼的判断是对的。虽然成长于戏剧世家，但她的表演实在不能让人恭维，她后来成了一名修女。亨利·欧文获得了兰心剧院的租约，他给布拉姆·斯托克发电报，邀请他加入。虽然斯托克曾表示过他之所以离开都柏林是为了兰心剧院的工作，但他后来的传记作家保罗·默里（Paul Murray）认为有证据表明真正的原因在于斯托克自己的野心。在对他的写作生涯进行深思熟虑之后，斯托克早就有搬到伦敦的打算。

在欧文的下一次都柏林巡演期间，二人会面，并开始着手巨大而庞杂的准备工作，斯托克甚至为此把婚期提前，以便能带他的新娘一起奔赴伦敦。他在此之前并未向欧文提及过自己的未婚妻，因此在他结婚五天后到伯明翰与欧文会合，并和巡演剧团一起返回伦敦时，欧文才吃惊地发现他居然已经结婚了。

欧文的妻子弗洛伦丝·欧文从未提出过离婚，这对夫妻多年以来只通过言辞冷静、态度克制的信件沟通。她接纳了欧文付的生活费，抚养儿子们，并出席兰心剧院的首演之夜。她总是坐在欧文的包厢里，公开向她的朋友们表示对自己丈夫表演的不屑一顾。而欧文每次出来鞠躬时，夫妇两人的视线总会相交，但他们再也没有私下会过面。后来，亨利·欧文雇用了当时已经声名鹊起的艾伦·特丽做兰心剧院的女主角，一举解决了他的两大难题——伊莎贝尔·贝特曼和弗洛伦丝·欧文。

特丽出生于一个演艺世家，对戏剧行业非常熟悉。在19世纪50年代的时候，她就曾作为童星和查尔斯·基恩一同出演过莎士比亚的戏剧。和欧文一样，她的爱情并不美满，但她总是一次次陷入恋爱。特丽在17岁的时候离开了舞台，和一个名叫乔治·弗雷德里克·沃茨（George Fredrick Watts）的肖像艺术家结了婚。比她大很多的丈夫非常喜欢在画布上赞赏她的美丽，但几个月后他们就分手了。特丽很快嫁给了另一名演员查尔斯·凯利（Charles Kelly），但不久两个人又分手了。然后她和一个建筑师埃德温·戈德温（Edwin Godwin）有过一段时间相当长的恋情，并有了两个孩子——伊迪斯·克雷格（Edith Craig）成了一位女演员，爱德华·戈登·克雷格（Edward Gordon Craig）后来成为一位知名的戏剧制作人。

特丽的恋情总会成为伦敦街头巷尾的绯闻，但公众太过喜欢她，因此不致去鄙视她。在结束与戈德温的恋情后，她重返戏剧舞台,并凭借出演《威尼斯商人》(The Merchant of Venice)中的鲍西娅和《威克菲尔德牧师传》(The Vicar of Wakefield)中的奥利维娅而大获全胜。

欧文从未看过她扮演的奥利维娅,他不必去看,他早就听说过特丽非常出色。作为一个年轻的女演员,她总是以一副假小子的姿态去诠释她的角色。但在多年之后当她重返舞台时,便开始以一个女人的姿态去揣摩舞台上的角色。特丽有着美妙的嗓子、完美的仪态和诱人的灰眼睛,她对莎士比亚的戏剧或多愁善感的角色的演绎总是无与伦比。她总是在脚本上写满潦草的笔记,用独特的线条标明她想诠释的反应和情感,或是她从角色中领悟到的焦点的反复变化。

欧文曾到艾伦·特丽的家里进行过拜访,并谈及兰心剧院的雇用意向。但他们的第一次会谈太过于友善,特丽太纯真而欧文过于礼貌,以致她根本不清楚欧文向她提供了一份新工作,直到欧文随后又写了一封信解释。而当欧文把她介绍给布拉姆·斯托克时,合约已经签订了。斯托克永远记得他们的第一次会面,1878年的冬天,欧文带她穿过兰心剧院黑暗的走廊到达办公室。"即使12月的阴暗也遮不住她的美貌,"斯托克这样写道,"她的脸上生机盎然,而她的身上简直无一处不美。无论是她姣好的轮廓,还是充满韵律的步伐、女神般优雅的姿态……她像阳光般在剧院中自行出入。她的成功只会让人为之高兴,而不会心生妒忌。"

斯托克和特丽很快就像兄妹一样(他只比她大一岁),他们互相嬉戏取闹。特丽无论是在表演还是在生活中,都非常信赖斯托克,她总是深情地喊他"妈妈"。整个兰心剧院都喜爱她,捉住一切机会娇惯她。她加入兰心剧院后,在同欧文首次合作的《哈姆雷特》中,她扮演奥菲丽娅。在第四幕,她怀抱一束洁白的水仙花入场,也创造了戏剧舞台上一个难以磨灭的惊艳形象。斯托克回忆道:

艾伦·特丽喜爱鲜花，只要时机合适，她总喜欢在舞台上摆上鲜花。欧文总是确保她能得到想要的一切。财务主管曾得到过严令，要不惜一切代价弄到鲜花。其他的演员只能用一些仿制品来凑合，但艾伦·特丽总能得到鲜花。

多年之后，兰心剧院在纽约演出时，遇到了一场暴风雪。斯托克决心弄到《浮士德》中特丽需要的玫瑰花。他花了 5 美元，用"饥荒时期的价格"自费买下那束花，并在暴风雪中把它们带到剧院。

特丽在加入兰心剧院后开始准备排演《哈姆雷特》时，吃惊地发现欧文拒绝排练她的场景，他把对奥菲丽娅的诠释全交给了她。特丽找到欧文，表达了自己的抗议，但欧文仍旧表现得若无其事。"我们肯定没问题，但是我们并不能冒着让一个无足轻重的人或一个骗子毁掉整出戏剧的风险。"这就是欧文，傲慢、与众不同，总是渴望相信他身边的人。

或许，他只是试图让她有一点失衡。特丽的担忧在首演之夜彰显无遗。第一次表演的幕布刚刚落下，她就满怀着困惑和失望离开了剧院。她害怕她在舞台上的表演太糟糕，而且还波及了欧文。她连最后的谢幕都没参加就冲进了一辆公共马车。欧文独自接受了观众的欢呼后，到她的家里找她。有知情者称，正是在《哈姆雷特》的首演之夜，他们的恋情开始了。

据布拉姆·斯托克给出的保守的官方说法，欧文和特丽之间只是"手足之情"而已。为了避免绯闻，他们旅行时总是住到不同的宾馆。多年以来，他们展现给外界的只是两个私交密切的亲密朋友。他们一同休假，一同度假，而且两个人都有一条杰克罗素梗犬，都被娇惯得胖乎乎的。特丽的那条名叫达米（Drummie），欧文的叫法西（Fussie）。

特丽的儿子爱德华·戈登·克雷格后来曾这样评价过他的母亲，认为她是那种虽然总是认为女性非常"无辜而脆弱"，但比她身边的男人要坚强得多的人。欧文非常欣赏她身上那种哀婉动人的气质，认为这是上天的恩赐。同时，他也清楚正因为有了特丽，才使得他成为一个更优秀的人。特丽柔和了他在舞台上的表演，也令他在生活中变得稍稍平易近人了些。斯托克留下的散文中没有对特丽进行客观的分析，充斥其中的全是无数溢美之词——它们挤满了每个句子又蔓延到一页页中。按斯托克的说法，特丽身上有一种无与伦比的女性气质："她的天性中没有任何虚伪或粗野的成分……在她的身上，有一种至高无上的女性气质。就如同人们去称赞一个男人身上的'男子气概'一样，她的天性就是这样。"

1879 年 12 月，在布拉姆为兰心剧院工作将近一年后，欧文·诺埃尔·索恩利·斯托克（Irving Noel Thornley Stoker）降生了。他是弗洛伦丝和布拉姆的独子，名字取自布拉姆做外科医生的哥哥和亨利·欧文。欧文同时还是这个孩子的教父——这一点非常不同寻常，因为他连自己第二个儿子的洗礼都没有出席。家里人都非常喜欢诺埃尔这个名字，但当诺埃尔长大后，他曾解释说他一直在避免使用自己的名字"欧文"，因为他一直憎恨这个占据了他父亲一生的人。

弗洛伦丝·斯托克是一个长久忍耐的妻子，这一点很容易得到证明，斯托克的工作计划表明他留在家里的时间非常少。斯托克的传记作家，也是他的侄孙丹尼尔·法森（Daniel Farson）据此进一步推测，他们的婚姻存在问题。一方是被冷落的、绝望的妻子，一方是无法忠实的丈夫，但这也只是推测而已。目前尚存的通信表明弗洛伦丝是一个迷人而有眼光的女性，她积极参加各种社会活动，骄傲地出席兰心剧院的首演之夜和特殊晚宴，和丈夫一起参加各种聚会——而且，与布拉姆一样，只要涉及社会名流，她总是有点儿势利眼。

当布拉姆无法脱身时，弗洛伦丝经常和一位尖酸的剧作家吉尔伯特（W. S. Gilbert）一起出席各种活动。吉尔伯特是"吉尔伯特与苏利文"（Gilbert and Sullivan）组合的一员，他非常厌恶亨利·欧文，经常批评他沽名钓誉，布拉姆·斯托克总是以一种外交家式的老练和平静接受这些批评。他和弗洛伦丝非常喜欢和吉尔伯特夫妇交往，虽然吉尔伯特总是喜欢去陪伴受忽视的斯托克夫人。

他们在都柏林认识的另一个朋友也在1880年搬到了伦敦。奥斯卡·王尔德和艺术家弗兰克·米尔斯（Frank Miles）合租，精心准备着对伦敦社交界的第一炮——与一群优秀的人共度充满智慧交锋的下午茶、放纵而包容的漫长的晚宴，以及仿佛即兴创作出来的惊艳诗歌。

他的社交活动当然也包括剧院时光。当时的王尔德迷上了刚刚步入戏剧界的"泽西百合花"莉莉·兰特里（Lilly Langtry）。莉莉是个万人迷，她是社交界的名人、艺术家的宠儿，还是威尔士亲王的情人。而王尔德对她而言只是一颗卫星——一个神秘的有才华的爱尔兰剧作家而已。

王尔德被欧文才华横溢的表演所吸引，也被这些填满包厢的物欲社会的核心人士所吸引。他同样赞美艾伦·特丽，称她为"兰心剧院的女神"，这开启了他们之间漫长而真挚的友谊。王尔德喜欢特丽的表演，特丽是一个令人着迷的朋友，后来也成为王尔德作品的崇拜者。王尔德堂而皇之地把他的第一出戏剧《虚无主义者薇拉》（*Vera, or the Nihilists*）献给了特丽和欧文，并送给他们饰有红色皮质封面的样书。

考虑到在都柏林时两人间尴尬的处境,他和斯托克之间的交往则更加谨慎,即使按照维多利亚时代的社交礼仪来说也是如此。1881年,兰心剧院上演《奥赛罗》,由欧文和埃德温·布斯轮流饰演奥赛罗和伊阿古,王尔德闻讯而至。之后的报纸上这样描述:他向包厢里的朋友点头示意,弯腰和正厅里的仰慕者们握手,还在大厅里同布拉姆·斯托克交谈。如果说两人之间还存有尴尬的话,那应该只存在于布拉姆身上。布拉姆一度认为他和王尔德之间是旗鼓相当的——同样是三一学院的毕业生,同样是作家,自己还有一个剧院做后盾——不过,王尔德的成就早就令他黯然失色了。

布拉姆的大部分假期都是和家人一起度过,而且大部分时间里他都在写作。他从未放弃过对写作的追求,即使面对兰心剧院里欧文的各种要求,写作也只是退居二线而已。在《爱尔兰简易法庭文员的职责》出版后,他又发表了一系列作品。1882年出版的《夕阳下》(Under the Sunset)是一部令人着迷的黑暗故事的集合,里面有些故事是受他母亲口中爱尔兰的霍乱和饥荒的启发而写成。这部书充满了神话故事——来自神秘之地的寓言,而且只存在于梦境之中,布拉姆是这些神奇因素的虔诚的信徒。兰心剧院曾有流言称为了出版这本书,斯托克花了700英镑。换而言之,《夕阳下》更像是一次虚荣的展示。

他的作品还包括一些传统意义上的冒险小说:《蛇之道》(The Snake's Pass)、《水之口》(The Watter's Mou')、《沙斯塔山肩》(The Shoulder of Shasta)。现代评论认为这些作品大都仓促写于斯托克的工作之余,当他终于可以暂时离开剧院的时候。这些作品中的罗曼蒂克或冒险精神正是那个时代的流行小说所必需的,而其中某些跌宕起伏的情节则来自斯托克的日常工作。《蛇之道》发生在爱尔兰；《水之口》则把故事放到了苏格兰的克鲁顿海湾，灵感来源于他的一次旅行；《沙斯塔山肩》的故事背景是颇具异域风情的美国西部，因为他曾随亨利·欧文到美国演出过。

对于这些作品，评论界毁誉参半。比如，一本著名的自由杂志《雅典娜神殿》（The Athenaeum）就曾对《水之口》中的对话大加批判，认为作品中不自然的词句"与其出现在两个苏格兰恋人的谈话中，更适合阿德尔菲（Adelphi）的舞台"。评论中提到的阿德尔菲剧院以低廉而声名狼藉，不同于欧文精心制作的戏剧，它所上演的戏剧大都耸人听闻。斯托克在描绘地域特色方面非常出色，但是——这对一个经常接触剧本的人来说很正常——当他将这种出色转化为充满了各种方言的对话：爱尔兰俗语、苏格兰方言和美国俚语，很多评论家认为这是极其乏味且毫无必要的。

《沙斯塔山肩》也遭到了冷遇。"这部作品既不会提升作家的知名度也不会吸引读者……作品中充满故作老练的写法和极其草率的幽默感，还带有粗糙拼凑的痕迹。即使对斯托克先生来说，这本书也太糟了。"《雅典娜神殿》最后这么评价。

如果这些小说真是在匆忙之间完成的话，那也只能是因为斯托克的工作太忙了。他曾经接受了四年的训练以成为一名法律顾问和出庭律师，并在1890年取得了律师资格。但他一生之中从未从事过法律事务，从未接触过任何审判。或许他只是在为假如某一天他不再为欧文工作之后做准备，也有可能是因为和欧文在一起，他感到有必要提升自己的能力和地位。

艾伦·特丽朗诵《威尼斯商人》中的"慈悲的品德"和欧文朗诵《理查三世》中的"现在是令我们不满的冬季"都有录音保存下来，这两段录音录制于他们演艺生涯的后期。录音里两人的声音都有些矫揉造作和不自然，以及在电子放大器里必然产生的尖锐之感。

特丽的声音非常坚定但又抑扬顿挫，充满真挚的情感。欧文的声音依旧是他标志性的故弄玄虚——奇怪的喉音中满是自负。

欧文其实是一个冷漠的人，他从他人那里希求最多的就是崇拜。特丽也承认他没有几个交心的朋友，她还曾怀疑斯托克是否真正理解欧文。英国作家和漫画家马克斯·比尔博姆（Max Beerbohm）曾与欧文有过几年的交往，他认为欧文总是表现出一副"居高临下的俯瞰样子，我觉得他希望被人敬爱且敬畏"。

虽然是联合主演，但特丽对欧文的影响却无足轻重。当然她的意见总是会被考虑，却经常不被接纳。斯托克回忆有一次排演《无事生非》时，欧文在一场戏结束时插入了一个拙劣的笑话：

比阿特丽斯：本尼迪克特，杀掉克劳迪奥！
本尼迪克特：如果我确定还活着，我会的！

欧文继承了一项几乎延续了近百年的传统：试图实现对莎士比亚的超越。在舞台生涯早期，欧文经常对莎士比亚进行改编、篡改甚至扭曲。特丽不满并抗议他的这种行为，她"激动得快要哭出来了"。在她眼中，莎士比亚的每个字、每句话都是神圣不可侵犯的，欧文的增补完全是大错特错。特丽的这种敬畏正是当时戏剧观众的心声。

但这是欧文的戏剧，欧文坚持自己是正确的。斯托克在这件事上站到了他老板的一边："我觉得欧文是对的……现代社会要求戏剧的精练，因此不时地浓缩一下观点便很有必要……而且非常有意思的是，据我所知，这句［新增的话］从未被任何人批评过。"

艾伦·特丽同欧文身边的每个人一样，都必须默默忍受。她曾拒绝过很多优秀的角色，只是因为——就像可怜的伊莎贝尔·贝特曼无缘《钟声》一样——一切艺术方面的问题都由欧文决定，都以欧文的喜好为准绳。特丽众多的崇拜者，尤其是萧伯纳，对这种控制极其不满。他们开始赞颂她在诸多限制之下仍取得的伟大成就，也惋惜她因此而错失的诸多良机。

但是就她而言，艾伦·特丽从未抱怨过。她依旧崇拜着欧文，包容着他身上的所有缺点，并全身心投入每个角色之中。她同样理解自我中心主义者的处事原则。有一次，特丽曾向她的儿子解释过："如果我明天被压路机撞了，亨利会非常伤心。但他会很平静地说：'多可惜啊。'然后，在思考一会儿之后，他还可能问：'今晚谁能代替她演出呢？'"

许多表演都依靠临时演员，这些临时演员被叫作跑龙套的。很多经理人付给他们每晚的工资是6便士，欧文起初给的是18便士，后来涨到24便士。临时演员的工作对剧院的搬运工、普通工人、休假士兵和其他朋友来说都是一笔很便利的外快，一个临时演员每天工作一个小时就可以挣出自己一晚上的啤酒钱。斯托克认为这些临时演员游手好闲，因此对他们总是非常提防。

欧文最著名的戏剧之一是《一位里昂的女士》(*A Lady of Lyon*)。在这出戏剧中，欧文安排了一个排的士兵，呈四路纵队从一扇打开的窗户和门前经过。在这一场景结束时，英雄主人公自愿加入，冲到了大部队之中。这出震惊的场景就伴随着大部队的行进、行进，直到幕布落下。欧文动用了150人，他们以整齐的步伐穿过舞台，到达侧翼，然后又折回去回到出发的位置，跟在之前队伍的后面。这样的话，仿佛有无穷无尽的士兵在舞台上行进。

1881年上演的《杯子》(*The Cup*)改编自英国桂冠诗人阿尔弗

雷德·丁尼生（Alfred Tennyson），戏剧的背景设置在古希腊的一座月神神庙。欧文咨询了大英博物馆的档案管理员，找到了最好的场景画家，力图在伦敦舞台上再现一座原汁原味的希腊神庙。整出表演的核心，最吸引人眼球的是其中神秘的仪式。兰心剧院习惯使用大场景，这部戏剧演出时舞台上拥满了100名贞女来衬托扮演卡玛的艾伦·特丽。

弗洛伦丝·斯托克是这些美貌的贞女之一。她或许只是把它当作一次玩笑，或是试图融入她丈夫的同事之中的一次尝试。毋庸置疑的是，她非常漂亮，绝对能够登上舞台。而且，她的表演技巧也能胜任这个角色。她领到一身五彩缤纷的戏服，然后就开始练舞——这是欧文为这个情节专门设计的一场充满幻想的异教徒的仪式。当奥斯卡·王尔德听说他心爱的弗洛丽要在舞台上初次亮相（并和他敬爱的艾伦·特丽同台），他送给特丽两个花冠，而他的信中则闪烁着密谋的意味。

> 我愿你今晚的演出能大获成功……我给你送了些鲜花和两个花冠。能不能请你挑出自己喜欢的那个，然后把另一个，千万不要认为我奸诈……以你的名义送给弗洛丽？我非常希望她在第一次登台的时候能戴上一些我送的东西，任何能接触到她的东西……你觉得她会不会察觉呢？肯定不会吧？她认为我从未爱过她，认为我早就忘记了她。上帝啊，这怎么可能呢？

如果说这封信中充斥着一种不必要的阴谋论的鬼鬼祟祟，那可能是因为王尔德的理想主义。在伦敦的戏剧界，他夸张的个人风格是众所周知的。到后来他成为万众瞩目的大英雄和千夫所指的恶棍时，斯托克一家始终在根据自己的情况摸索着该如何去接纳他。

第四章
业务经理,"令人不快的事情"

小狗法西完全被亨利·欧文宠坏了。"我经常在欧文位于格拉夫顿街(Grafton Street)的公寓里看到他俩面对面亲密地坐在一起,"艾伦·特丽写道,"法西会时不时用尾巴敲打着地面来表达它的欢喜。"这只狗和欧文一起用餐,一起入住宾馆,因此在巡演过程中不允许狗进入的宾馆都被剧院否决了。法西跟随剧团去各种剧院,大摇大摆地逛来逛去,还惹出过不少麻烦。它不止一次地在火车上、船上和马车上走丢过,引发了无数次疯狂的搜索。

但是,就算是小狗法西也知道,只要他的主人在舞台上,它就得离得远远的。相较于他心爱的小狗,欧文更加热爱石灰灯。在纽约一场有很多演员参加的慈善演出上,欧文表演了短剧。当他走下舞台穿上大衣时,小狗以为表演结束了——在兰心剧院的时候就是这样——它飞快地从舞台上跑过去找舞台的门。不幸的是,演员约翰·德鲁(John Drew)和莫德·亚当斯(Maude Adams)当时已经开始了他们家庭戏剧的表演。德鲁发现一只胖胖的小梗犬在舞台上猛然停下,然后他们的视线相遇了。

"那是一只狗吗?"德鲁开始即兴表演,慢慢伸出手去引诱那只杂种狗,"它的尾巴朝向我的手,来啊,到我这里来……"

布拉姆·斯托克在兰心剧院登台表演时都没这么成功。

他曾在一场非常著名的群众场景中客串过临时演员。1880年,欧文将鲍西考尔特1852年创作的《科西嘉兄弟》(The Corsican Brothers)以一种波澜壮阔的方式搬上了舞台。它后来成为维多利亚时期最受欢迎的戏剧之一,它的内容非常驳杂:包含了鬼魂、决斗、复仇和精心制作的舞台布景。在首次公演时,它就成了维多利亚女王最喜爱的戏剧之一,而且它最著名的是关于鬼魂表演的设计——一个被戏剧行内人士称为科西嘉陷阱的特制滑门。通过它,鬼魂可以轻松地从舞台上滑过,还可以同时从地底出现。

更叫绝的是,这出戏剧为欧文提供了两个精彩的角色,他同时扮演着双胞胎兄弟法比安·德·弗兰基和路易斯·德·弗兰基。通过一系列的替身、迷惑性的戏服和舞台上的机关,欧文可以从一个场景中神奇地消失,然后出现在下一个场景中,他完美地诠释了两个角色。

欧文的兰心剧院以其上演戏剧的混杂而备受争议,他们表演大众的流行剧,像《科西嘉兄弟》,也上演严肃的经典剧,比如莎士比亚的作品。令评论界更加不满的是,欧文对这两类戏剧居然一视同仁,他总是想在舞台上实现一种华丽的,有时甚至是无厘头的艺术效果。在《科西嘉兄弟》中,有一幕讲的是发生在一个歌剧院的假面舞会。欧文因此开始对舞台进行大肆改造,他让人装上远远看去就像剧院里的那种包厢。当表演开始时,幕布缓慢升起,兰心剧院的观众发现自己面前居然是另一个剧院——而且看起来似乎更大一些——正在盯着他们。

这个场景调动了上百个临时演员,他们或坐在包厢里,或在舞台上昂首阔步走来走去,或是充当了假面舞会中的狂欢者。布拉姆·斯托克的办公室里有一架子的多米诺面具和宽边软帽，任何有空的人（或特殊嘉宾）都可以很快地装扮好然后挤到舞台上。有一天晚上，来后台参观的首相格莱斯顿（Gladstone）也在舞台上客串了一次。

在另一次表演时，斯托克戴上面具和一顶饰有长羽毛的帽子，也成了歌剧院熙熙攘攘中的一员。假面舞会还为这场盛景请来了一群小丑，当他们在舞台上发现了斯托克——他们的老板——就忍不住把他拉到他们的闹剧中。"他们捉住我，让我转来转去，还把我像一只皮球一样，从一个人推向另一个人。"小丑们把斯托克逼到了脚灯的位置，推着他来来去去，就是不让他离开。在这一场结束时，斯托克终于挣脱出来，他躲在舞台一侧，喘着粗气，目瞪口呆。

第二天晚上，他再次登上舞台，结果比昨晚更加尴尬。为了躲开那群小丑，他移到了舞台后方——同时也离观众更远。欧文的角色即将结束时，正好在脚灯附近。说完最后的台词，他戏剧化地转身离开。在走近穿戏服的斯托克时，演员严厉的表情破碎了，他开始笑场。幸好他已经转身离开了观众，否则所有的人都会看到他失去自己一贯的沉着。

布拉姆很困惑，像只受伤的小狗一样随着欧文走到舞台侧翼。"原来是你，斯托克！"欧文放声大笑。"你忘了我们怎么设计的场景啦？"欧文提醒他的业务经理，他们当时让一群穿着成人衣服的孩子站到舞台最后面，使布景的场面显得更大些，同时该部分的布景也相应缩小了，这是一条强迫透视的妙计。斯托克不小心站到这群孩子中间，而且他有 6 英尺高，在观众看来，他就像一个在舞台上四处乱转的巨人一样。欧文发现了这个不和谐，一直在想究竟是谁毁了他的布置，直到他认出面具背后的斯托克。"你看起来有 50

英尺高!!!"欧文一边说,一边擦掉笑出的眼泪。

斯托克也闷闷不乐地笑了。幸好,欧文只是嘲笑了他。

这个故事对斯托克来说应该是一个预兆。他在兰心剧院的工作凭借的是在赞美、忠诚和诚实的能力之间巧妙地保持平衡。不过考校工作的标准却被不停地调整。当你的表现太过殷勤,就极有可能被危险而轻易地引到错误的地方,毁掉欧文小心翼翼制作的幻境。

欧文对此始终心怀警惕。

兰心剧院因为上演过很多重要的戏剧而声名鹊起。《威尼斯商人》于1879年上演,欧文扮演了一个出人意表的高尚的、内省的夏洛克,特丽扮演的鲍西娅依旧光彩夺目。1885年的《浮士德》造成的轰动是巨大而长远的,甚至在未来成了保留剧目。欧文精心准备的《麦克白》(*Macbeth*)在三年后上演,这是他偏爱的一类角色——他发现任何涉及神秘因素、谋杀和皇室的东西都极具诱惑力。欧文的麦克白不同于之前很多演员诠释的那种大胆无耻的恶棍,他的麦克白更加阴暗,又带着深深的自我怀疑和焦虑。

欧文的麦克白没使用惯用的苏格兰呢,反而穿上一身古老的国王的盔甲。艾伦·特丽扮演的麦克白夫人同样相当精彩——麦克白夫人并不是叛逆的,不是诡计多端的,只是一个拼命取悦丈夫而对他潜在的邪恶一无所知的女人。这出戏剧是两个杰出演员的表演,但就如同之前一样,并非二人的合作。人们纷纷称赞特丽的明智之选,但有一次她曾向一个评论家承认过她从未有机会和欧文讨论她的角色。

为了饰演麦克白夫人,特丽戴上了一顶深红色的假发,穿了一件中东风格、镶有闪闪发光珠宝的长袍。非常喜欢《麦克白》的奥斯卡·王尔德——他同时也是特丽的崇拜者——曾写道："麦克白夫人就像一个节俭的管家一样，屈尊到当地商店里购置丈夫的衣物和仆人的制服，而她自己的全部衣物则来自拜占庭。"约翰·辛格尔·萨金特曾为特丽的麦克白夫人做过一幅肖像画，她穿着闪亮的长袍，手中死死握着一顶黄金王冠。

亨利·欧文第一次为皇家演出是在1889年，在桑德林汉姆庄园（Sandringham）为维多利亚女王表演。这次的表演对兰心剧院的技术人员来说是一项特殊的挑战，他们受命建造一个特殊的20英尺宽的舞台以及相应的比例缩小的布景。而这笔开支，亨利·欧文拒绝任何形式的报酬和酬劳。表演当晚，兰心剧院关闭了。斯托克负责组织演员和技术人员——总共27人，乘坐特定的马车到达桑德林汉姆庄园。

欧文为女王上演的是《钟声》，然后是《威尼斯商人》中的法庭场景，艾伦·特丽在里面的表演简直无与伦比。表演结束后，欧文和特丽飞快地换下戏服，洗掉脸上的妆，匆忙赶到大厅去觐见女王。女王对他们的表演大加赞扬，并送给他们带有她姓名首字母的珠宝纪念品，之后欧文和特丽同威尔士亲王及王妃共用了晚餐。

这是欧文第一次为女王进行表演，后来他又应召去了两次。

布拉姆·斯托克并没有听到女王的谈话。"剧团里的其他人，可以到温室里去用晚餐。"他随后转述道，也说明了他的归属地。斯托克不加任何评论地接受了那晚的等级安排："各部门的领头人和工人们按照各自的等级，在管家的房间或仆人的大厅里分别用餐。"

在之后的两次表演中，维多利亚女王特许斯托克可以从温莎堡向媒体发一份电报，斯托克倍感荣耀。当欧文和特丽被领去觐见女王陛下时,这位业务经理冲进了温莎堡的电报室,创作了一则简短的故事祝贺他的老板。他已经学会享受得自他人的荣光。

布拉姆·斯托克知道发生在兰心剧院的所有事情,赢得了兰心剧院"百事通"的称号。他极具条理,恪守礼仪,这贯穿了他的整个工作生涯。他用铁腕手段管理着剧院。在一天晚上的表演中,舞台上的一支火炬把附近的一块布景点着了。一个舞台工作人员及时发现了这个问题,上前把火踩灭了。但观众席里的一个年轻人也看到了火苗,随即从座位跳起来。斯托克发现了这个年轻人的恐慌,决定在他过度反应之前阻止他。斯托克挺胸从走廊冲过去,扼住年轻人的喉咙,扭过他的身子。"坐回你的座位去,先生!"他吼道,"正是像你这样的懦夫导致了无辜妇女的死亡!"

亨利·欧文习惯性地把问题扔给斯托克,他总是说:"去问斯托克。"因此,斯托克的工作职责就扩大到应付供货商、礼物和剧院员工。每天布拉姆·斯托克到达剧院后,都要先去处理日常的财务状况和工作日程。他还负责回信,在他工作的后期,他估算自己大概写了超过五十万封信。接下来他换上晚礼服去参加表演,指挥引座员,迎接宾客。在幕布终于落下之后,他还要陪着精力依旧充沛、谈兴正浓的欧文去吃深夜的晚餐。

当巡演的计划制订之后,斯托克要负责查询铁路时刻表,预定车票,在火车车窗里面粘贴标签标明兰心剧院的集合地点,到达后又要把大家聚在一起乘马车赶赴旅馆,并安排将舞台布景运到戏院大厅。当兰心剧院进行翻新时,他要在现场,确保绘画、装潢甚至粉刷等都要按照欧文的要求完成。

这些只是他的日常工作,而当他被叫来做一些创造性的工作时,斯托克总是很骄傲。他经常为欧文撰写演讲词或各类文章——来表达演员在艺术和演艺方面的观点和看法。欧文非常擅长即兴演讲,但他同时又是一个非常聪明的演员,他总是希望任何工作都能有一个脚本。他相信凭借斯托克的洞察力和文学技巧写成的观点清晰的手稿肯定能让他的观众满意,也会增加他的声誉。"只要涉及演讲和访谈,他总会采取预防措施,"斯托克后来写道,"万一什么时候他需要做类似的即兴演讲……他认真地钻研演讲。当他要去做什么事情之前,比如参加晚宴,他会仔细准备他的演讲,在很小的纸上打上大大的字……这样他就可以把他们摆到桌子上,放在眼前。"

布拉姆·斯托克还得去阅读剧本,就角色向"统治者"和特丽提供他的建议和改进意见。因为这重身份,他得以同许多作家——比如柯南·道尔(Conan Doyle)、阿尔弗雷德·丁尼生和托马斯·霍尔·凯恩(Thomas Hall Caine)——就剧本进行协商。

托马斯·霍尔·凯恩在今天已经被大众遗忘了,但他是个非常有意思的人,而且对布拉姆·斯托克的影响非常大。凯恩是维多利亚时期一个畅销小说家。他虽然在英国出生,但他的家族来自马恩岛(Isle of Man),他在那里度过了自己的童年时光。凯恩比斯托克小六岁,但他们的早期经历却极其相似。正如斯托克和沃尔特·惠特曼的通信一样,凯恩也曾给住在伦敦的诗人兼画家丹蒂·加布里埃尔·罗塞蒂(Dante Gabriel Rossetti)写过忏悔类的信件(正是罗塞蒂的哥哥出版了英国版的惠特曼诗集)。凯恩后来成为罗塞蒂的秘书和护理者。也正如斯托克一般,凯恩在看完亨利·欧文的《哈姆雷特》之后给他写了一封长长的感情洋溢的评论,为他赢得了同这位演员的会面机会,也因此奠定了两人终生的友谊。

一天晚上，凯恩在利物浦遇到了欧文，后者随口说道："布拉姆要和我一起工作了。"而这开启了另一段非常重要的友情。斯托克和凯恩都怀有文学上的梦想，他们互相交换作品，就小说和戏剧交流各自的计划。凯恩写了很多作品，他的小说比斯托克的早期成果要成功得多，成为维多利亚后期的畅销书，其中包括《马恩岛法官》（*The Deemster*）、《马恩岛人》（*The Manxman*）、《担保人》（*The Bondsman*）、《基督徒》（*The Christian*）和《浪荡子》（*The Prodigal Son*）。

欧文在将近二十年的时间里一直试图让凯恩为他写一个剧本，凯恩也曾做出过很多次的尝试，其中有一部关于穆罕默德的生平，一部名为《甜蜜的家》（*Home，Sweet Home*）的情景剧，还有一部是关于飞翔的荷兰人的传奇故事。但天不遂人愿，总有什么因素来干扰他。就穆罕默德那部戏来说，负责审核戏剧的宫务大臣办公室在剧本完成之前就反对这出戏剧，因为剧本中关于穆罕默德的描述会冒犯穆斯林教徒。而欧文在听完《甜蜜的家》的剧情后，拒绝扮演其中的人物，因为他太高了。他非常严肃地告诉凯恩："人们对舞台上高个子的老男人一般没什么同情心。"（后来欧文曾在一部完全不同的戏剧中扮演过一个忧伤的老男人，他总是弯着腰，或经常无精打采地窝在椅子里。）

凯恩自欧文在兰心剧院的第一场表演后就成了这里的常客。他在伦敦时经常到斯托克家里，而且他非常喜欢布拉姆这个同伴。他后来把布拉姆描述为"一个高大的、令人窒息的飓风般的人"。为了剧本，欧文曾对斯托克谈起过他是多么崇拜霍尔·凯恩的想象力，并坚信他"某天肯定会写出一部离奇之作"。充满讽刺意味的是，写出了一部伟大的"离奇之作"的正是他的业务经理。而当《德古拉》出版时，斯托克把这本书献给了"Hommy-Beg"，这是马恩岛的俚语，意思是"小汤姆"，而这正是托马斯·霍尔·凯恩童年时的昵称。

亨利·欧文并不是一个善于交际的人，但他却能够轻而易举地表现得非常和善——扮演着优雅而和蔼的主人，尤其是在布拉姆·斯托克的帮助之下。布拉姆协助他筛选宾客名单，联系宴会承办商和设计师，迎接宾客，在节目单上帮欧文写好典雅而优美的祝词，默默地站在欧文身后做好一切。兰心剧院举办过很多次奢华的晚宴。比如，为《威尼斯商人》的第100场演出举办的有350位伦敦社交名流出席的盛宴，摆满舞台的桌子上放着精致的瓷器、雕花的玻璃器皿和各式鲜花，每位宾客都收到一份特制的剧本作为纪念。当欧文提议为女王干杯时，一个看不见的童声合唱班用朦胧的声音为"天佑女王"伴奏。侍者送上了红酒和雪茄，奥斯卡·王尔德起身朗诵了一首十四行诗，来称赞艾伦·特丽饰演的鲍西娅。

…………
当你穿上律师庄重的衣袍，
决意不能向威尼斯的法律屈服，
把安东尼奥那颗心给可恶的犹太佬。
哦，鲍西娅！取走我的心，它属于你，
我保证我绝不会与那契约争吵。

兰心剧院的大部分晚宴和一些小型的社交活动都在牛排屋举行。这间具有不同寻常魔力的小宴会室历史悠久，最早可以追溯到1735年。这个自称为"崇高的牛排协会"的18世纪午餐团体，大部分人是演员和剧院的技术人员，最初在现在的考文特花园

（Covent Garden）聚会，后来改到了兰心剧院里。当欧文租下兰心剧院后，布拉姆·斯托克发现了这间镶满木板的陈旧牛排厅，并在欧文的某次度假期间将它重新装修。

牛排屋不再是一间俱乐部，它现在只为满足一个人所有的虚荣心。牛排屋对斯托克来说是另一个交际的平台，欧文也在此举办过很多次宴会。牛排屋里只有 36 个座位，其中不再包括演员和兰心剧院的其他工作人员。他们只能嗅着烤肉的香气，从紧闭的门前经过，听里面宾客说话的嗡嗡声和水晶杯交错的叮当声，然后再次联想到自己卑微的地位。只有兰心剧院的特殊客人才能被邀请到这所内部的圣殿，他们往往在表演结束后费力地爬上后面的楼梯，才能到达这间饰有戏剧界大事记的哥特式宴会厅。

在宴会即将开始前，亨利·欧文才会出现，有时还穿着戏服，向他的宾客表示欢迎。晚宴的菜单有意设计得非常简单却不乏味：烤鸡、烤牛排和土豆。这更加增添了牛排屋的神秘气氛，它更像是伦敦社交界一个仪式般的象征。斯托克、拉夫乔伊和欧文就像城堡里的贵族一样。奥斯卡·王尔德就曾多次索要过邀请函，也得到了他朋友们的热情欢迎，他轻快的笑声多次在这间大厅里回荡。牛排屋对欧文来说更像舞台上表演的延续，而参加宴会的这群名人都成了他的联合主演。

在关于欧文的回忆录中，斯托克专门把来过牛排屋的名人，包括文学家、皇室成员和贵族，将近千人，用很小的字体列了一个长达 12 页的名单。这份名单的添加是一次拙劣的攀龙附凤之举，很明显，斯托克非常骄傲于这项工作，尤其欣赏欧文赋予这间小宴会厅的特殊性。

兰心剧院在伦敦的声誉蒸蒸日上，同时亨利·欧文的巡演也为剧院的日常运作提供了资金。自1880年起，剧团到美国巡演过八次。曾有人提醒过欧文，美国的观众非常挑剔，但事实并非如此，美国观众非常喜爱这位英国演员和他的情景剧。

异域的风光令斯托克如痴如醉：无论是广阔的乡村，还是繁华的城市。美国的作家、牛仔和演员，以及尚需磨炼的政客都极其喜爱兰心剧院，这证明了戏剧无上的魅力。马克·吐温也成了剧团的朋友，后来还到伦敦参观过兰心剧院，拜访过斯托克。他们还结识了美国"狂野西部"（Wild West）的创始人兼演员，著名的威廉·"水牛比尔"·科迪（William "Buffalo Bill" Cody）。欧文和斯托克在美国期间曾与四位总统有过接触，分别是切斯特·阿瑟（Chester Arthur）、格罗弗·克利夫兰（Grover Cleveland）、威廉·麦金莱（William McKinley）和西奥多·罗斯福（Theodore Roosevelt）。

对斯托克来说，美国的魅力之一在于这个国家拥有很多爱尔兰移民，却没有等级制度。对美国观众来说，这个高个子的爱尔兰人、欧文的业务经理，几乎和著名演员一样引人注目。斯托克惊奇地发现，居然有媒体专门来采访他，他不知为何成了采访和招待会的中心人物。

1884年，在他们第二次去美国巡演期间，欧文和斯托克得以见到了沃尔特·惠特曼，这位大诗人当时正在费城拜访他的朋友托马斯·唐纳森（Thomas Donaldson）。

他们到达唐纳森的家后，走进客厅，在欣赏屋里的绘画时才发现坐在房间另一头的惠特曼。"蓬松散乱的灰白色头发落到他的衣领上……我立即就认出了他。"斯托克后来写道。但这时唐纳森闯了进来，为他们做介绍。"欧文先生，我想你应该认识惠特曼先生。"他骄傲地说。

斯托克曾送给欧文一本《草叶集》，因此演员对惠特曼的作品并不陌生。欧文露齿而笑，向诗人伸出手。在他们寒暄时，唐纳森又向惠特曼随口说道："这位是布拉姆·斯托克。"这个名字引起了惠特曼的注意，他把身子向前倾了倾。

"布拉姆·斯托克——亚伯拉罕·斯托克，对吗？"惠特曼问道，斯托克激动地看到诗人明亮的蓝眼睛里闪烁着愉快的光。他们"像老朋友一样"握手，谈论起十年前两人之间的通信。须臾之间，屋里的焦点就从特约嘉宾亨利·欧文转到斯托克身上，聊起当时还是男孩的他是如何将自己的忏悔和对诗歌的热爱倾泻出来。

欧文和诗人之间的谈话也很亲切，他说惠特曼让他想起了丁尼生。惠特曼虽然从未见过英国的这位桂冠诗人，但他还是被这种类比逗笑了，并深感荣幸。当斯托克拉近椅子，惠特曼转而和他谈起两人在都柏林的朋友。"对我而言他就是一个老朋友，"斯托克回忆道，依旧沉醉于他们的对话，"他的身上拥有，或者说我希望他应该拥有的一切东西：心胸开阔，具有远见卓识，他是同情的化身，是这个世上最理解我们的人性的人。"

惠特曼邀请他的朋友日后到美国的话一定要到他新泽西卡姆登的家里来做客。斯托克答应了，在之后计划外的旅行中去拜访了惠特曼两次。

欧文对待斯托克的态度让艾伦·特丽非常恼怒。他把斯托克当作仆人，让他去做各种卑微的工作，而在涉及重大决定时又总是把他抛到脑后。霍尔·凯恩艺术般地评价斯托克的人生为"将自己的人生交付给了他人"，也曾遗憾地表示斯托克多次被迫去"做不愉快的事……承受各种责任，忍受责难，遭受着各种打击"。

更糟糕的是，到19世纪80年代中期，欧文被各种谄媚者包围了——其中有他的私人秘书路易斯·奥斯丁（Louis Austin）、新闻广告员奥斯丁·布里尔顿（Austin Brereton）和记者约瑟夫·哈顿（Joseph Hatton）。他们围在欧文身边，计划为他的美国巡演出一本书，为他的演出做宣传，帮他写演讲词。到1884年巡演结束时，约瑟夫·哈顿的作品《亨利·欧文的美国印象》（Henry Irving's Impressions of America）在波士顿出版。这是一本肆无忌惮的书，里面一味赞美欧文的声誉，同时却将斯托克大贬特贬，把他说成是剧团里一个多管闲事的角色，没有办法理解欧文的智慧和剧团的追求。带有一丝竞争意味的是，在之后的美国巡演中，斯托克也将自己的演讲内容收集整理为《美国一瞥》（A Glimpse of America），作为小册子出版了。无论斯托克走到美国哪里，他都能受到热情的欢迎，斯托克还特别指出：“美国人没有王子，他们把自己热爱的人当作王子。”

欧文身边这些嗡嗡叫的"苍蝇"令业务经理不胜其扰，恼怒不已。他们贪婪地吞噬着兰心剧院的预算，并持续威胁着斯托克在剧院的地位。这群后来者也明白这些，因此对斯托克愈发不满，在他们看来甚至斯托克的奉承都非常拙劣。

欧文也是烦恼的源头之一。他看起来总是以取笑身边人、不断测试他们的忠诚为乐。路易斯·奥斯丁为欧文撰写在哈佛大学的演讲词和在纽约告别宴会上的发言，当他把草稿背诵给欧文听时，据奥斯丁说，欧文"激动得热泪盈眶"。奥斯丁注意到欧文的桌子上还放着斯托克已经写好的稿子，但"统治者"不屑一顾。"可怜的老布拉姆，他的稿子里任何观点都没有，"奥斯丁忍不住落井下石，"如果那里面有观点的话我才会惊奇呢！"

在1885年美国巡演期间的圣诞节宴会上，路易斯·奥斯丁写了一些讽刺性的诗句来抨击他这位兰心剧院的同事。当斯托克读到这首写他的诗时,第一句"我处于一种致命的紧张中"就令他开怀大笑。奥斯丁使用了一种漫画般的讽刺手法,因为斯托克是以"极度狂热"而著名的。在奥斯丁的诗句里,斯托克被描述成一个丑角。奥斯丁后来说道,这首诗令业务经理"又妒又怒,因为我比他成功"。多年之前,是斯托克负责为晚宴写一些妙言睿语,而现在他只能念别人写出来的稿子。

对"可怜的老布拉姆"来说,欧文的这种忽视行为其实是不公平的,但毋庸置疑的是,这位演员同时也是一位操控观众的大师。路易斯·奥斯丁对斯托克的文学理想嗤之以鼻,他曾给妻子写信:"他在文学上的初次尝试,这本无与伦比的书(《夕阳下》)任何人都没有办法理解……它不会也不可能产生任何的影响。"

布拉姆·斯托克只有在随家人度假时才能从戏剧世界抽身。1890年夏天,布拉姆、弗洛伦丝和诺埃尔在惠特比(Whitby)的约克郡乡村度过了三周的时光。那是一个安静的、雾气弥漫的港口,是维多利亚时期的度假胜地,带有一种灰色的中世纪般的历史气息。一条199级的石阶从满是红砖建筑的渔村通向了圣玛丽教堂。在可以俯瞰全镇的东侧悬崖上有一座本笃会修道院的遗迹,它为这片土地增添了一种鬼魂出没的哥特因素。路易斯·卡罗尔(Lewis Carroll)、查尔斯·狄更斯(Charles Dickens)和威尔基·柯林斯(Wilkie Collins)都曾在自己的作品中描写过惠特比,斯托克也在这个历史悠久的小渔港为其小说找到了灵感。

当时的斯托克似乎有几个不错的想法,其中一部背景设在18世纪伦敦的小说,后来被命名为《贝蒂小姐》(*Miss Betty*),这是一个甜蜜的冒险故事。另一个则是十分刺激的恐怖故事,斯托克已经列出了四部分内容的大纲。可能因为惠特比旷野的风光,第二个想法显得尤为有意思，因此斯托克开始了这个故事的写作。

当弗洛伦丝和诺埃尔在当地参观或喝茶的时候，布拉姆穿上最舒服的衣服在镇子里闲逛。他向当地人询问这里的历史，记下墓碑上的碑文，和渔夫交谈，试图将约克郡的方言翻译过来，还到当地尘封的图书馆查资料。在伦敦的时候，他就已经开始为一部新作品收集材料了。当他着手时，作品中的人物还没有名字。根据早期的笔记，斯托克只是简单地写下了"吸血鬼"（Vampire）。而正是在惠特比的图书馆，斯托克在翻阅一本中欧历史方面的书籍时，才发现了一个最恰当的名字——德古拉。

第五章
吸血鬼,"我是德古拉"

这个故事发展至今已经融入了太多流行文化的因素,但斯托克的小说《德古拉》本身在情节上依旧有大量让人意想不到的逆转。

作品一开篇首先是一小段干巴巴的内容,表明这个故事将以书信体展开,而"这些信件费尽九牛二虎之力收集整理的过程已经值得读者去阅读了"。这个开场如同斯托克在讲话前让人安心的清喉咙一样,来诱使读者走进小说。

接下来,第一部分里的四章直接让读者跟随以速记形式保存的乔纳森·哈克的日记到了特兰西瓦尼亚。哈克按照德古拉伯爵的旅行安排,一路前往东欧。作为一个刚刚通过考试取得律师资格的初级律师,他奉命去"向一个外国客户解释一些有关伦敦房产的收购事宜"。哈克在旅途中经过了布达佩斯和比斯特里察(Bistritz),一直记录的旅行见闻中写着他一路上吃过的形形色色的饭菜和当地农民的衣着。

在哈克逐渐接近特兰西瓦尼亚时,旅程开始变得令人不安起来。当他要从住宿的旅馆出发奔赴博尔戈隘口(Borgo Pass)时,旅馆的主人对他的行程非常担心。一个老妇人劝他不要走,不要在圣乔治日前夕赶路,因为在那一天,全世界的妖魔鬼怪都会出来活动。在劝说无果后,她给哈克戴上了一串带有十字架的念珠,并说:"就算是为了你的母亲吧。"

在马车行进的过程中,哈克注意到"嶙峋的岩石和险峻的峭壁延绵不断……一直延伸……远处高耸入云的雪峰顶处"。斯托克在这里描绘的风光完全是想象的产物,他从未到过特兰西瓦尼亚,而他对博尔戈隘口的描写也带了些漫画般的夸张。《德古拉》中的喀尔巴阡山脉更像是哈克旅途中日渐增多的噩梦的外化。在隘口,一个神秘的车夫驾着马车,带他前往德古拉伯爵的城堡。

当乔纳森·哈克抵达时,德古拉在一扇高大的门前迎接他:"欢迎您光临寒舍,请您自便。"德古拉的欢迎词中带有些怪异的混乱,他对哈克说了三次欢迎,接下来又是几句无伤大雅但令人高兴的话:"希望您自由而来,平安而去,留下快乐的回忆。"然后他才自我介绍:"我是德古拉。"

德古拉被刻画为一个"老人",高而瘦,苍白,脸上很干净,长长的白胡子下是红色的嘴唇和洁白而锋利的牙齿。他有着大大的鹰钩鼻,鼻孔呈一种特殊的拱形。他的头发非常浓密,只在鬓角处稍稍稀少。他的眼睛带有一种红色的光芒。当他靠近哈克的时候,他口中的恶臭令哈克不寒而栗。

但总体看来,伯爵可以说是一个亲切的主人,即使有点儿令人不快的怪异。他急切地用英语和他的新客人交谈,向哈克讲述他的祖国,并不停地打听他在伦敦即将购置的房产——位于珀弗利特镇(Purfleet)的卡尔法克斯修道院(Carfax Abbey)。哈克用柯达相机为他的新雇主拍了很多卡尔法克斯的照片,对古老冰冷的特兰西瓦尼亚而言,这是一项令人难以置信的现代科技。

哈克发现德古拉的城堡落满灰尘,无人照料,只有一间小图书馆藏书很多，里面有很多英国旅行指南和火车时刻表，而且很明显，德古拉已读过很多次。德古拉总是找各种借口避免在哈克面前用餐、吸烟，但他总在哈克用餐时陪他坐着，同他愉快地交谈。

但是有些事情感觉不对劲儿。哈克发现这个城堡里一个仆人都没有，那么很明显，是德古拉亲自为他做饭、清洗餐具、铺床——甚至有一天晚上——把他拖上床，为他脱衣服，还把脱下的衣服叠得整整齐齐。这种推测令哈克非常吃惊，也很不安，尤其是当他听到关于这个神秘城堡的各种规定。德古拉在白天大部分时间里都不出现，他禁止哈克进入某些特定的房间，禁止哈克不经他同意而给别人写信，禁止哈克睡在除他指定的房间之外的其他地方。哈克这才意识到他成了一个囚徒，而德古拉甚至莫名其妙地要求他在特兰西瓦尼亚待上一个月。

这个城堡还有一个奇怪的地方是一面镜子都没有。当哈克一手举着自己的小刮胡镜一手努力刮脸时，突然意识到德古拉就在房间里，就在自己身后，虽然镜子里没有他的身影。惊讶中，哈克的剃刀划破了他的下巴。鲜血仿佛刺激了德古拉，他冲上来一把捉住哈克的喉咙，但他随即注意到哈克戴的十字念珠，又很快退回去，并警告他的客人不要再犯这种错误。德古拉捡起刮胡镜说："正是这个镜子惹的祸，它是人们灵魂空虚的不洁产物。"随即把它扔出窗外。

一天晚上，哈克有了一个令他震惊的发现。当他从窗户向外看的时候，沿着城堡的墙壁，看到德古拉的房间。房间的窗户忽然打开，一个老人从里面爬出来，然后顺着墙壁向下爬行，脸朝下，"身上的斗篷随风招展，就像巨大的翅膀一样"。德古拉"像一只蜥蜴一样在墙上爬行"，直到爬出哈克的视线。

乔纳森·哈克有一次违背德古拉的命令，在其他地方入睡。他发现自己整个人昏昏沉沉，像做梦一样，只能从半合的眼里看身边恍惚的一切。三个漂亮而诱人的女人忽然出现，她们笑着，讨论着"他身强力壮，够我们三个人亲吻了"。有一个女人向他弯下腰，像动物一样舔着自己的嘴唇，并低下头直到哈克感到脖子上有她的呼吸和牙齿的轻咬，而这一切令他微微战栗。

突然之间，德古拉出现了，他暴跳如雷，大声咆哮着把那个女人推开。"没有我的允许，你们怎么胆敢打他的主意？……这个男人属于我！"三个女人不满地抗议，指出那样一来她们将"一无所获"。德古拉给了她们一个蠕动的布袋子，她们才满意地离开。哈克惊恐地发现，那个袋子里极有可能装着一个活生生的孩子。

到这时，德古拉温文儒雅的举止和对乔纳森·哈克亲切的关注消失了。德古拉直截了当地叫哈克给他的朋友们写三封信，并且要求他把信上的日期提前。信里写的是他已经离开了城堡，并将从比斯特里察返回英国。哈克研究了德古拉要求他写下的日期后，在日记里写道："我知道我的生命到尽头了。"

而与此同时，神秘的伯爵一直在忙着为自己的旅行做准备，一帮吉卜赛人驾着马车带来了很多大木箱子。哈克把写好的信揉成团扔给吉卜赛人，想让他们把信寄出去。但德古拉截获了这些信，并当着哈克的面，傲慢地把那些用他看不懂的速记写给米娜的信烧掉了。第二天晚上，当哈克再次从窗户向外看，发现德古拉又沿着墙壁爬下城堡，这次他穿上了哈克的旅行服。

走投无路的哈克开始在城堡里大胆地探索，他吃惊地发现伯爵房间的隔壁居然是一个墓地，里面有一堆像棺材一样的大木箱子，每个箱子里都有一层土。在其中一个箱子里，哈克发现了眼睛大睁的伯爵，没有呼吸，也没有脉搏——显然刚刚死去。但是第二天，德古拉居然又出现了，他告诉哈克他将离开特兰西瓦尼亚，而哈克也可以在第二天自由离开。当天晚上,哈克再次来到伯爵的房间里,又在那个棺材里发现了他,但现在"他的嘴比以前更红了,还有鲜血顺着嘴角滴到他的脖子和下巴上"。德古拉看起来有些发胀,"像一只刚吸饱血的蚂蟥"。一群本地的工人,兹甘尼人和斯洛伐克人,驾着四轮马车把德古拉的那些木箱子运走了。哈克绝望地发现自己被困在了城堡中,而且是和那三个致命的女人一起。他在日记里写到他决心翻墙逃跑,然后再返回英国。

第一部分的四章为整部小说营造了一种充满官能欲望和危机四伏的哥特式氛围,并给读者留下了一个很大的悬念。真诚的乔纳森·哈克旅行见闻中的东欧,为斯托克的小说提供了真实性。当德古拉首次在故事中出现时,他是一个奇怪的、迷人的,甚至可以说爱挑剔的老式贵族,他为乔纳森·哈克提供了真诚的接待和热情的谈话。但到哈克日记的后面,伯爵已经变成了一个残忍的、浴血的怪物,平躺在棺材里,对哈克惊惧的发现嗤之以鼻。

现在叙事突然转到了米娜·默里的日记和通信。她是乔纳森的未婚妻,一直在焦急地等他从特兰西瓦尼亚回来。米娜是一位校长的助理,虽然她并不自认为是一个"新女性",但她身上有一种现代的、智慧的能力。她正在学习速记和打字,以便为乔纳森的律师工作提供帮助。

米娜在和她之前的同学露西·韦斯特拉(Lucy Westenra)——一个漂亮而迷人的年轻女士通信,她们一直打算到约克郡的惠特比去度假。在一封信里,露西激动地写道,她在一天之内接到了三个人的求婚!第一个是名为约翰·希瓦尔德(John Seward)的年轻医生,他在伦敦有一家精神病院。第二个求婚者叫昆西·莫里斯(Quincey Morris),是一个英勇的美国牛仔和探险家。露西拒绝了这两个人，接受了她的真爱亚瑟·霍尔姆伍德（Arthur Holmwood）的求婚，他将会继承戈德明爵士的头衔。

希瓦尔德医生的日记（通过保存在蜡筒上的留声机唱片）记录了对求婚被拒的蔑视，同时也对一个奇怪的病人 R. M. 伦菲尔德（R. M. Renfield）做了第一次记录。伦菲尔德 59 岁，看起来总是有"病态的过度兴奋"。接下来几封简短的信件表明露西的求婚者——希瓦尔德、莫里斯和霍尔姆伍德——都是老朋友，他们祝贺霍尔姆伍德的订婚，并对其中两人失败的爱情表示同情。

露西带着母亲同米娜在惠特比会合。但她们的休假却疑虑重重：乔纳森莫名其妙地停止了写信，米娜开始担忧他的安危；露西在到达惠特比后，又开始梦游；而她的未婚夫亚瑟，本来也要到惠特比来，却因为他父亲戈德明爵士病重不得不取消。

米娜在日记中记载了和一个"快有一百岁"的惠特比老水手史威尔（Swales）先生的几次对话。史威尔先生极好争辩，且很难对付，他对墓碑上那些碑文嗤之以鼻，也不相信复活的理念。史威尔先生是斯托克笔下阅历丰富且"说方言"的代表人物之一，而米娜的日记中奇怪地引用了大段大段史威尔的几乎令读者无法理解的约克郡方言的独白。

但惠特比的神秘不止于此。小说中引用了摘自《每日讯息报》（*The Dailygraph*）上一篇很长的文章，一艘从瓦尔纳（Varna）出发的船只"得墨忒耳号"（*Demeter*），冲上了惠特比的海岸。船长的尸体被绑在舵轴上，双手上缠着一串带十字架的念珠。除此之外，整艘船空无一人，只有一堆装着泥土的大木箱子。小说后来又写道，在人们把失事船只的残骸拖上岸时，一只巨大的狗从船头跳了下来跑向沙滩。

船长的航海日志讲述了一个极其恐怖的故事。一个黑色的神秘生物登上了船，令船员们非常不安。接下来就是船员接二连三地莫名失踪，而他们的船在整个旅途中都被浓雾笼罩着。在最后的日志中，船长发誓："我必须同那妖魔鬼怪抗衡到底，我要把自己的手绑到舵上，然后再绑上一些他不敢碰的东西……"

露西和米娜，连同港湾里所有的船只一起，参加了"得墨忒耳号"船长的葬礼。当天晚上，米娜发现露西又梦游了。当时正是半夜时分，她离开公寓出去寻找，最后在修道院废墟旁她们最喜欢的地方发现了只穿着白色睡裙的露西。在她走近的时候，米娜发现一个黑色的身影在弯腰接近露西。她大声喊露西的名字，那个黑影抬起苍白的脸，目光凶狠地盯着她。但当她冲过去的时候，那个黑影已经消失不见了，露西独自疲倦地斜倚在座位上。米娜把自己的披肩用别针给露西围上，扶她回到房间。第二天早上，她在露西的脖子上发现了两个针孔大小的红点，还以为是自己在别别针的时候粗心大意刺伤了她的朋友。

布达佩斯一家修道院医院的信终于为米娜提供了她未婚夫的消息。修道院的阿加莎（Agatha）修女代替乔纳森向米娜写信，她认为哈克很显然"受到了某种可怕的惊吓……他在谵妄中会胡言乱语些非常可怕的东西"。米娜立即起身赶往布达佩斯，在她的照料下，乔纳森逐渐从惊吓中恢复过来。他把记有德古拉城堡噩梦的日记托付给米娜，告诉她他再也不想听到任何与此相关的内容。而且出乎意料的是，乔纳森请米娜尽快和他结婚。于是在一天下午，他们举办了结婚仪式，乔纳森是坐在病床上说的"我愿意"。

希瓦尔德医生发现，他的病人伦菲尔德变得愈发焦虑。伦菲尔德开始收集苍蝇和蜘蛛，并热衷于观察蜘蛛如何吃掉苍蝇，为这种吞食生命的念头而着迷。他不停地暗示说他的"主人"要来找他。

后来有天晚上，他从收容所逃走，逃到了希瓦尔德医生家附近的卡尔法克斯，正是德古拉之前在伦敦购置的房产所在，也是运送那些装有泥土的木箱子的目的地。

关心露西健康状况的亚瑟·霍尔姆伍德向希瓦尔德医生询问情况。但希瓦尔德医生却一直困扰于露西的病症，于是联系了他的教授——住在阿姆斯特丹的亚伯拉罕·范海辛博士，请他来伦敦协助治疗。

小说发展到这里，读者可能已经发现作品中所有的人物、地点和事件都通过一个核心事件联系到了一起。德古拉到达惠特比的时候，恰好赶上哈克的未婚妻米娜来这里度假；当米娜赶赴布达佩斯去照顾哈克时，德古拉也在此时引诱了露西；德古拉在伦敦购买的房子，恰好位于希瓦尔德医生为露西治疗的医院旁边；也正是在希瓦尔德医生密切关注伦菲尔德的情况时，德古拉在伦菲尔德身上施加了魔力般的影响，加重了他的疯狂。这一系列的巧合，如果不是由于小说中奇怪的超自然因素，就会显得有些生硬。而现在看来，仿佛是冥冥之中一种神奇而残忍的力量在驱使着这一小群人相聚于此。

下一章主要通过希瓦尔德医生的日记，讲述围绕拯救露西发生的故事。范海辛是一个睿智的欧洲学者，他发现露西本人极富魅力，而她的疾病非常奇特。当露西神秘的夜间疾病再次发作，两位医生发现了贫血的症状，并决定立即对她进行输血治疗。在两个人正争着要献血时，露西的未婚夫亚瑟·霍尔姆伍德恰好赶到，他主动要求献血。及时的治疗令露西焕发了几天的活力，但好景不长，她的疾病再次复发，需要三位男士接连献血。这位荷兰的医生似乎对露西的病症已经看出了些眉目，他拍电报让哈勒姆的一位朋友寄来了一大包大蒜花。然后，范海辛把这些大蒜花摆满露西的房间，并做了个花环戴在露西的脖子上。他向露西保证，这会让她睡个安稳觉。

第二天早上，露西的母亲说她昨晚去查看女儿时，因为屋里大蒜花的味道太过刺鼻，于是打开了窗户通风，还把露西脖子上的花环拿了下来。

范海辛听了之后大动肝火，控制不住地流出眼泪。他和希瓦尔德冲进露西的房间，发现她脸色蜡白，再次濒临死亡。接下来露西的命运同一连串的悲剧结合到一起：一只狼从露西卧室的窗户冲出去，一只可怕的蝙蝠飞到房间里，露西的母亲因此受到惊吓，心脏病发作去世（通过后文读者会发现，这只狼是由一个神秘的陌生人从动物园借来的）；亚瑟的父亲戈德明爵士最终也摆脱了长期病痛的折磨，去世了；还有乔纳森·哈克的老板和同事彼得·霍金斯在埃克塞特去世了，徒留乔纳森和米娜悲痛欲绝；由于严重贫血，露西也不治身亡。

这一系列的死亡在小说的中部形成了一个悲剧的高潮，也暗示了降临到每个人物身上黑暗的悲剧。露西的尸体带有一种诡异的美，范海辛似乎已经预见到之后更多的困难，他对希瓦尔德说："现在我们什么都做不了。等等看吧。"但希瓦尔德却认为，随着露西的去世，这一切神秘的事件应该就此尘埃落定了。所以，他在日记中最后用一个词总结道："结束了。"

斯托克竭力在小说中加入真实的细节，他还曾就里面的医学问题专门咨询了他的哥哥索恩利——尤其是关于脑部受伤——他在后文中运用到了这部分知识，但露西的故事中涉及的麻醉剂、贫血和输血等都表现出了一种无知。输血治疗在当时那个时期还是一种新奇的手段，斯托克表现出对这一治疗手法的陌生，他在作品中只是含糊其词地写到多人之间近似疯狂的输血——试想一下如果这些细节是由希瓦尔德医生的日记记录的话，那将是何等地恐怖。对现代的读者来说，不辨别血型就进行输血是大错特错的。但人的血型直到1901年才被发现，运用到临床上又是十年之后。因此，小说中的医生不对血型进行检查、任何人都可以为露西输血的行为将是灾难性的。

亚瑟·霍尔姆伍德对范海辛和希瓦尔德说，虽然他和露西只是订婚，但"他的血液在她的血管里流淌过，就已经使露西成了他真正的新娘"。为了让亚瑟的灵魂得到安宁，他们决定不告诉他其他人也为露西输血了。这种代替性的血液融合——兼具神圣和罪孽——在故事后来的推进中成为一个重要的主题。

小说此时又摘引了《威斯敏斯特公报》(The Westchester Gazette)上一篇令人胆寒的文章：在汉普斯特，露西墓地的附近，有人看到了一个"漂漂夫人"（应该是孩子们对漂亮夫人的称呼）①，这个神秘的女人诱拐了很多在希思玩耍的孩子。当人们最后找到这些孩子时，他们大都奄奄一息，脖子上有撕裂的伤口。范海辛在看到这篇文章后，痛苦地呻吟着："天哪！为什么这么快！"

这位荷兰的教授一直在研究露西死前所有的书信和日记，以便破解她的疾病之谜。他后来到埃克塞特拜访了米娜和乔纳森·哈克。出乎他意料的是，米娜给了他一份自己丈夫日记的副本——里面记载了哈克在特兰西瓦尼亚恐怖的遭遇。她还提及，他们到伦敦旅游时曾在皮卡迪利（Picadilly）遇到过一个很奇怪的人。这个人

---

① 原文为bloofer lady，是孩子们对beautiful lady的发音。——译者注

戴着一顶大帽子,在看街上的漂亮女孩。米娜提到,他"很高,很瘦……鹰钩鼻,留着黑色的络腮胡,有着洁白而锋利的牙齿,嘴唇非常红……像动物一样"。乔纳森看到那个人后非常震惊,自言自语地说:"这正是他本尊!"然后他向米娜解释说德古拉伯爵自从到达伦敦后看起来年轻了很多。

希瓦尔德医生又开始记日记,他将范海辛对露西命运的思考全都记了下来。两个人决心进行调查,一天晚上他们溜进了露西的墓室,打开了她的棺材,发现她的尸体不见了。但他们发现了一个穿着白裙子的神秘生物,抱着一个昏迷的孩子,返回墓室。两个人冲出去,吓走了那个神秘的生物,拯救了那个孩子。第二天,他们重返露西的墓室,发现她躺在棺材里,但"比以往更漂亮",她的"嘴唇红润,比之前更有血色,脸颊上也泛着红晕"。范海辛还注意到,露西的犬齿变得非常锋利。他当即决定必须摧毁这个吸血鬼,这个已经成为"不死一族"中的一员。

亚瑟和昆西·莫里斯也来了,加入了这个探险队。他们在一天晚上一起到了墓地,吃惊地发现了已经变成吸血鬼的露西。这时候的露西有一张残忍的脸,眼睛里喷着地狱的火,嘴唇因为沾满鲜血变得鲜红。范海辛对着她举起了十字架,露西咆哮着,退回了她的墓室。

第二天,这四个人重返墓地,范海辛带着他的工具包。希瓦尔德医生的日记仔细记录了这个令人难以忍受的过程。范海辛拿出一根 3 英尺长的粗木桩,对准露西的心脏,叫亚瑟猛击这个位置。亚瑟坚定地挥起榔头,木桩刺穿了她的身体。露西的眼睛猛地张开,她在棺材里翻滚着,尖叫着,扭曲着身子。她的尖牙咬得咯咯直响,直到把嘴唇咬破了。鲜血从她的胸膛喷涌而出。当任务结束后,四个人发现,露西恢复了之前的圣洁和美丽,"她的脸上充满了甜蜜和纯洁"。亚瑟和昆西离开了墓室,范海辛和希瓦尔德为这项可怕的工作收尾,他们锯下木桩的顶端,砍下露西的头,在她的嘴里塞满了大蒜。最后,他们把棺材密封,锁上了墓室的门。

米娜和乔纳森也到了伦敦,他们住到希瓦尔德医生的家里。现在,整个吸血鬼猎人的队伍才完整了:哈克一家、希瓦尔德、亚瑟·霍尔姆伍德、昆西·莫里斯和范海辛博士。在到达伦敦之前,哈克曾去惠特比调查德古拉那些木箱子的去向,结果发现德古拉的老巢紧挨着希瓦尔德的家。与此同时,米娜和乔纳森忙着把所有人的日记,包括希瓦尔德医生的留声机记录,用打字机打出来,并按照时间的顺序排列好,使得大家可以共享资料。作为读者,我们正亲历着现在阅读的这本书组合起来的过程。斯托克笔下的记录、账目和工作计划等为作品中的人物提供了重要线索,他们也在仔细研读收集到的材料。

范海辛向其他人解释吸血鬼的各项知识,以及有关他们的死敌德古拉家族的历史。这位睿智的荷兰教授用大蒜、十字架和一位荷兰神父寄来的圣饼把自己武装起来。他向众人解释说,德古拉肯定得回到装有原始泥土的棺材中去。因此,他计划找到那些棺材,并把它们全部摧毁。

布拉姆·斯托克在这里天才地定义了许多吸血鬼的传说。斯托克在他的《德古拉》里把早期文献记载中模糊的迷信说法,进行了清晰的阐释和扩充。这些说法来源众多,比如用木桩钉穿吸血鬼的心脏的说法来自一部1845年的"廉价恐怖小说"《吸血鬼瓦尼爵士》(*Varney the Vampire*),同样的说法也见于勒法努的《女吸血鬼卡蜜拉》中。吸血鬼对大蒜的恐惧则来自民间传说。而从镜子里看不到吸血鬼的说法源自特兰西瓦尼亚古老的迷信,斯托克将其第一次用在吸血鬼身上。同理，德古拉无法渡过流水，他必须在原始泥土中休息的说法都是斯托克的首创。在小说中，范海辛还指出日光会削弱吸血鬼的力量，这一点被后来无数的影视作品无限夸大——因此现在人们普遍认为阳光可以摧毁吸血鬼。实际上，在斯托克的小说中，德古拉就曾多次在白天出现过。

或许，斯托克对吸血鬼传说最伟大的贡献就是他创造了吸血鬼的受害者一旦死去，就会变成吸血鬼的说法。小说中的露西是这样，而且这种命运也在危及米娜。这种吸血鬼"传染"的说法为故事增加了危险的刺激和道德的考验。

《德古拉》发展到这里，我们的主人公们在希瓦尔德的住所形成了一个家庭似的"委员会"。主人公们的日记记载了他们在一起共进早餐或晚餐时交流信息、制定策略。米娜的勇敢和坚定令这些男士钦佩，她成为大家的姐妹、妻子和母亲。范海辛称赞她"有着聪明男人具有的智慧……还有一颗仁慈的妇人之心"。相较于在德古拉的威胁下和在露西可怕的遭遇中，米娜所表现出的勇敢和无私，作品中的男士则经常哭哭啼啼，充满了维多利亚式的矫揉造作。

自读到伦菲尔德的资料后，米娜就想去看看他。她和希瓦尔德医生惊异地发现这个神秘的病人居然有出人意表的理智和聪慧。在同亚瑟·霍尔姆伍德及昆西·莫里斯的交谈中，伦菲尔德以惊人的世故和彬彬有礼请求他们还他自由。

吸血鬼猎人们搜索了卡尔法克斯，找到了木箱的运货清单，才发现很多木箱被运到了其他的地点：德古拉在伦敦安排了很多容身之所。乔纳森贿赂了一个工人，从他口中得知了德古拉以德威利（de Ville）伯爵的名义在皮卡迪利购买的另一处房产。

在后来很多对《德古拉》的改编作品中，吸血鬼在伦敦的活动大多被忽略了。德古拉在伦敦的容身之所的地址和商业往来其实是斯托克对他的朋友们所开的善意玩笑。比如，皮卡迪利的房子靠近赫特福德街（Hertford Street），正好是他的兄弟乔治·斯托克的行医地点。位于奇克桑德（Chicksand Street）的另一处房子则紧邻"开膛手杰克"的凶案现场，东伦敦一所有名的社交俱乐部也在附近。这所社交俱乐部的赞助者是伯戴特－库茨（Burdett-Coutts）男爵夫人，她同时也是亨利·欧文的支持者，斯托克的朋友。作品中德古拉位于伦敦的银行是库茨公司，其名称便来自男爵夫人的姓氏。

在吸血鬼猎人们四处追寻德古拉的行踪时，米娜留在了家里，而且读者肯定已经从她噩梦连连的睡眠中发现了那个重要的迹象：德古拉已经来侵扰过她圣洁的生活了。倒计时在不知不觉中开始，我们的猎人们能否在米娜可怕的死亡到来之前找到德古拉并消灭他呢？

医院出事了，希瓦尔德和范海辛被叫到伦菲尔德的病房。伦菲尔德的头上遭了重重的一击，他的脖子也被折断了。范海辛立刻对他进行了开颅手术，来降低颅压。醒过来的伦菲尔德承认德古拉来过了，也正是德古拉诱使他的痴迷变本加厉。他嗜血的古怪爱好便是受德古拉的影响，而且，现在吸血鬼去找米娜了。在断断续续的坦白中，他把德古拉称作他的"首领和主人"。

接下来的剧情中，读者见证了最具戏剧意义的一幕：吸血鬼猎人们发现了德古拉。他们在乔纳森和米娜的卧室中发现德古拉时，吸血鬼正强迫米娜从他胸前划开的血管中饮他的血。他们冲了上去，这时一片乌云遮住了月亮，德古拉融入黑暗之中，"像一阵微弱的蒸汽"。

米娜的被袭展示了德古拉最为恐怖的一面，他消失前轻蔑的威胁带有复仇和欲望的成分。米娜认为她现在已经"不洁"了，即使是被迫地饮血也是对乔纳森和她圣洁婚姻的玷污。第二天，范海辛试图去改善这种消极的状况，他用一块圣饼去碰米娜的前额。但圣饼烫伤了她，并在她的前额留下了一块明显的红色疤痕，昭示着她的耻辱。

他们发现伦菲尔德的死是由于和德古拉的最后对抗，而且暴怒中的吸血鬼破坏了他们精心收集整理的笔记和日记，"房子里一片狼藉"。幸运的是，他们在保险箱里保存了一份所有资料的副本。在这里，斯托克再次歌颂我们这些读者正在阅读的这份手稿，并将它视作解开德古拉所有秘密的钥匙。

之后的日子里，男人们开始反击。他们闯进德古拉位于卡尔法克斯修道院的房子，打开所有的棺材，在里面撒上圣饼、圣水，阻止吸血鬼回到这些安歇之所。然后是皮卡迪利的房子。这次他们雇了一个锁匠来开门，并按照同样的办法摧毁了里面的棺材。但他们发现德古拉在伦敦还有另外两处房子，于是戈德明和莫里斯赶了过去，并将里面的棺材进行了同样的净化。

米娜在发现德古拉离开卡尔法克斯之后，给位于皮卡迪利的吸血鬼猎人们发了一份电报，提醒他们。德古拉走进房子，向他们冲过去。吸血鬼猎人们试图捉住他，他们甚至已经用刀子把他刺伤了，但德古拉从窗户跳了出去，跑向了马厩。中途他还曾停下，最后一次恶狠狠警告那些追踪者："你们会后悔的，你们所有的人。你们以为这么做我就无处藏身了，但我还有更多藏身的地方。我的复仇才刚开始！为了这个计划，我筹划了几百年，现在该我行动了。"

一天早上，米娜突然有了一个天才的想法。因为她现在同德古拉之间莫名其妙地有了心灵上的联系,她找来范海辛,请他催眠她。在催眠中,米娜察觉到德古拉正躺在棺材里——他仅存的最后一具棺材——她还听到了航船咯吱咯吱要起锚的声音。众人赶到了码头,他们发现只有一艘船"凯瑟琳皇后号"(Czarina Catherine)刚刚出发驶往瓦尔纳以及多瑙河上的其他地点。码头工人说他们看到一个穿着黑衣服、戴着草帽的神秘男人,带着一个大大的像棺材一样的木箱子上了船。

但德古拉的离开并不意味着问题的终结。范海辛指出他们必须找到并杀死德古拉,只有这样才能将米娜从厄运——诅咒——之中解救出来。于是猎人们开始制订计划,他们想从陆路出发,以便能赶在德古拉之前到达。米娜坚持和他们一起去,而且她还让这些猎人承诺:假如她变成吸血鬼的话,一定要杀死她。米娜甚至还让他们提前为她念了悼词——吸血鬼猎人们在这个简单而优美的仪式中都得到了安慰。

接下来的日子,他们都在火车上度过,焦急地等待着德古拉乘坐的船只出现。这时米娜被催眠之后的昏睡便成了团队的优势,他们因此确认了德古拉依旧在船上,米娜依旧能听到海浪拍打的声音。他们又坐火车赶到加拉茨(Galatz),但为时已晚。当地的商行已经驾着德古拉预订的马车,拉着神秘的木箱子消失了。

米娜以她的超能力和她的逻辑推导,在分析了德古拉的路线和旅行模式后,指引着猎人们的追踪方向。后来猎人们兵分两路,米娜同范海辛一队。当他们到达德古拉的城堡时,米娜和城堡里的三个女吸血鬼之间产生了一种心灵上的联系,她们称她为"姐妹",从城堡里呼唤着她。范海辛用圣饼在米娜的周围围了一个圆圈来保护她,并逐一找到那三个吸血鬼新娘的墓穴,用木桩刺穿了她们的心脏。

米娜和范海辛离开城堡，等着和另一队人马会合。日落时分，一群吉卜赛人带着伯爵的棺材到达了博尔戈隘口。米娜和范海辛躲在山崖中，架好了来复枪。与此同时，乔纳森、昆西、戈德明和希瓦尔德骑马赶了上来，冲向那群吉卜赛人。他们之间展开了一场激烈的争斗，昆西被刺伤了，但乔纳森设法撬开了棺材盖，德古拉正躺在那里。乔纳森挥舞着刀子砍下了吸血鬼的头，昆西·莫里斯拼命把匕首刺进了德古拉的心脏。太阳落山的时候，德古拉的身体也化成了灰烬。当昆西·莫里斯吐出最后一口气时，他欣慰地看到那块疤痕已经从米娜的前额消失了。

小说的结尾是乔纳森·哈克一则简短的附言。他骄傲地写道：他和米娜的第一个孩子在昆西去世一年之后降生，他们给他取了昆西的名字。在多年之后，他们重返特兰西瓦尼亚，并回忆起这些可怕的事件，此时德古拉城堡已经成了"一堆废墟"。和善的范海辛博士暗示说："我们不需要证据，也不需要别人的信任！"并肯定小昆西·哈克将来有一天会知道自己的母亲是多么的勇敢，有多少男人尊敬她，爱戴她，为了她哪怕上刀山下火海都在所不辞。

斯托克最初设计的结局要更复杂些，他用了三个段落来写德古拉的城堡被一阵突如其来的地震摧毁，就在英雄们的眼前，同德古拉一样，化为了灰烬。这个场面刻画的目的同小说最后的声明是一致的——除了书面的材料之外，再也没有证明这些可怕事件的任何其他的证据。斯托克后来删除了这些段落，或许认为这些段落太不真实，过于耸人听闻。

评论界则在争论小说中的矛盾之处。斯托克创立的很多关于吸血鬼的说法，在小说中存在前后矛盾的地方。比如，最后德古拉被杀死的方式是根据埃米莉·德瓦绍夫斯卡·杰勒德（Emily de

Laszowska Gerard）的办法，而不是范海辛的。德古拉令人困惑的、前后不一致的死法自小说出版之后就一直争论不断。很多作家认为斯托克可能预测到他的小说会被好莱坞充分开发利用，哪怕是在四十年之后——因此他提前为之后的续集留下了一个明显的漏洞。更有可能的是，到小说结束的时候，斯托克自己都搞不清楚他的那些说法了，因此直接无视了这些矛盾。

而且，斯托克的这部小说还带有一些现在看来已经很明显的不足。小说里的男人总会时不时感情崩溃，泪流满面，或沉浸在罗曼蒂克中不能自拔，或像粗制滥造的西部作品中那样绝尘而去。他们缺乏明显的特征，不能使人一眼认出。相应地，米娜的形象在众多男性角色的烘托下则令人印象深刻。而且，斯托克在作品中使用的方言极其可笑，尤其在涉及日记和信件时，甚至变得令人厌烦。小说的节奏有时会为了某些老水手、动物管理员甚至码头工人而变得无比缓慢。每一章中的日记或信件在提及范海辛不太流利的英语时都使用了类似的、尴尬的、不流畅的词组。

尽管如此，《德古拉》依旧是斯托克最杰出的作品。他凭借这个恐怖的吸血鬼，创造了一个神秘的世界。或许斯托克最引人注目的成就便是写了一部名叫《德古拉》的小说，虽然小说里几乎没有提到历史上的德古拉。斯托克把这项任务留给了其他所有人——一个多世纪的读者——任他们纷纷去描绘各自想象中的神秘吸血鬼。

第六章
总督,"恶魔般的狂怒"

布拉姆·斯托克从未谈论过他创作《德古拉》的原因。据诺埃尔说,他父亲曾开玩笑地暗示过,这部小说是由某天晚上"螃蟹吃多了"之后的一场噩梦引起的。

这个笑话后来成了斯托克最便利的借口。但现存的资料表明他曾收集过大量相关的文献,并对它们进行过仔细研究,《德古拉》从构思到写作至少花了六年的时间。《德古拉》不仅是斯托克最得意的作品,对这个艰难的写作过程他也甘之如饴。在欧文巡演的间隙,斯托克在忙完兰心剧院的各项工作后,将自己所有的时间都花在修整剧情、调整结构上。作为文学史上最恐怖的形象之一的德古拉后来肯定已经成为布拉姆·斯托克最为熟悉的老朋友了。

斯托克为《德古拉》做的笔记、研究资料和大纲等在他去世后被妻子弗洛伦丝出售,现保存在费城的罗森巴赫图书馆(Rosenbach Library),这些资料清晰地展示出《德古拉》逐渐成形的过程。

资料中最早的记录可以追溯到1890年3月8日,当时亨利·欧文正在伦敦表演《死亡的心》(*The Dead Heart*)。这是一出关于法国大革命的戏剧，演员的阵容非常惊人，包括斯夸尔·班克罗夫特（Squire Bancroft，这个老演员兼经理人曾与欧文同台表演，四年前已正式退休了）和戈登·克雷格（艾伦·特丽的儿子，这是他职业表演生涯的第一场演出）。特丽在这出戏里扮演了克雷格的母亲——和儿子同台演出令她非常激动——但这个角色"索然无味"，尤其是在她精彩演绎麦克白夫人之后。欧文的角色依旧非常有趣，他在戏中和人决斗，最后被送上了断头台。

在 3 月 8 日的笔记中，斯托克还没有确定人物的姓名和情境。他打算通过一系列信件来讲述故事，开篇的通信发生在法律界："法院致阿伦森（Aaronson）的信——施蒂里亚（Styria）方面要求派去一名不懂德语的可靠律师……在之后的信件中会说明如何到达城堡。"

斯托克后来在这个地方加了一个短语——"慕尼黑死亡之屋"，他曾打算让这个律师在行至慕尼黑陵墓时遇到某些突发事件。笔记中继续写着要点：

> 火车上的知情人纷纷劝阻他。在车站的会面。暴风雪。到达古老的城堡。被留在庭院里。车夫消失了。伯爵出现。将他描述为一个像死人一样的老人。脸色蜡白。漆黑可怕的眼睛。眼中红色的光。不是人类的眼睛，地狱的孽火。住到城堡中。除了老人外空无一人，但总感到有什么躲在暗处。老人神情恍惚。年轻人外出。看到几个女孩。其中一个试图亲吻他的喉咙而不是嘴唇。伯爵阻止。恶魔般的狂怒。这个男人是我的，我想要他。成为囚徒。随意翻看图书。英国法律词典。维吉尔卦（Sortes virgilianae）。用刀尖标明的核心地点。购买房产的指示。以神圣的教堂为由。靠近河流。

维吉尔卦是一种古老的占卜方法，通过随意翻开古罗马诗人维吉尔的作品《埃涅阿斯纪》(*Aeneid*) 第一眼所看到的诗句来占卜命运；或许这正是德古拉伯爵策划他在欧洲行动的方法。

令人吃惊的是，读者今天看到的《德古拉》居然真的包含了斯托克笔记中的那些词组，它们构成了这部小说的前半部分。当然，在1890年的构思阶段，斯托克并没使用下述名字：英国的律师霍金斯、吸血鬼贵族德古拉伯爵、被迫去见伯爵的不幸律师乔纳森·哈克，哈克后来成了这部小说的主角。斯托克原本属意的施蒂里亚（后来成为奥地利的一部分）也是勒法努小说《女吸血鬼卡蜜拉》的故事发生地，这也是为什么斯托克迅速而仓促地将施蒂里亚定为其吸血鬼民间故事的发源地。

斯托克的笔记，尤其是在他敲定人物姓名和地点之前的笔记，尤其有趣。

有研究者指出，斯托克关于特兰西瓦尼亚的了解主要来自一位匈牙利的犹太裔探险家阿米纽斯·万贝里。万贝里在语言方面是个无师自通的天才，他是个天生的探险家。自青年时期，他便以苦行僧自居，并完成了从君士坦丁堡到撒马尔罕的旅行——他是第一个经由丝绸之路到达这片寓言之地的西欧人。当万贝里到达伦敦后，他关于东欧文化的演讲使他迅速成为伦敦家喻户晓的名人。他在中东时始终捍卫着英国的利益，并对俄罗斯进行大肆谴责。在万贝里去世一个世纪后，俄罗斯政府公布文件，表明他当时是英国政府的特工。

因此，万贝里对特兰西瓦尼亚的传统、语言和风貌肯定非常熟悉。更有趣的是，他曾被邀请到牛排屋与欧文和斯托克共进晚餐，而他也以自己精彩的冒险故事回报了他们的盛情款待。比如有一次，斯托克曾问到过，他在西藏旅行时是否担心自己的安危，万贝里勇敢的回答令他的主人们紧张不已："死，不，我不怕死。但我害怕被折磨，因此，我尽量避免自己沦落到那种境地。我外套的衣襟上总是藏着一枚毒药，这样就算我的手被绑着，我也可以用嘴够到它。既然没人能够折磨我，那我就毫无恐惧了！"

还有一则关于万贝里的逸事更具启发性。欧仁妮皇后（Empress Eugenie）震惊于他曾去过那么多地方，而现在却不得不依靠拐杖才能行走。万贝里告诉她："啊，女士，在中亚，人们旅行靠舌头而不是脚。"事实上，万贝里一直是一个非常出色的自我推销者。

充满巧合的是，万贝里曾在1890年4月30日与欧文和斯托克共进晚餐，而在九天之后，斯托克为他的吸血鬼小说做了第一次笔记。鉴于这些笔记中既没有出现德古拉，也没有出现特兰西瓦尼亚，因此斯托克的灵感不太可能来自万贝里的牛排屋聚餐。而在两年之后，斯托克再次见到万贝里时，他已经找到他需要的特兰西瓦尼亚的资料了。

在最后完成的小说中，斯托克曾通过博学的亚伯拉罕·范海辛之口向万贝里表达了谢意："我的朋友，也就是布达佩斯的阿米纽斯先生，查阅了大量的文献记录，发现这个吸血鬼的前身就是德古拉总督。当年，他率领军队打败了土耳其人，赢得德古拉的封号……"但斯托克的"德古拉"其实只是从几本书中拼凑出来的，又通过他的想象力加以润色。他在小说中提到阿米纽斯的名字只是为了提高作品的可信度。

对布拉姆·斯托克的早期笔记影响较大的，是牛排屋的另一位访客探险家亨利·莫顿·斯坦利（Henry Morton Stanley）。

斯坦利1841年出生在威尔士，是一个私生子，他最初叫约翰·罗兰兹（John Rowlands），用的是父姓。他童年的大部分时间是在济贫院度过的，18岁的时候，他来到美国开始一种全新的生活。他最初住在新奥尔良，后来遇到了一个姓斯坦利的人，这人待他如子，于是他就把自己的姓氏改成了斯坦利。也正是在新奥尔良，斯坦利成功改掉了他的英式口音。在内战期间，他分别为南方邦联军队和北方联邦军队效过力，后来成为纽约新闻界的一名记者，并赢得了为获取新闻故事而英勇无畏的声名。《纽约先驱报》曾委托他去寻找在南非失踪的戴维·利文斯通（David Livingstone）。斯坦利的旅程历经艰辛，危机重重，他最终于1871年在坦噶尼喀湖（Lake Tanganyika）岸边发现了利文斯通。斯坦利对利文斯通的欢迎词带有英式特色，在今天非常著名，也很有可能是虚构的："我猜，您就是利文斯通博士吧？"

斯坦利把自己的探险历程，包括他其后对刚果河的研究，都发表了出来，他的冒险经历在维多利亚时代的伦敦非常有名。但与此同时，他的英雄主义总带有争议：他对探险经历的歪曲、他的同性恋丑闻，以及残忍对待非洲原住民的传言。斯托克同斯坦利的第一次会面是在1882年，他同欧文一起参加嘉里克文学俱乐部的宴会。斯托克迅速在斯坦利的身上发现了一种不同寻常的特质，并将他描述为贝壳似的人，一种能迅速吸收一切的神秘存在，只是偶尔才向外界泄漏几丝谨慎的光。

> ［斯坦利］身上有一种特殊的风度，虽然不像最近几年那么引人注目。他的演讲总是深思熟虑，那种审慎的自律仿佛已经刻入骨髓一样。漆黑的脸庞衬得他的眼睛像珠宝一样熠熠闪光，更显出他的演讲稳重，语调平淡。

在这次会面之后,斯托克还见过他几次。据斯托克回忆,他们的最后一次见面是在 1890 年 6 月 26 日一起吃了午餐,在斯托克开始《德古拉》笔记的四个月之后。

> 那时的斯坦利看起来出奇的疲倦,比我上次见他时老多了……他的皮肤在白发的衬托下显得比以前更黑了。当时他 55 岁,但看起来好像已经 80 岁了……好几次他看起来更像是个死人。看起来大自然已经开始因为他对神秘的曝光而展开报复了。

随着小说的发展,伯爵逐渐摆脱了文字的局限,成了一个鲜活的形象。但斯托克最早的笔记中对德古拉的描绘,"一个仿佛死而复生的老人",眼中有着一股独特的地狱之火,以及小说中提到的长长的白色胡须,都符合作者对斯坦利的刻画。在小说中的伯爵出现之前,斯托克已经开始注意从周边有影响的人身上汲取各种特征。

斯托克同一时期的笔记中还包括 16 个不同人物的草稿——虽然依旧没有姓名。三个律师中的"初级律师""去了施蒂里亚"(斯托克最开始写的是德国,后来又划掉,改为施蒂里亚)。其他的人物有"一个疯人院的医生""精神病患者""富有哲学气质的历史学家""律师持怀疑论的机敏的姐姐""警探"。这个名单表明,这应该是一个侦探故事或推理小说。

斯托克在剧情方面同样写了很多备忘录。其中一条说明了吸血鬼的特征:"伯爵的房子里没有镜子。从镜子里看不到他的身影——没有影子?从不进食。"还有一条记录表明斯托克试图将现代科技引入其中,比如便携式照相机:"能否用柯达相机为他拍照——结果是一团漆黑或只是一副骨架。"

有一条备忘录所写的"医生在多佛海关见到他或其尸体"表明斯托克最初计划让德古拉到达多佛，那里也是到达欧洲大陆最合理的港口。

还有一条备忘录提到，在"疯人院医生家的晚宴"上，十三名客人应邀每人讲述一个奇怪的故事，在讲故事的同时还融入客人自己的生平事迹，"最后伯爵进来了"。

继这些备忘录后，斯托克开始琢磨对整部小说至关重要的两页内容的写作。第一页上是人物的名单，斯托克将其命名为"历史人物"。这一页上的内容有明显涂改的痕迹，这表明斯托克在构思剧情的过程中曾对此进行反复的修改。也正是在这一页，读者会发现后来出现在小说中的熟悉的名字："疯人院的医生……希瓦尔德""他的未婚妻，露西·韦斯特拉""初级律师，乔纳森·哈克""哈克的未婚妻，学生，教师威尔米娜·默里（昵称米娜）"。但核心人物的名字依旧悬而未决，斯托克在这里把他称为"吸血鬼伯爵"。

哈克这个名字取自斯托克在兰心剧院工作的一名同事约瑟夫·哈克。他是一个自由职业的舞台布景画家，经常同霍斯·克雷文和威廉·特柏林一起为亨利·欧文设计舞台背景。哈克后来回忆说，有一天他正在女王剧院的布景装卸台工作，斯托克大步走了进来，在闲聊中随口提到为小说中的人物"借用了我的姓名"。而且他也没解释这么做的原因，极有可能当时35岁的哈克正符合斯托克对小说中年轻律师的想象。

"历史人物"中其他的形象依旧在酝酿之中。"一个德国教授，马克思·温肖菲尔（Max Windshoeffel）"后来在作品中成了范海辛，还有"得克萨斯人布鲁图斯·莫里斯（Brutus M. Moris）"变成了昆西·莫里斯。

斯托克还试图塑造一个"画家弗朗西斯·艾顿（Francis Aytown）"，故事中画家打算将德古拉的样子绘到画布上，但这种努力也是徒劳的。

但此后，一份日期为1890年3月14日的表格表明，斯托克将小说的结构改为了四部分或者称为"四卷"，大概是受兰心剧院上演的四幕剧的影响。第一卷"从施蒂里亚到伦敦"主要讲的是主人公在伯爵城堡的冒险历程；第二卷"悲剧"的故事则是伯爵到达英国后将一个年轻的女士变成了吸血鬼；在第三卷"探险"中，人们开始怀疑德古拉，得克萨斯人被派到伯爵的家乡去寻找线索；最后一卷"惩罚"始自一个十三人的晚宴，这个自发的委员会奔赴施蒂里亚与伯爵进行最后的对决。

这些笔记上有许多修改的痕迹，这显然是斯托克在修改小说时的工作底稿。

但也有可能，斯托克关于"螃蟹吃多了"的玩笑不只是一种社交上的权宜之计，很有可能说出了小说的真正内容。假如《德古拉》这部书真的是由一个噩梦引发的，那么斯托克从1890年春天开始做的笔记就极有可能是噩梦的具体内容。发生在德古拉城堡中的一个独立事件在斯托克的早期笔记中被反复提及，反复修改，甚至在作品发表之后。

最早的笔记出现在3月8日："年轻人外出。看到几个女孩。其中一个试图亲吻他的喉咙而不是嘴唇。伯爵阻止。恶魔般的狂怒。这个男人属于我，我想要他。成为囚徒。"

然后在3月14日的笔记中再次出现："到达城堡。孤单。亲吻。'这个男人属于我。'"

"这个男人属于我"是斯托克让他的伯爵开口说的第一句

话,也是他在筹划章节题目之前就记录下来的文字。而"属于我"(belongs to me)这个词组在斯托克的笔记中反复出现了五次,表明它是整个故事的关键词。

吸血鬼新娘的画面乍看起来对剧情没有什么必要,但斯托克在早期笔记中记下的这一幕最终出现在出版的小说中,并在伯爵简单而有力的宣言中得到了体现。在这些淫荡的吸血鬼新娘用她们的尖牙威胁乔纳森·哈克时,伯爵出现并阻止了她们。德古拉的宣言既将哈克从那些女人手里救了出来,又将他推到了更深的危险之中,他将哈克视作了对自己的奖赏。

1899年美国第一版的《德古拉》由双日出版社(Doubleday)发行,在这个版本的小说中增添了一个附言,极有可能是斯托克对上述观点的再次强调。

在英国第一版的《德古拉》中,"这个男人是我的!"这句话出现在哈克同吸血鬼新娘的第一次会面之后——他无意中听到德古拉在门外悄声对那些女人说:"等等。要有耐心。明天晚上,明天晚上他就是你们的了。"在1899年,这句话被修改成:"等等!要有耐心!今晚他属于我。明天晚上你们就能得到他。"这句话是全书唯一一处对德古拉吸食另一个男人的鲜血的清楚暗示。这一幕是对勒法努的《女吸血鬼卡蜜拉》的古怪逆转,并引发了评论家对作者用意将近一个世纪的揣测。

布拉姆·斯托克最心仪的写作地点是苏格兰的克鲁登湾(Cruden Bay),后来他在惠特比发现了一个类似的地方。他发现这个港口小镇完美地包容着新旧两个世界,因此这里迅速被定为他的伯爵跨入西欧世界的入口——这个充满生机、色彩缤纷的中世纪小镇充当起伯爵到达伦敦之前生理和情感的中转站。

1890年7月,布拉姆和弗洛伦丝、诺埃尔到惠特比旅游。斯托克在当地图书馆发现的几本书成为他创作的重要灵感来源。驻布达佩斯的英国前领事威廉·威尔金森（William Wilkinson）的《瓦拉几亚和摩尔达维亚诸公国纪事》（An Account of the Principalities of Wallachia and Moldavia）出版于1820年，书名中虽然没有提及特兰西瓦尼亚，但它作为一个被喀尔巴阡山脉隔为瓦拉几亚和摩尔达维亚的省份出现在作品中。在布拉姆·斯托克生活的年代，特兰西瓦尼亚隶属于奥匈帝国。

在威尔金森的书里，斯托克可能第一次见到了德古勒（Dracul）和德古拉（Dracula）的名字，它们属于15世纪瓦拉几亚的一对父子统治者。威尔金森自己似乎都没有搞清楚这对父子的名字，因此导致了斯托克在描述历史上的德古拉时也犯了同样的错误。而整部书中最令斯托克着迷的是其中一条脚注："德古拉在瓦拉几亚方言中的意思是恶魔。"

关于特兰西瓦尼亚的文章《特兰西瓦尼亚迷信》（"Transylvanian Superstitions"）似乎是令斯托克将其定为小说发生地的另一个原因。这篇关于迷信的文章是埃米莉·德瓦绍夫斯卡·杰勒德于1885年7月发表在《十九世纪》（Nineteenth Century）杂志上的。杰勒德是英国人，后来嫁给了一个驻扎在特兰西瓦尼亚的匈牙利骑兵旅的指挥官。她在这篇文章中描述了一个多姿多彩又充满各种落后迷信观念的东欧——那里的人们同几百年前的祖先一样，依旧笃信世上存在着鬼魂、狼人和吸血鬼。

特兰西瓦尼亚悠久的迷信传统使得它成为斯托克小说最理想的故事背景。甚至连这篇文章的英文名字"森林尽头"，都带有童话般的神秘色彩。杰勒德后来把这篇文章收入1888年的作品集《森林尽头》（The Land Beyond the Forest）中，但至今仍没有确切的证据表明斯托克曾读过这本书。杰勒德的文章提到过被女巫们视为安息日的圣乔治日前夜、藏在大山深处的恶魔学校、日落后照镜子会招来厄运等,这些后来都出现在斯托克的故事中。斯托克还针对杰勒德对付吸血鬼的方法专门做了笔记:"要杀死吸血鬼,或被称作不死僵尸的方法有:用木桩刺穿他的尸体,或用火枪射击棺材,或砍下他的头颅并在他的嘴里塞满大蒜,或挖出他的心脏,用火烧掉之后将灰烬撒到他的坟墓上。"

在将这些笔记运用到自己的小说中时,斯托克直接否定了用枪射击吸血鬼,因为在这样一部带有神奇色彩的小说中,射击实在是一种太过烂俗的方法。

通过斯托克的笔记我们可以发现他创作思路的演变。在一份标着"第一卷,第一章"的表格中,斯托克写下了"吸血鬼伯爵",但后来他又把"吸血鬼"划去,换成了"德古拉"。而且,通观这份表格上的改动痕迹,我们可以看到斯托克在书写"德古拉"的时候是非常果决的。

同理,他那页"历史人物"上墨水不同的颜色也表明作家一次次发现新内容,改换新思路。斯托克划掉了"吸血鬼",将"德古拉"写到纸张边缘的空白处。他还在这一页的顶端加上了一个新标题,"德古拉伯爵,德古拉,德古拉"。其中三次使用了德古拉这个名字,仿佛作家在努力说服自己一样。彼时,斯托克虽然还未确定小说的名字,但他对这个简单又黑暗的名字的迷恋是无可置疑的。也正是在这页笔记中,斯托克添上了惠特比这个地名,特兰西瓦尼亚作为小说第一部分和最后一部分的发生地,毫无疑问已经取代了作家此前选定的"施蒂里亚"。

斯托克像一个侦探一样,在惠特比的街道徘徊着,贪婪地从周边的景色、当地的风土和近代史中汲取着小说的素材。他同当地的渔民交谈，聆听他们的故事；他还就曾在惠特比港口搁浅的俄国轮船"迪米特里号"（*Dimetry*），专门询问过海岸警卫队队员威廉·佩瑟里克（William Petherick）；他亲自绘制了惠特比海岸线的地图，记录了当地风的变化情况，并对田园风光和当地建筑进行了细致的描绘；他还将墓园里石碑上的信息抄了下来以便能给自己小说中的惠特比人起恰当的名字。斯托克甚至还编纂了一本约克郡方言的字典（这再次证明了他对使用方言进行写作的偏好），这样他笔下的惠特比水手就能用正宗的本地方言呼哧呼哧地抱怨了。斯托克的笔记中还有一页专门描绘了上午 9 点钟的小镇："山羊和绵羊咩咩叫着……码头上的乐队，刺耳的华尔兹……码头街道上的救世军，各种声音熙熙攘攘，钻进我们的耳朵里。"后来他把这些情节，甚至依旧是一天之中的这个时间，写进了他的小说中。

在收集资料的同时，斯托克还借鉴了其他十几本参考书。其中包括署名为"喀尔巴阡社会一员"所著的《匈牙利大地》（*Magyarland*）、A. F. 克罗斯（A. F. Crosse）的《喀尔巴阡山周边》（*Round about the Carpathians*）、伊莎贝尔·伯德（Isabella L. Bird）的《黄金半岛》（*The Golden Chersonese*）、E. C. 约翰逊（Major E. C. Johnson）少校的《追踪新月之旅》（*On the Track of the Crescent*）以及查尔斯·博纳（Charles Boner）的《特兰西瓦尼亚的风土人情》（*Transylvania, Its Products and Its People*）。这些作品中包含了这个地区的风土物貌，居民的着装、饮食、传统和语言。除此之外，还有一本不同寻常的书《梦的理论》（*The Theory of Dreams*），作者是 F. C. 利维顿（F. C. Rivington）和 J. 利维顿（J. Rivington）。虽然斯托克并没对这本书做多少笔记，但他已经意识到不同寻常的梦境同超感觉一样，可以在他的故事中发挥举足轻重的作用。

在安排所有的剧情之前，斯托克运用作为业务经理所具备的独特的细致和一丝不苟首先为故事设置了一条时间线。他将一个空白日历上的周一设为3月6日，然后再将小说中的重要事件一一排到日历中。比如，故事开始于3月16日："德古拉写给霍金斯的信（日期是旧历的3月4日）。"在与特兰西瓦尼亚通信之后，算上往来所需的时间——乔纳森·哈克在4月25日"晚上8：30"离开伦敦，于次日"凌晨5：50到达巴黎。他在当天晚上8：25从巴黎出发，并在第二天晚上的8：35到达慕尼黑"。哈克的旅行安排完全是按照旅行指南和火车时刻表来安排的，他的乘车时间与现实中是完全一致的。

整部小说发生在3月16日到12月6日，相当于斯托克日历中的一年。研究者根据小说中提到的日期和作品中涉及的一些事件，认为斯托克作品中的时间应该是1893年，他在作品中无论是情节的设置还是日期的安排都应是按照1893年的日历来制定的。但斯托克在时间方面的安排并不是完美无缺的，小说中某些特定的情境看起来和实际的时间存在着矛盾的地方。例如，在故事的结尾，乔纳森·哈克写道，自那桩可怕的事件后，已经过去"七年了"。如果故事发生在1893年，那时间上就说不通了，因为斯托克的书发表在1897年。因此，更有可能的是，斯托克参照某年的日历构思了小说的结构，但后来为了避免有可能的对号入座，他又调整了故事中某些事件的时间。

斯托克为了筹划这部小说几乎可以说是殚精竭虑，他力求完美，想面面俱到，但依旧还有缺憾。斯托克从未到过特兰西瓦尼亚，因此他在作品中描绘的陡峭悬崖和哥特式城堡全都是想象的产物。在他笔下，联系着瓦拉几亚和特兰西瓦尼亚的博尔戈隘口在地图上看起来遥不可及，令人望而生畏，实际上却是一片起伏的群山，绿草如茵。

同理，斯托克笔下的伦敦也被他简单定义为一个繁忙的大都市。伯爵在伦敦的活动从东伦敦的卡尔法克斯修道院到泰晤士码头，完全忽略了这座雾都的实际地标。德古拉对这座城市充满了迷恋，而斯托克本人在很久之前就已对伦敦心生厌烦。作家在这部小说中唯一饱含深情而精心描绘的港口小镇惠特比，这个位于特兰西瓦尼亚和伦敦之间的中转站，却经常被大部分读者忽略。

作品的核心人物之一范海辛，在斯托克笔记中很晚才出现。他最初被设为多种形象的混合体，包括了一名侦探、一个自然研究者和一位德国教授。

在德古拉邪恶力量影响下开始吃苍蝇的精神病患者伦菲尔德，则从未在斯托克的笔记中出现过。他的笔记中倒是有一个最初被叫作"马车夫"的形象，后来被斯托克命名为"伦福尔德"。而且这个名字也只在最终的手稿中出现过，应该是作者在最后时刻的灵感乍现，后来终于被定为"伦菲尔德"。

《德古拉》这部小说写作于斯托克的两次克鲁登湾之旅期间，他在1897年同伦敦的阿奇博尔德·康斯特布尔公司（Archibald Constable & Company）签订了出版合同。在合同中，斯托克为这部小说起的名字是《不死之身》（*The Undead*）。

接下来，就是那个总督的问题。

在今天的文学史中，德古拉已经成为阴险狡诈和神秘莫测的代名词，但他实际上只是斯托克某个午后在惠特比图书馆的意外发现。威尔金森的《瓦拉几亚和摩尔达维亚诸公国纪事》中的一条脚注引起了斯托克的注意："德古拉在瓦拉几亚方言中的意思是恶魔。同他们的先祖一样，今天的瓦拉几亚人依旧习惯地将某些特别勇敢、残忍或狡猾的人称作德古拉。"

可惜的是，威尔金森作品中存在的许多错误也出现在了斯托克的小说中，他们都搞混了瓦拉几亚的这对父子统治者，而且还曲解了"德古拉"的含义。诚然，"恶魔"这个词极具吸引力，何况再加上"英勇、残忍或狡猾"的人物形象。范海辛的评论为历史上这位古老的统治者提供了可信度，但这段简短的历史根本就是子虚乌有的，是斯托克用来为他的故事提供所谓的"历史依据"的。著名的德古拉研究专家伊丽莎白·米勒（Elizabeth Miller）认为，小说中范海辛的观点应该是来自威尔金森的《瓦拉几亚和摩尔达维亚诸公国纪事》和其他四个地方。斯托克将这些观点和看法全盘继承，并将其作为一种历史元素巧妙地隐藏在自己的小说里，然后在几乎半个世纪的时间里一直等待着被人发现。

在 20 世纪五六十年代，有不少作家发现了这种关联，在对真正的德古拉进行研究后，认为正是他恐怖的统治引发了斯托克的这部小说。斯托克的第一位传记作家哈里·卢德伦（Harry Ludlam）在 1962 年出版的书中声称：斯托克曾参考过许多"15 世纪的手稿"，其中一份中将德古拉称为一个"吸血鬼"（但他提到的这份手稿从未被发现）。格里戈雷·南德里斯（Grigore Nandris）在 1966 年发表的文章中认为，斯托克在描绘他的白发长须伯爵时肯定是以历史上的德古拉总督的画像为原型的。

在 1972 年出版的《寻找德古拉》（In Search of Dracula）中，作者雷蒙德·麦克纳利（Raymond McNally）和拉杜·弗洛雷斯库（Radu Florescu）将传说中的伯爵同历史上的总督联系到一起。在这部作品中，他们试图证明斯托克的德古拉正是历史上那个臭名昭著的德古拉。

弗拉德（Vlad，德古拉的父亲）是瓦拉几亚的一名军事领袖，他在 1431 年被神圣罗马帝国皇帝西吉斯蒙德（Sigismund）封为一个特殊的骑兵团——皇家龙骑士团——的骑士,这表明了他对罗马皇帝的效忠和对土耳其的宣战。为了铭记这份荣誉,弗拉德后来骄傲地在自己的名字后面加上了"德古勒"(Dracul),意为"龙"。

他的儿子,也就是著名的弗拉德·泰佩什(Vlad Tepes),很有可能在这一年出生。在弗拉德·泰佩什统治期间,他将自己的名字改成了德古拉(Dracula),意为"龙之子"。奇怪的是,这对父子名字中的骄傲含义,到了斯托克的笔下完全变成了阴暗的存在。

年轻的弗拉德和他的弟弟幼年时都曾在土耳其做过人质,这是为了迫使他父亲合作的一种政治手段。当他长大成人后终于回到瓦拉几亚,却发现自己的父亲已经被谋杀了。

弗拉德曾三次作为总督统治这片土地,在长达七年的统治期间,他强硬地同土耳其人和匈牙利人开战。在这段时期,他以恐怖的统治手法而著称。据传,在1457年,他邀请他的敌人,另一个贵族家庭,来参加复活节宴会,然后把其中所有的老人全都钉到尖木桩上。七年之后,当土耳其苏丹带领军队攻击弗拉德的城堡时,他们发现城堡四周满是被钉在尖木桩上的土耳其俘虏。这是一次极其有效的威慑,苏丹认为他的敌人不只嗜血,还更加丧心病狂,因此下令撤兵。他的名字弗拉德·泰佩什,更是被人译成了穿刺王子弗拉德。

德古拉死于1476年的一次战役中。按照传统,他的头颅作为苏丹的战利品,被送回了君士坦丁堡。

为了能将传奇和历史结合起来,麦克纳利和弗洛雷斯库在他们1972年发表的作品中做了许多推测和假设。他们假定阿米纽斯·万贝里肯定和斯托克谈起过德古拉总督,并向他推荐过大英博物馆里有关德古拉生平的藏书。同理,威尔金森书中的脚注也极有可能诱使斯托克去阅读17世纪理查德·诺尔斯(Richard Knolles)的《土耳其史》(*Generall Historie of the Turkes*),其中介绍了德古拉残忍地处死两万名俘虏的暴行。综上所述,这就形成了一个极富诱惑和刺激的故事——试想一下,一个以残忍暴行著称的统治者,他的外号是"恶魔",或者"龙",而且故事发生在特兰西瓦尼亚。因此,《寻找德古拉》的读者确信,斯托克事先肯定仔细研究了这位中欧统治者的历史,并且在自己的小说中小心地隐匿了这些历史的因素。

更为巧合的是,也正是这两位大无畏的作家麦克纳利和弗洛雷斯库发现了验证他们理论的证据。在为之后的德古拉研究搜集材料时,他们到费城的罗森巴赫图书馆去研究一本关于弗拉德·泰佩什的 15 世纪的小册子。那儿的一名馆员热心地提到,如果他们对德古拉感兴趣的话,可以去看看已经成为图书馆馆藏但还未列入展览目录的布拉姆·斯托克的原始笔记。

你可以想象,这两位作家是多么吃惊。接下来,他们研究了斯托克的手稿、第一次标有日期的笔记和他的研究资料。麦克纳利和弗洛雷斯库利用斯托克的这些笔记,补充完成了《吸血鬼群像》(*A Clutch of Vampires*, 1975) 和《德古拉的原型》(*The Essential Dracula*, 1979)。但令人尴尬的是,斯托克笔记中的日期及资料来源表明他根本不怎么了解历史上的弗拉德·泰佩什。

当然,还有很多小细节证明斯托克对弗拉德的了解非常有限。比如,斯托克甚至搞错了德古拉效忠的对象。在他的小说中,斯托克通过他笔下的人物解释说,德古拉是一位"波雅尔"(boyar,罗马尼亚旧时大贵族),而实际上,弗拉德·德古拉一直在和波雅尔作战。斯托克笔下的德古拉声称同塞凯伊家族是近亲,而实际上德古拉家族来自瓦拉几亚的巴萨拉布王室。历史上的德古拉居住在特兰西瓦尼亚市郊的瓦拉几亚,而不是小说中的特兰西瓦尼亚,他的城堡也并不在此,而是位于罗马尼亚境内。

更有甚者,斯托克从未在他的德古拉身上加诸嗜血、酷刑、穿刺、弗拉德一类名字,或是泰佩什的俗称"穿刺王子"。实际上,斯托克通过范海辛之口称赞德古拉"在他生前是一个伟大的人,一个战士、政治家和炼金术士……"所以,生性严谨的斯托克难道会在彻底研究过这个人物后,对这些历史材料统统弃之不顾吗?

现在的研究者一般都认为,斯托克对历史上的德古拉的了解仅仅局限于这个名字和与此相关的一些历史事件,他从未读过任何有关这位总督生平或者名声的书籍。自第一部作品发表之后,麦克纳利和弗洛雷斯库就开始不断修订他们的观点。1997年,弗洛雷斯库发表文章称:"历史上的和小说中的德古拉之间的联系……除了标题之外,仅仅存在于一部作品中的四个简短的参考文献中。"

德古拉研究学者伊丽莎白·米勒在仔细研究了所有的资料后,审慎地总结道:

> [斯托克的]研究看起来更像是随机的(通过不时偶然的发现),而不是严谨的学术研究。在使用发现的材料时,他经常加上"好像",而且还包括了不少的误解和困惑……的确,[麦克纳利和弗洛雷斯库]这种历史和传奇结合的理论重新引发了20世纪70年代上半期德古拉研究的热潮,但这种理论本身就是经不起推敲的。

实际上,表面看来斯托克小说中的德古拉似乎只是借用了15世纪统治者的姓名而已,但其内里却是19世纪多位名人特征的融合,他们给这个名字增添了许多神秘的因素。德古拉这个形象中包含了许多危险而不健全的个性,而布拉姆·斯托克对它们全都了如指掌。

第七章

小说家，"糟透了"

随着德古拉这一角色在流行文化中声名日盛，它也衍生了多种别出心裁、与众不同的变形——其中包括身披高领黑斗篷的贝拉·卢戈西催眠般的险恶形象，还有克里斯托弗·李（Christopher Lee）饰演的高傲放荡的伯爵，兼具了动物的野蛮和贵族的优雅，他充血的眼睛和尖利的牙齿令人不寒而栗。但是令现代读者诧异的是，小说中却几乎没有这一类的描写。

正如研究者、作家伦纳德·伍尔夫（Leonard Wolf）指出的那样，德古拉仅在斯托克这部390页的小说中的62页里出现过，而且他的大部分出场还不是自己本来的样子——比如为乔纳森·哈克驾车的马车夫，从"迪米特里号"跳下的大狗，从露西的窗户中飞出的蝙蝠。在整部作品中，德古拉只发表过为数不多的几次讲话而已，而他可怕的力量读者也只见证了两三次。

随着故事的发展，当小说中的人物们开始讨论那些神秘的术语、大谈那些模糊又浪漫的理论时，德古拉的形象也变得更加晦涩难解起来，因此当他真的闯进屋里来时，所有的人都大惊失色。斯托克对小说名字的变更——从最初的《不死者》到后来的《德古拉》——也误导了读者，但同时也成为小说最好的广告宣传。读者对德古拉充满了好奇，从拍打着翅膀的黑色蝙蝠，到旋涡般的迷雾，怀着对伯爵真面目的期待，我们才一页页读了下去。

即使作品中对伯爵外貌的描绘也是模糊不清、争论不断的。乔纳森·哈克将其描述为一个白发的老人，有着贵族般的鹰钩鼻子。而当德古拉到达伦敦后，可能因为饱饮了鲜血，这时的伯爵恢复了青春，时髦的黑胡子、修长的鼻子，他的嘴唇总令人联想到蝙蝠。

由吸血鬼（vampire）后期的化身形成了英语中的一个动词"引诱"（vamp）。这个词后来经由一系列的演员，自蒂达·巴拉（Theda Bara）到罗伯特·帕丁森（Robert Pattinson）的演绎，昭示了一种带有放荡和危险的美。有意思的是，斯托克最初将他的人物定位为异国情调的冷漠，而且寡淡无味。德古拉在米娜的卧室中将其制服的场景意在使人恐惧，而后来百老汇和好莱坞则将这一场景搬到了德古拉的棺材中，充满了浓浓的性挑逗和吸引力。

1857年5月18日，距《德古拉》正式出版还有一周，斯托克很早就来到兰心剧院，进行自己的一场小实验。

业务经理身穿黑西服，精神抖擞地大步拐上伯利大街（Burleigh Street）。对斯托克来说，在灿烂的阳光中走进兰心剧院是非常少见的。因为往常在这个时间里，他总是在结束了欧文令人筋疲力尽的排演后，刚刚要从剧院离开。

布拉姆·斯托克推开剧院的门，拐进去，在侧翼和舞台经理拉夫乔伊寒暄几句，然后视线扫过打扫干净的舞台，上面摆好了带有小图案的桌椅。一切准备就绪。斯托克推开金属门，穿过走廊，到达大厅。引座员正在往人行道上摆今日清晨特别演出的广告牌。一堆整洁的白色节目单排放在大理石桌面上，布拉姆·斯托克弯腰检查了下上面的印刷——"《德古拉,或不死者》,首次演出"。

作为亨利·欧文的业务经理,斯托克肯定已经估量过他的新人物在舞台上的价值,以往有关吸血鬼方面的戏剧总是意味着很好的票房。即使对于吸血鬼猎人来说,德古拉过于难以捉摸,但他肯定能将他的吸血鬼牢牢掌控住,用版权法来确保吸血鬼不会逃进戏剧的商业世界中。

对戏剧界来说,也正如宫务大臣办公室规定的那样,维护自身正当权益的过程就包括一场公开的演出。兰心剧院就曾进行过一系列类似的表演,包括丁尼生的戏剧《护林人》(The Foresters)。这对戏剧行业来说是一种非常必要的措施,这些公开的表演并不是创造上的练习,更像是一种必要的法律手段,是作家对作品主权的声明,用来防止其他人对自己作品的任意篡改。因此这种公开的戏剧表演与其说是表演,确切来说更像是一场公开朗读。演员们可以拿着剧本,在舞台和椅子之间走来走去,或退到舞台侧翼,或即兴加入几个动作来表示强调。

一应必需的东西都已准备就绪。煤气灯可以随时打开,布景也可以安装到舞台上。连表演所需的一些背景,一扇门、一张桌子,还有一小捆道具也都备好。为了让它更像一场正式演出,斯托克还打印了节目单,张贴了宣传海报。但是这种版权演出通常都被安排在一些不太好的时段,而且只能上演一次。

斯托克的新剧恰恰是这种情况,《德古拉》的演出被安排在上午10点,而且1几尼的票价也偏贵一些,意在令观众望而却步,很可能根本不希望有人来看。剧院的销售记录表明,这次演出只卖出了两张票——可能是一对时刻关注特别演出的忠实戏迷。其他的观众零散地坐在正厅前排,有剧院的清洁工、作家的几个朋友,还有一些演员。如在欧文的多次表演中那样,斯托克在后面踱来踱去，虽然这次演出对他来说意味着更多的机遇。

宫务大臣办公室规定剧本的内容必须合乎礼仪，幸运的是，斯托克的剧本通过了审查。虽然我们不知道观众都有谁，但通过剧本我们可以想象这场仅此一次的演出会有多么磕磕绊绊。这是斯托克生前唯一一次试图将《德古拉》搬上戏剧舞台，也是我们的伯爵第一次被改编成戏剧。

斯托克的最终剧本称不上什么艺术杰作，身为业务经理的他，除了忙着出版自己的小说外，还要去照看欧文的各种事务。因此这个剧本大多是他抽时间利用小说中的排版毛条，通过粗略的剪贴编辑，再加上一些衔接句子组合到一起的。最终剧本存在明显仓促组合的痕迹，里面大段的台词直接引自小说，对剧中的事件缺乏必要的渲染。而当斯托克不得不动手去补写剧本中某些必要材料时，那些叙述大都平淡无奇。

这出戏的序曲非常简短，斯托克雇来了几个乐师，以便使表演显得正式一些。随着幕布的拉开，稀稀拉拉的掌声从观众席传来。一名演员走上舞台，微微鞠躬，站到了讲台后面。

戏剧《德古拉》中没有特兰西瓦尼亚旅行见闻出场的机会，也不可能像亨利·欧文一样费尽心思琢磨哪一种月光才更合适。斯托克新戏的开端是由扮演乔纳森·哈克的演员到达一座想象中的城堡的大门，他敲击着想象中的门环，大声喊着。那个早上的舞台实际上没有多少表演可言，演员们泰然自若地在讲台后弯腰看着剧本，念着台词。

> 乔纳森：嗨！嗨！……这真是太有趣了。在黑暗中旅行，马车夫虽然看不清长相，力气却大得惊人，单单举起手就吓退了狼群……把我从那可怕的毁灭中带出来。我从未想过会以这么一种

浪漫的方式开始我的律师生涯。想想看，离开伦敦时我刚刚通过林肯律师学院的考试，而现在我已经来见客户了……

然后德古拉出现。第二名演员穿过想象中的大门，从讲台前滑过。斯托克为他设计的自我介绍中充斥着日常用语，却听起来令人迷惑不解。他的开场白是从小说改编而来的，同样，也像小说中那样，他三次对乔纳森·哈克表示了欢迎。阳光灿烂的兰心剧院看起来丝毫无法展示斯托克的特兰西瓦尼亚那危机四伏的险恶氛围。

德古拉伯爵：欢迎您光临寒舍，请您自便。
（一直站着不动，直到哈克走进门，才走上前，和他握手。）
欢迎您光临。希望您自由而来，平安而去，留下快乐的回忆。
哈克：德古拉伯爵？
德古拉伯爵：我是德古拉，我猜您就是彼特·霍金斯事务所的乔纳森·哈克先生吧？欢迎您，哈克先生，欢迎您的光临。夜风很凉，你必须马上吃点东西然后好好地休息。
（把手里的提灯放到灯架上，走上前，提起哈克的行李箱。）
哈克：（试图拿过行李箱）不，先生，让我来。
德古拉伯爵：不，先生，还是我来吧。你是我的客人，现在很晚了，用人们都入睡了，我会亲自为您服务的。

斯托克冷眼看着舞台，忍不住痛苦叹息。戏剧开演刚刚五分钟，剧本就已令人厌烦了。斯托克抻了抻背心，不耐烦地在过道中走来走去。身为一名律师（如同他的英雄乔纳森·哈克），斯托克提醒自己公开演出只是一种法律上的需要，而不是艺术。因此，无论他，还是他心爱的《德古拉》，都必须忍受此劫。

据传，欧文在到剧院后也曾来看过这次表演。但他只在后面站了一会儿，然后用了一个词"糟透了"（dreadful）来评价这出戏剧。他的声音有点儿大，把这位伟大演员对舞台上可怕表演的蔑视昭显无疑。然后，他转身推开门，回自己的办公室去了。

那天早上观众席上另一个引人注目的人物是艾伦·特丽。她走进观众席，优雅地坐下，在自己时间允许的范围内仔细聆听着。她的女儿伊迪斯·克雷格被邀请扮演剧中的米娜。这是一次非常有意思的选角，因为斯托克小说中米娜的原型就是他的同事特丽。伊迪斯20多岁，刚刚开始她的演艺生涯。当时她每天晚上都在兰心剧院上演的喜剧《桑吉尼夫人》（Madame Sans Gene）中和她的母亲及亨利·欧文同台演出。欧文在该剧中扮演拿破仑，她饰演的是一个小角色。实际上，《德古拉》中大部分演员都来自《桑吉尼夫人》，其余的则由年轻演员补齐。

乔纳森·哈克的扮演者是赫伯特·帕斯莫尔（Herbert Passmore），他一直在兰心剧院的巡演公司里工作，凭借《桑吉尼夫人》声名鹊起。扮演德古拉的是T.亚瑟·琼斯（T. Arthur Jones），一个带有贵族风度的性格演员，他同样参演了《桑吉尼夫人》。饰演剧中范海辛的是兰心剧院一个名叫汤姆·雷诺兹（Tom Reynolds）的喜剧演员，秃顶，圆脸，在伦敦从事演艺多年。

> 范海辛：勇敢的小伙子！只要鼓足这一刻的勇气，我们的任务就完成了！我们必须用这根木桩刺穿她！这会是可怕的折磨——千万不要犹豫——只要熬过这痛苦的一刻，你就可以从这种伟大的悲痛中解脱了。这间无情的墓室会成为我们的庆功厅，但你一旦开始这项痛苦的重任，千万不要踌躇犹豫。一定要记住，我们，你真正的朋友，正陪在你的身旁，而且我们一

直在为你祈祷。

亚瑟：说吧，告诉我需要做什么。

可想而知那天早上演出的情况。剧情全靠台词，没有扣人心弦的吸血鬼谋杀或人的血液的特殊效用。演出继续，这个似乎没有尽头的剧本不仅令演员们心力交瘁，直接取自小说的台词也激怒了斯托克。那天早上的阅读演出持续了四个小时——这也是后来演员们步伐无力、声音枯燥而呆板的原因。在一百年之后，斯托克的这个剧本在伦敦的一家酒吧再次被朗诵时，整整花了六个小时。

戏剧的结局同样令人大失所望。结尾被删减为几行敷衍潦草的台词，无一能表现紧张刺激的马上追逐和日落时分德古拉城堡前神秘的结局。剧本只是提到范海辛和米娜一直在观察着事情的发展：

（吉卜赛人和骑士们越来越近了。）……

（骑士和吉卜赛人交战，哈克从马车上扔下一个木箱子，把它撬开，露出里面的伯爵。当哈克挥刀砍下他的头颅时，伯爵逐渐消失了。太阳落山。莫里斯受了伤，哈克扶着他的头。）

剧本也从未对这种最终的战斗布局进行过任何说明，米娜神秘的幻想也从未被提及，未提及的还有她前额的伤疤最后是如何神秘消失的。事实上，上述这些也不可能在那天早上的舞台上生动形象地表现出来——只能是舞台上几行台词和几个哑剧般的手势。幕布缓慢落下，鼓掌声稀稀拉拉。

演出结束了。

当时对斯托克这部戏剧进行审查的是宫务大臣办公室的戏剧审

查官乔治·雷德福（George Redford），他对《德古拉》的评价是："这是您即将面世的小说非常出色的戏剧改编。"他认为里面没有任何"不合规范"的内容。实际上，斯托克这出剪辑编辑的戏剧中存在很多令当时的伦敦舞台惊骇的东西，比如乔纳森被三个吸血鬼新娘袭击的情节、露西被木桩刺穿心脏的处决方式、米娜在卧室中被迫啜饮德古拉鲜血的场景，以及故事最后德古拉被砍头的画面。雷德福不加仔细勘查就允许这部戏剧上映的原因之一是他同斯托克早因工作相识，交往良久。

这次版权的公开演出对斯托克而言是一场难堪的羞辱和折磨，尤其是他邀请来的那些朋友很可能会根据这场可笑的演出来评价他即将面世的心爱的小说。但斯托克从未提起过那个早上，也或者，他只是把那场演出看作一项繁忙的任务而已。

无论斯托克对舞台上的《德古拉》预期如何，这次公开演出是他第一次也是最后一次尝试将这个吸血鬼故事搬上舞台。在兰心剧院的唯一一次演出后，他再也没有费心对剧本做过任何修改或试图以别的方式再现这个故事。斯托克肯定已经对这项任务失去了兴趣，或者是他已将其视为无法成功的事情了。如果说他曾试图用这个故事来打动他的老板亨利·欧文的话，那么《德古拉，或不死者》则是一场彻头彻尾失败的努力。

幸运的是，小说版的《德古拉》收获了多方的关注。

小说在1897年5月26日发表之初，并未立刻轰动一时，但绝对是成功的。

《每日电讯报》（*The Daily Telegraph*）的W. L. 科特尼（W. L. Courtney）为这部小说撰写了一篇见解深刻的长篇评论，来表达对斯托克文风的赞扬。

从未有人能将一个故事讲得如此逼真，如此神秘。正因为作者这番力保真实的举措，我们才会对这个故事深信不疑。斯托克先生娴熟而巧妙的写作技巧使读者迫不及待地从第一页读到最后，生怕漏掉一个字……虽然丰富多彩的剧情中也涉及杀戮，但未发展到令人望而生畏的地步，因为对神秘的不幸心灵的追寻总会不断战胜生理上的恐惧。总之，小说的开篇应该是全书最好的部分，原因显而易见……小说中对地域特色的描写同核心事件一样重要，因为当你发现自己身处一片陌生的土地上时，任何事情都有可能发生。

《观察者》（*The Spectator*）则关注于小说设置在现代情境中的普通事物。

作品里多愁善感的元素是平淡无奇的……小说中的现代化程度——使用留声机记录的日记、打字机，还有其他类似的东西——虽然同自中世纪传承而来的打败吸血鬼的古老方法不合拍，却最终确保了吸血鬼猎人们的胜利。

但《蓓尔美街报》（*Pall Mall Gazette*）的观点却恰恰相反。

布拉姆·斯托克先生将他故事的主要地点设置在了英国和伦敦，并利用打字机、留声机、蓓尔美街、动物园和一切时新的事物试图将故事安排在我们生活的时代中，这当然是使一个虚构的恐怖故事显得真实的方法之一。还有一个方法就是让故事发生在中世纪，但人们对侵扰我们祖先的究竟是哪种妖怪其实并不太热衷……

《雅典娜神殿》认为斯托克的写作方法"太过于直接和生硬",而且小说中"缺乏艺术构思和优雅的文学品位"。

> 小说前面写得很好……但随着故事发展,作者匮乏文学技巧和想象力的缺点就表现得越明显。小说中自发联合起来到世界各地去追捕吸血鬼的人物全都缺乏真实的个性和特征。尤其是那个精通科学的德国人,他身上的自衰自怜和情绪泛滥代表了多愁善感的德国人。

斯托克这部小说的美国版于两年之后出版。一家旧金山的报纸《海浪》(*The Wave*)发表了一篇非常少见的文章,专门批判小说中的"堕落"。

> 这个人将古今文学中最恐怖的主题进行了更深层面的挖掘。对读者来说,一般程度的恐怖就够了,但作家却不满足,又在其中加上了精神病院、解剖室和其他大量倒胃口的东西。小说中几乎每个细节都令人恶心。在开篇刚刚70页的篇幅中,作家就描绘了四起由捕食人类的吸血鬼造成的死亡事件,包括一起谋杀,一起自杀,一个吃苍蝇的杀人狂,一个梦游症患者,一艘神秘伤亡的遇难船,还有一起由于歇斯底里的恐惧造成的死亡。多么令人愉快的阅读,对吧?

但是,美国的大部分评论家都沉浸在小说令人欲罢不能的战栗之中。尤其是《底特律自由报》(*The Detroit Free Press*),当发现小说的作者是曾随亨利·欧文的剧团来访过的讨人喜欢的布拉姆·斯托克时,他们对斯托克居然能写出这么一部既古怪又优秀的小说表示了诚挚的惊讶。

作者是布拉姆·斯托克！

想想这个人。

他——一个伟大的、拖沓的、好脾气、过度发育的大男孩——虽然身为亨利·欧文和兰心剧院的业务经理——留着未修剪的红胡子，面色红润，充满好奇的蓝眼睛总是直率地盯着你！很难想象作为业务经理的布拉姆·斯托克居然从未谈起过他创造的这个令人难忘的德古拉。

还有人猜测，其实斯托克的英国同事对这部小说同样震惊，他们只是太矜持，没有公开表示而已。

多年以来，许多评论人士都注意到这部《德古拉》无论从视野还是从能力上都迥异于斯托克的其他作品。毫无疑问，《德古拉》是斯托克最好的作品，可能还有很多人为此感到困惑。美国的一个幻想小说家洛夫克拉夫特（H. P. Lovecraft）在1927年给他的朋友唐纳德·旺德莱（Donald Wandrei）的信中这样写道：

除了《德古拉》，你读过斯托克其他的作品吗？……斯托克的小说明显缺乏结构，而且故事缺少连贯性。他写的东西都要经过第二个人的修改，有传言说，在《德古拉》发表之前，斯托克曾找到我们圈子里的一个记者，一位上了年纪的明特夫人为他修订《德古拉》的草稿（当时是一团糟）。这位女士为这项艰巨工作提出的要价被斯托克拒绝了。斯托克虽然有着非凡的想象力，却不能很好地将它们诉诸笔端。

上面提到的明特夫人是伊迪斯·朵约·明特（Edith Dowe

Miniter），她是一名美国小说家，在 1916 年发表过小说《我们的邻居纳塔斯基一家》(*Our Natupski Neighbors*)。毫无疑问，洛夫克拉夫特的这些评论只不过是一些流言蜚语而已，斯托克也根本没必要找一个年轻的美国作家来修订自己的小说。后来发现的斯托克的笔记证明了洛夫克拉夫特观点的错误，这部小说完全是斯托克自己努力的结果，而且那些笔记也正是小说之所以成功的原因——它在近七年的时间里经历了仔细的推敲和反复的修改。

一个世纪以来的批评家对《德古拉》进行了逐字逐句的分析，他们几乎用尽了各种理论、精神分析和动机学说来诠释斯托克这部杰作中的吸血鬼尸体，甚至连范海辛博士也不能幸免。

造成这种解释困难的原因之一在于极其复杂的斯托克本人——他的斯多葛主义和不稳定的文学生涯总是令研究者困惑。我们目前了解到的是，他支持爱尔兰自治，厌恶女性，是一个潜在的同性恋者，是一个复仇心很重的雇员，也是一个反犹主义者，还对梅毒怀有一种病态的恐惧——更有甚者，他本人就是一个梅毒患者。于是这部作品成了文学母题：成了分身术，成了弗洛伊德，成了圣杯传说，成了莎士比亚的《麦克白》，成了扭曲的俄狄浦斯情结。

《德古拉》神奇的地方在于它包含了太多神秘的主题——精神性欲方面、宗教方面、文化方面、神话方面——整合而成一种吸血鬼的神话，并令斯托克的这部小说熠熠生辉。几乎每一个读者都可以在其中发现感兴趣的地方。一个当代的读者肯定会为最初的评论者诧异，因为他们居然对小说中的情欲部分视而不见。斯托克这部小说中的情欲描写在讲求清规戒律的维多利亚时代后期是惊世骇俗的，肯定会被那些一本正经的爱挑剔的人谴责。或许，正是他们的过分拘谨，使得他们故意忽略这种描写；而我们的"老于世故"，则允许我们去关注它们。如果按照当代的标准去衡量的话，这可能是小说中最具欺骗性的地方了。德古拉其实是有关于性的——今天的研究者可以对此畅所欲言,但受困于清规戒律的维多利亚人因此而兴奋时,他们倾向于认为引发兴奋的原因是恐惧,今天的读者却明白原因不止于此。

但问题依旧存在,布拉姆·斯托克本人是否理解他在小说中描写的这种情欲呢?——这通常应该是对作家精神分析的尽头。不过直至今日,这个问题依旧没有一个明确的答案。

《德古拉》是一个好故事,写得非常精彩。它把读者吓得魂不附体、噩梦连连,而这就足够了。

创造了歇洛克·福尔摩斯的流行小说家柯南·道尔,曾同布拉姆·斯托克有过工作上的往来。他似乎立即发现了这部小说的天才之处,并给斯托克写了一封信。

> 我觉得这是我多年以来读过的最好的魔鬼方面的书。它的情节跌宕起伏、扣人心弦。故事从一开始就引人入胜、栩栩如生……真诚地祝贺您,写出这么一部优秀的作品。

但对布拉姆·斯托克来说,最令他高兴的赞扬或许来自他的母亲。夏洛特·斯托克当时在都柏林,身体很糟。正是夏洛特给小布拉姆讲的那些神奇的斯莱戈地方故事,启发了他的文学生涯。在读了《德古拉》之后,夏洛特·斯托克给布拉姆写了两封信,对他大加赞扬。

> [这部小说]同你之前写的那些小说是如此不同,我觉得凭借它,你就可以跻身于当代优秀小说家之中。这个故事是那么不

同一般、激动人心……除了雪莱夫人的《弗兰肯斯坦》，你这部小说在创造力，或恐怖方面，简直无人能比。爱伦坡也望尘莫及。我虽然读过很多书，但没有哪一本能具有这种令人不寒而栗的兴奋。它一定会让你成名，也会让你挣很多钱。

她的预言几乎完全准确。1897年还有为数不多的几个评论家，在读完《德古拉》之后，用中肯的语言表示了赞扬。他们同样具有夏洛特·斯托克的这种远见。

第八章
谋杀犯,"病态的迷恋"

布拉姆·斯托克很可能同"开膛手杰克"一起用过餐。

至少,他极有可能宴请过这起案件中的两名嫌疑人:理查德·曼斯菲尔德(Richard Mansfield)和弗朗西斯·塔布莱特(Francis Tumblety)。奇怪的是,斯托克在谈及"开膛手杰克"的凶案时只是含糊地提到这种联系——他曾暗示正是这个臭名昭著的谋杀犯"调皮的杰克"启发了他恐怖的德古拉。

1901年在冰岛出版的《德古拉》中包含了作家的一个新的说明。在说明中,他继续发展了小说信件和日记中的幻想,声称小说中的主角们其实都是他生活中的朋友。

> 这个故事的读者很快就会明白,文中概括的这些事件是如何逐渐组成一个合乎逻辑的整体……我让这些人用自己的方式讲述他们的经历,但因为显而易见的原因,文中的人物和地点都使用了化名……这些事件都是不容置疑的,很多人可以为此作证。这一系列罪行还未从人们的记忆中淡去,与此同时,又有一系列似乎同宗同源的罪行惊骇了世界各地的人们,这就是"开膛手杰

克"的凶案,稍后会在故事中出现……

这段说明的署名是"B. S.",写自1898年8月的伦敦。

首先,这段说明中斯托克对事件发生时间的处理对小说整体的时间构思而言是一场灾难。他将故事中的时间设置为1893年或之后,但后来他关于德古拉的罪行发生在"开膛手杰克"之前的暗示则将时间限定在不晚于1888年。斯托克在时间和日期上的仔细斟酌,显而易见是确保故事真实性的一种手段。而且,小说同震骇伦敦的"开膛手杰克"联系到一起更令人着迷。这场席卷伦敦东区毫无规律可言的连环杀戮,比斯托克构思他的小说至少要早两年。

两者之间的联系不是显而易见的。《德古拉》中没有明显的犯罪行为,其中的凶手也只是危害了特兰西瓦尼亚的一小群人以及伦敦的一小拨吸血鬼猎人。只有德古拉乘坐的轮船上的悲剧和露西·韦斯特拉夜间的袭击在新闻报纸上出现过,而且,露西的袭击也只是被《蓓尔美街报》当作了一桩异闻。而"开膛手杰克"的罪案则截然相反,它以骇人听闻的姿态出现在各大报纸的头条。与公然写给报社编辑的信件和街头巷尾报童令人胆寒的消息相比,德古拉伯爵成功地对公众隐藏住他对鲜血的渴望。

因此,斯托克果断地将他虚构的恶棍同臭名昭著的连环杀手联系到一起的举动非常有意思。而且,更值得深究的是他从未谈论过自己同这个连环凶案之间的实质联系。正如后来他发现的那样,被怀疑是"开膛手杰克"的嫌疑人中就曾有几个同他有过业务上的往来。关于这点,兰心剧院一直存在着争论。

"现代化"的标准因人而异。布拉姆·斯托克曾称赞亨利·欧文为"灯光运用的现代化大师",但如果用今天的标准去衡量的话,你就会感到困惑不解。亨利·欧文对煤气灯和石灰灯的运用娴熟和精确,但是,他在大部分工作中投入的人力、物力和时间是为了去征服这套历史悠久的维多利亚灯光系统,并力图登峰造极。到欧文舞台生涯的末期,他在灯光方面的很多贡献——尽管非常精巧,非常唯美——还是被诸如斯蒂尔·麦凯(Steele MacKaye)和戴维·贝拉斯科(David Belasco)等为代表的电灯灯光所取代。实际上,兰心剧院自1888年起就已安装了电力照明系统,一串串电灯照亮了走廊和大厅。但就欧文个人而言,他认为电灯灯光永远不能适用于舞台照明,因此在他的整个演艺过程中,他一直使用的是温暖而具有吸引力的煤气灯的光芒。

因此,如果说欧文是一个"现代化的大师",那只能是因为他在自己的舞台生涯中对现有技术的不断改进,他是维多利亚时代和爱德华时代之间的过渡人物。

同理,《德古拉》也在很多方面挑战着维多利亚时代那种老式的、充满了死亡和挣扎的哥特小说。读者在《德古拉》中会发现很多耳熟能详的桥段:一个神秘的贵族、一座与世隔绝的城堡、一段维多利亚时代特有的纯洁的迷恋,然后是将这一切编织在一起的大捆的信件和日记——正如玛丽·雪莱的《弗兰肯斯坦》和威尔基·柯林斯的《白衣女人》(A Woman in White)。有评论家注意到《德古拉》中的这些老坑。"这是非常奇怪的……最近的作品中一个非常醒目而怪异的特征就是中世纪迷信的复兴,譬如那些关于'狼人'的古老传说。"W. L. 科特尼在《每日电讯报》的评论中这样写道:

> 小说(《德古拉》)中有两方面非常出色——第一就是将一部描述现代社会的小说立足于古老迷信的信心;第二,也是更重要的一方面,就是将当代社会的实物,比如惠特比港口和汉普斯特荒原,大胆地改写进古老的传说中。

因此，当《观察者》对小说中的"现代化程度"大加嘲讽，批评斯托克将打字机、留声机甚至地下室写进作品时，恰恰指出了这部小说的永恒之处。

实际上，这种"现代化程度"是小说情节中最强有力的逆转，也是这部非典型哥特小说最明显的特征。《德古拉》的开篇以一种超越了时间的方式，特意设置在遥远的异国，那片不为人知的——也是作者臆造的——特兰西瓦尼亚。但接下来，故事就突然变成人们更熟悉的种种恐怖。当德古拉到达惠特比后，他完美而不为人所知地出没在海岸边的家中、乔治王时代的街道上以及古老修道院的废墟里。在这里，惠特比成为古老世界和现代社会之间的过渡。而且，令人更加毛骨悚然的是，德古拉一步步逼近了。他在伦敦安置了好几处容身之所，由此进入了现代社会。他在一个老于世故的社会中周旋，并将久被遗忘的古老诅咒带到这座现代大都市中。他的超能力使他摆脱时间的束缚，任意在各个阶层选择自己的猎物。因此，如果《观察者》的评论家由于世纪末德古拉入侵伦敦而胆怯的话，那正是布拉姆·斯托克的目的所在。

《德古拉》是一部现代小说，但绝不是独一无二的。这种将古老的恐怖同现代情境相融合的方法早就在英国维多利亚时期的一部著名的恐怖小说中出现过——那就是罗伯特·路易斯·斯蒂文森（Robert Louis Stevenson）的《化身博士》（*Strange Case of Dr. Jekyll and Mr. Hyde*）。

1886年，在斯托克和欧文忙于准备《浮士德》的时候，罗伯特·路易斯·斯蒂文森出版了他的短篇小说《化身博士》。

这个带有神秘色彩的故事的讲述者是杰基尔博士的同事，一个令人生厌的、从里到外透着一种罪犯气息的矮小男子海德先生,他与受人尊敬的杰基尔博士之间存在着某种神秘的关联。杰基尔博士的律师厄特森先生还发现海德居然成为杰基尔博士遗嘱的受益人。但杰基尔拒绝向任何人谈起海德,而且他变得越来越孤僻,还忍受着一种奇怪疾病的不时发作。一次机缘巧合,杰基尔的朋友注意到他在外表上的一种奇怪的变化,这令他们惊恐万分。后来杰基尔消失了,他的实验室也被锁了起来,当他的朋友们闯进屋里,发现躺在地上的居然是海德的尸体,尸体上还穿着杰基尔宽大的衣服。

杰基尔博士的朋友们提供的信息以及他生前亲手写下的忏悔书揭示了整桩罪恶。这个富有激情的研究者杰基尔博士发明了一种可以展示人的双重性格的药,只要服下这种药,他就变成了海德先生。海德是博士的另一个自我。但后来,博士逐渐被药物控制,他的化身也越来越不可预测。当杰基尔意识到海德的人格逐渐掌控住他的时候,他选择了自杀。

在作品中,杰基尔变成残忍而邪恶的海德,并不是由于古老的咒语或魔法,而纯粹是最先进的医药学的成就——某个科学家的某个特殊的配方。正如杰基尔代表着备受推崇的伦敦上流社会一样,海德则堕落为城市中声名狼藉的群体中的一员,他在那里如鱼得水。

> 夜间的城市被无数的灯光点亮……律师一晚上没睡,都在思考着他(海德)……他在熟睡的夜里悄无声息地穿行于城市中,有时那人的脚步很快,越来越快,在这座城市灯光的迷宫中让人感到头晕眼花,并在经过的每个街角留下孩子的尖叫。

虽然小说中只描绘了由爱德华·海德犯下的两桩罪行,但通过作品中人物之间意犹未尽却被打断的谈话,作家暗示仍有其他罪行。这样的话，读者就会把海德看作罪大恶极的人物，就会想到这样一个人物正在伦敦释放其邪恶的本性，而那些罪行则令人耻于在一个文明社会，甚至在一本小说中提及。

斯蒂文森在字里行间暗示了野蛮，斯托克则直截了当地去描述它们。这两种不同的写法为《德古拉》招来了旧金山《海浪》的评论谴责：

> ［它的］缺陷在于缺乏艺术上的克制。本世纪最伟大的小说家斯蒂文森在小说中也描绘过类似的主题——比如他的《化身博士》……但在他的作品中，斯蒂文森对恐怖的描写一直是委婉的，一直是各种各样的暗示围绕着核心的秘密，除了小说高潮的那一刻。

杰基尔的自我心理剖析，以及探索人类天性的欲望和海德的野蛮、无法压抑的邪恶对每个演员来说都是梦寐以求的角色。双重角色在戏剧界存在已久，亨利·欧文就曾在《里昂邮件》(*The Lyon's Mail*)和《科西嘉兄弟》中饰演过两个耐人寻味的双重角色。如果不是因为斯蒂文森的故事中缺乏他一贯追求的戏剧性和历史化的话，欧文可能是扮演杰基尔和海德的理想人选。巧合的是，多年之后，亨利·欧文的儿子 H. B. 欧文也成为一名演员，除了重新演绎他父亲钟爱的几部戏剧之外，他扮演的杰基尔和海德成为最成功的角色之一。

于是，机会落到美国演员理查德·曼斯菲尔德头上。他读了斯蒂文森的小说，意识到这个角色身上无穷的潜力后，立即委托一位名叫托马斯·罗素·萨利文（Thomas Russell Sullivan）的作家将其改编成剧本。

曼斯菲尔德是一个广受欢迎的演员，他最早在伦敦成名，然后才将事业搬回美国。评论界对他的能力一直是毁誉参半。因为某些角色简直是为他量身定做的一样，而有些角色却令他看起来既呆板又无能。他头发稀少，个子不高，性格冷淡。评论家约翰·兰肯·陶斯（John Ranken Towse）认为他"专横、任性、以自我为中心、难以驯服，是其经纪人的噩梦"。

但曼斯菲尔德扮演的杰基尔和海德却无疑是一次成功。他的剧本肆意篡改了斯蒂文森的小说，同许多当时的改编一样，还在里面加上了杰基尔博士的爱情纠葛。曼斯菲尔德还将原作里严肃的科学家杰基尔博士变成一个年轻人，据《纽约时报》（New York Times）评价，他"意识到要发生一场可怕的灾难"，而剧本中的海德则呈现出"一种恶魔般的残忍"。陶斯认为曼斯菲尔德无法胜任这个角色，因为斯蒂文森笔下的人物精力十足，古怪又邪恶，而曼斯菲尔德却是一个怪异的"可怕的尖耳小妖精的形象"。陶斯又描绘了一幅海德被他的受害者之一的鬼魂寻仇的场面，这本应是戏剧史上经典的一幕，但曼斯菲尔德饰演这两个角色的剧照不具备任何说服力，他的海德只带着一种粗俗的怪相。

观众纷涌而至，来看曼斯菲尔德从杰基尔变成海德的变身场面——这是众所期盼的环节。曼斯菲尔德在舞台上的变身没有使用任何特技，但评论家指出他可能运用了定向灯光或者彩色灯光调节色差，来改变他角色的外表。这种彩色灯光后来在1931年弗雷德里克·马奇（Fredric March）主演的电影中被再次使用。

这出戏剧于1888年4月在波士顿首演后，迅速被搬到纽约舞台上。曼斯菲尔德则不辞辛劳地去捍卫斯蒂文森作品的版权，但因为斯蒂文森的作品从未授权在美国出版，于是他发现另一部未经授权的戏剧，丹尼尔·彭德门（Daniel Bandmann）的《杰基尔博士和海德先生》同样开始上演。两出戏剧都瞄准了伦敦广阔的市场，开始了一场竞演。

曼斯菲尔德向亨利·欧文寻求帮助。他在伦敦刚刚投身演艺生涯时就结识了欧文，后来又在兰心剧院的美国巡演中多次与其打过交道。欧文为他提供了兰心剧院，因为整个剧团将到苏格兰巡演。欧文同样料到彭德门可能会需要伦敦的喜歌剧院（Opera Comique）来上演《杰基尔博士和海德先生》，于是提前预订了这家剧院进行"临时的排练"，借此明显拖慢了曼斯菲尔德竞争对手的节奏。

就这样，曼斯菲尔德确保了竞争的胜利，同时他还向法院起诉以获得斯蒂文森作品的单独授权。

斯托克曾就兰心剧院的节目单、计划表和其他事宜等向这位演员提出过建议，欧文则尽可能地留在伦敦观看曼斯菲尔德的排练，他对此疑虑重重。他曾向他的舞台经理拉夫乔伊说起过，这个美国公司"需要人照料"，因为他们的作品毫无条理，凌乱不堪。反过来，曼斯菲尔德也曾在一封信里抱怨过兰心剧院的员工很不专业，很难管理。

> 这些人干活慢吞吞，意见很多，总是自以为是，认为自己无所不知，无所不晓，至少，比我们要强……如果我们的舞台布景在下个4点到达圣路易斯市（St. Louis）或大急流城（Grand Rapids）的话，那么到晚上8点就可以顺利无阻地使用了。但是在兰心剧院的话，就得需要周四晚上和周五全天，而且舞台排练居然从昨晚的8点持续到凌晨2点！

但兰心剧院本就以员工的专业化和快速的场景转换而闻名，因此不难理解为什么曼斯菲尔德会在戏剧界四处树敌，兰心剧院的舞台工作人员有可能故意放慢节奏来抗议这个自命不凡的美国人。

曼斯菲尔德的《化身博士》于1888年8月4日在兰心剧院首次演出。戏剧评论家，同时也是曼斯菲尔德的朋友威廉·温特（William Winter）观看了首演，认为他的表演稍稍有些过火，带有"紧张的兴奋"。

> 他的表演中带有一种无畏的精神和令人惊讶的活力……杰基尔被赋予诗意的情感，海德则呈现为可憎的、恶毒的、可怕的……［曼斯菲尔德］并未赢得公众的心，因为恐怖无法征服心灵。然而他也明确地展示出自己是一个独一无二的演员，而且完全值得人们认真对待。

私下里，温特的批评更尖刻些。他告诉曼斯菲尔德，在表演中"杰基尔过于神秘，而神秘从来不会受欢迎，无论在台上还是台下"。他还对演员提出建议："我希望你能换一顶新的假发。"在伦敦上演的这出戏剧收获了大量正面的评价，尽管《泰晤士报》（The Times）对他表演的评价带有一贯的模棱两可：

> 就杰基尔博士这个角色而言，曼斯菲尔德先生本来就不是一个足智多谋的人；而他饰演的海德先生身上那股狂野的精力同其他可怕的方面一起令观众战栗，使人们产生一种复杂的情感，混杂着病态的迷恋和彻头彻尾的厌恶。

最终，这出戏剧并未因为忧郁的科学家、一脸怪相的恶棍，或者说演员的表演而被历史铭记。曼斯菲尔德的《杰基尔博士和海德先生》在几晚之后成为传说的原因是突然发生的一桩令人震惊的事件,带有"病态的迷恋和彻头彻尾的厌恶"。它就是现实中的海德先生,伦敦最臭名昭著的谋杀犯。

1888年8月6日,周一,玛莎·塔布连(Martha Tabram)在声名狼藉的伦敦东区白教堂大街(Whitechapel High Street)的一家白天鹅(White Swan)俱乐部喝酒。塔布连39岁,是本地的一名妓女。她在当晚同另一名妓女玛丽·安·康纳利(Mary Ann Connelly)和两个身穿士兵制服的男人从一个酒吧逛到另一个酒吧。临近午夜时分,女士们和士兵分道扬镳,塔布连最后被看到时正领着一名客人走向乔治院。

凌晨4:50,一个工人在去上班的路上,经过乔治院时发现一个女人躺在地上。他叫来了巡逻的警官托马斯·巴雷特(Thomas Barrett),后者发现这个女人躺在血泊之中。被叫来检查尸体的当地医生在这个女人的身上、脖子上和腹部共发现了39处刀伤,伤口表明凶手使用了两种不同的刀。《警察画报》(*The Illustrated Police News*)在8月18日报道了这桩犯罪:

> 心脏上的伤口就足以致命,也正是它造成了死亡。除非行凶者是个疯子,或者处于不同寻常的醉酒狂乱中,否则没有明确的原因可以解释这么多的伤口……

证据表明,塔布连的死亡时间在凌晨2:00到4:50之间。警局展开了审讯,伦敦塔和威灵顿兵营的士兵被一一讯问,但这桩罪行始终没有侦破。

直至今天,关于玛莎·塔布连是否是"开膛手杰克"的第一个受害者依旧存有争议,也有人认为她被谋杀其实发生在杰克实施犯罪之前。但因为她尸体上伤口的数量过于惊人，许多研究者倾向认为这桩谋杀是一场巨大的犯罪狂欢的第一步。

几周之后的 8 月 31 日，当地另一名妓女玛丽·安·尼古拉斯（Mary Ann Nichols），当地人都叫她波莉（Polly），在夜里 12：30 被人看到离开当地的一间酒吧，走向一所寄宿公寓，但因为付不起过夜的费用被赶出门外。她醉醺醺地扬言她很快就能弄到钱，然后就走到街上。凌晨 2：30，一个朋友看到她懒洋洋地靠在一个船坞的墙上，盯着火堆。就在一个小时之后，一个马车车夫在距尼古拉斯最后出现地点的半英里之外，发现一个女人躺在路上。她身上的衣服乱糟糟的，血不断地从脖子上的伤口渗出，她的上身还有温度。

后来的尸检发现她的喉咙被野蛮地从左到右划开，她的气管、食管和脊椎都被划破。她的腹部也被划开，还有很多刀刺的伤口。附近的居民没有听到任何骚动，无法提供任何破案的线索。

同样的谋杀于 9 月 8 日在这一地区再次发生。妓女安妮·查普曼（Annie Chapman）被人发现和一个戴着猎鹿帽、皮肤黝黑的男人谈话。男人问她："你愿意吗？"安妮回答说："当然。"当时是凌晨 5：30。半个小时之后，一个工人在一个栅栏边发现她的尸体。她的脸上血肉模糊，喉咙被深深划开。她的腹部被打开，肠道、子宫和膀胱被取出。验尸官估计这种特殊的刀工需要解剖学的知识，而且至少要花 15 分钟时间。

新闻界也注意到这些极其野蛮、带有随机性质的犯罪，看起来应该出自一个疯子之手。在犯罪猖獗的伦敦东区，谋杀屡见不鲜。但"开膛手杰克"则向世人证明，他的罪案不同寻常。

报纸上充斥的都是关于犯罪狂欢的报道，并引发了公众与当局之间的争论。在检查了多名受害者之后，伦敦验尸官韦恩·巴克斯特（Wynne Baxter）后来发表了一番令人震惊的论断，也为之后近一个世纪的猜测定下了基调：

> 造成这些伤口的人应该具备一定的解剖学技能和知识。他的解剖学知识使他成为一个普通的刑事犯，而具备这类知识的人只可能是验尸官助手或经常出入验尸房的人。因此警方的搜寻范围虽然很大，但是总归有限。

当然，人们不希望一个技术精湛的外科医生同时也是一个谋杀犯。巴克斯特的推测正好与斯蒂文森的小说或正在兰心剧院上演的戏剧不谋而合：一个和善、受人尊敬的"杰基尔博士"神秘的双重人生，与伦敦东区的犯罪密不可分。

9月11日，《星报》（The Star）上刊载了这样一封信：

> 你，还有其他报社的所有人，都忽略了白教堂血案中的一个明显线索。凶手是一位名叫海德的先生，他是拥有体面工作的杰基尔博士从阴影中的犯罪里寻求到的寄托。

曼斯菲尔德的戏剧于9月29日宣布停演，第二天晚上，白教堂的谋杀犯再次出击，这次他的罪案更加血腥。

1888年9月30日，夜里12：30，妓女伊丽莎白·史泰德（Elizabeth Stride）被看到同一个男人聊天；15分钟之后，一个证人目睹了两个人在街上发生争吵，男人猛地把女人推到地上。到了凌晨1：00，有人发现了史泰德的尸体。而就在45分钟之后，妓女凯瑟琳·埃多斯（Catherine Eddowes）残缺不全的尸体在六个街区之外被发现。两个女人的喉咙都被割开了。凯瑟琳·埃多斯的脸颊、耳朵和鼻子上都有刀伤，她的内脏被移除了。在三分之一英里外的一条过道里，警方发现了一块沾满血的破布和一条带有埃多斯鲜血的围裙。在墙上，有人用粉笔留下了这样一条信息："犹太人不是甘于被无故责难的民族。"

与此同时，媒体也开始关注一封很明显应该是凶手寄来的信，信件是用红色的墨水书写的：

> 亲爱的老板，我总是听到警察已经抓到我的消息，但是事实并非如此。……请保留这封信吧，等到我下次的杀戮结束，再将它公之于众。我的刀是如此的美妙，只要有机会我会马上行动的。祝好运。
>
> ——开膛手杰克

10月3日，《每日电讯报》收到了一封指责的信件。

> 行凶者病态的头脑明显受到那出《杰基尔博士和海德先生》的影响，虽然我了解到那出戏现在已经很明智地停演了。但如果这两者之间真的存在关联的话，请警探一定要考虑一下海德会怎样行动，因为这个疯子恶魔般的举止肯定在模仿舞台上的海德。

第二天，《蓓尔美街报》又延续了这种观点。

> 罪犯（是个医生）很可能看过这场可怕的戏剧，他住在贝斯沃特（Bayswater）或北伦敦……在晚上10点出门，直接走到白

教堂地区。杀人。回家去吃早饭。洗脸，刷牙，上床睡觉。就像海德先生。

有一则"开膛手杰克"的流言坚称，正是由于曼斯菲尔德的海德造成的争议使得这出戏剧被迫停演，而且很可能他本人也遭到了警方的讯问。实际上，在双重谋杀的一周之后，曼斯菲尔德承认，在一周之内好几晚收到"持续不断的大量要求"，请他停演此戏。几天之后，在警方依旧在寻找凶手时，曼斯菲尔德在 10 月 10 日为伦敦东区的不幸妇女筹办了一场公益演出。在这场演出中，他在伦敦首次上演了他的喜剧《卡尔王子》(*Prince Karl*)，因为《杰基尔博士和海德先生》在这种场合是绝对不合时宜的。

布拉姆·斯托克曾密切关注兰心剧院上演的这出戏剧造成的舆论旋涡，建议曼斯菲尔德最好不要在此刻上演新剧，那样会让评论家认为他是在"寻求支持"，也会降低戏剧的影响力——听起来是很专业的一个建议，可惜曼斯菲尔德没有听取。

亨利·欧文在假期结束后，曾在兰心剧院看过一次《杰基尔博士和海德先生》。演出结束后他将演员带到了嘉里克文学俱乐部，曼斯菲尔德一直在抱怨这出戏剧的票房和"出演这样痛苦又费力的角色遭受了何等巨大的负担"。这种论调对伟大的亨利·欧文而言过于天真和傲慢了。欧文听完之后，干巴巴地回应他："啊，是的，有意思。非常。但曼斯菲尔德，我的孩子，如果一出戏不是有益于健康的，我不会去演它。"

理查德·曼斯菲尔德非但没笑，反而愠怒不止。

总体来说，曼斯菲尔德的《杰基尔博士和海德先生》之所以在伦敦不温不火的原因，是由于他的演技不佳以及没能做好制作人的工作，并非是其引发的争议。如果这些争议真有影响的话，白教堂的谋杀犯也只是延长了人们对这出戏剧的兴趣。多年之后,曼斯菲尔德私下里责备亨利·欧文——他对欧文的评论过分敏感,而且还无端猜测是欧文在背后搞鬼导致了他在伦敦的失败。演出结束后他欠欧文的债——包括租金和其他花销——高达2000英镑。熟知曼斯菲尔德和欧文的威廉·温特认为这位美国演员的缺陷在于过于偏执和不负责任。

布拉姆·斯托克曾记录过曼斯菲尔德夫妇在一次伦敦的巡回演出期间在兰心剧院的牛排屋参加宴会的场景,这应该发生在1892年曼斯菲尔德结婚之后。这位演员在他的演艺生涯中出演了《杰基尔博士和海德先生》,还将很多重要的戏剧搬到了美国,其中包括萧伯纳的《武器和人》(Arms and the Man)和《魔鬼的门徒》(The Devil's Disciple),同时他还是第一个在美国上演亨里克·易卜生(Henrik Ibsen)的《培尔·金特》(Peer Gynt)的人。

时至今日,曼斯菲尔德被人们所铭记的不是他在聚光灯下的演出,而是身为开膛手案件中的嫌疑人。其实他从来不是一个嫌疑犯,只能说是在这个故事中令人困惑的一个脚注而已。

现在的研究表明,真正的嫌疑犯是弗兰西斯·塔布莱特。

第九章
嫌疑人，"知名人士"

尽管有许多流言蜚语，事实上在曼斯菲尔德停演《杰基尔博士和海德先生》后，伦敦东区的谋杀并未停止。几封富有挑衅意味的信寄到了中央新闻社和白教堂警戒委员会，不过研究者至今仍在争论这些信件是否真的来自"杰克"，还是当时的记者人为地火上浇油。最后一封信寄出的时间是1888年10月16日，随信寄来的还有一个装有半颗人类肾脏的小盒子。"我把我从一个女人那弄到并保存的肾给你，另外的部分我炸着吃了，很不错……"

"开膛手杰克"的最后一桩谋杀是最引人注目的。25岁的玛丽·简·凯利（Mary Jane Kelly）曾做过妓女，后来和约瑟夫·巴尼特（Joseph Barnett）住在白教堂区的一个狭小的房间里。当巴尼特丢掉工作后，她不得不重操旧业去赚取房租。她的朋友们回忆说，白教堂谋杀犯总是令她胆战心惊，她还曾让巴尼特给她念报纸上的最新消息，计划着离开伦敦。

在街上耗了一晚上之后，玛丽·凯利在1888年12月9日早上8点左右离开她位于米勒院（Miller's Court）的小房间。一个朋友在街上碰到她，问她为什么起得这么早。凯利说她"喝得太多",有些难受。大概两小时之后,有人看到她在不列颠酒吧和一些人喝酒。45分钟之后,她的房东派助手托马斯·鲍耶(Thomas Bowyer)去敲凯利的门,向她追要拖欠已久的房租。房间内没有回应,但鲍耶注意到窗户上一扇打破的玻璃,于是他推开窗帘,向里面探看。他第一眼看到的是床边桌子上两块血淋淋的东西,然后才意识到,凯利被肢解的尸体正摊开躺在床上。

当警察赶来进入房间后,他们发现了一幕"地狱场景"。凯利的喉咙被野蛮地割开,她的脸已经无法辨识,她的身体也被打开,好几处器官被仔细安置在床边或堆在附近的桌子上。她的衣服被扔到壁炉里烧掉了。

官方的报告认为她的死亡时间是在凌晨2:00左右,这与早上在街上看到她的证人的证言不符。恶名昭著的"开膛手杰克"的凶杀案似乎随着这次最为残忍的谋杀结束了——人们始终没有找到这些凶杀的起因,也不明白它为什么会结束。当然,这起臭名昭著的案件已经举世皆知,并引发了无尽的、充满无数猜测的设想——但至今仍只是猜测而已,最终的答案可能已经遗失在时间长河中了。

《德古拉》一书被斯托克献给"我亲爱的朋友,Hommy-Beg",Hommy-Beg在马恩岛俚语中指的是小汤姆,也就是斯托克的朋友、小说家托马斯·霍尔·凯恩。

带有讽刺意味的是,斯托克的吸血鬼给凯恩带来的更像是一种诅咒,就像"开膛手杰克"对曼斯菲尔德的影响一样。它几乎令世人忘掉他成功的写作事业,将其变成了一个注解,或者更准确地说是一行献词。

托马斯·霍尔·凯恩于1853年出生在柴郡(Cheshire)。他的父亲是一名船上的铁匠,来自马恩岛。小汤姆在5岁时被送回马恩岛的祖母家里，在那里，他掌握了马恩岛的俚语和民间故事。

这个有着红头发和黑色大眼睛的小男孩重返利物浦时，个子瘦小，有点儿奇怪。他非常聪明，但总是有些不合群。在10岁之前，他的两个姐妹夭折了，一个由于脑积水，一个由于百日咳。从此他形成了对疾病的极度恐惧——1866年霍乱席卷利物浦时，他惊恐万分。

凯恩后来做过一名建筑师的学徒，在这个过程中他逐渐磨炼出自己的写作才能。他在青年时期曾回到马恩岛，受到叔叔和婶婶的殷勤照料，并在当地做过教师助理。两年之后他回到利物浦时，已经下定决心要写作小说和剧本。1874年，在21岁时，凯恩第一次见到了亨利·欧文，当时年轻的巡演演员正在饰演哈姆雷特。彼时的凯恩正在为利物浦的报纸撰写戏剧评论文章，他就欧文的《哈姆雷特》发表了《欧文在戏剧界的影响》。有意思的是，他同欧文的会面与后来斯托克与欧文的会面存在诸多相似之处——在这个季节的都柏林，另一位年轻的作家同样为欧文摇旗呐喊，奉献出自己的友情，发誓为欧文赴汤蹈火。

也正是在1874年，凯恩遇到了一个古怪的人。这个自称为"美国医生"的弗兰西斯·塔布莱特在利物浦开了一家店，专门出售据他声称是来自美国印第安人的秘传草药。凯恩对于自身健康的偏执使得他开始接近塔布莱特，两个人很快成为朋友。

弗兰西斯·塔布莱特医生很明显是个骗子。他其实1833年出生在加拿大，是家里11个孩子中最小的，他的名字取自他爱尔兰移民的父亲弗兰克。在他很小的时候，整个家庭搬到了纽约州的罗切斯特市（Rochester）。他童年时期的一个朋友回忆说，塔布莱特曾在邮轮上卖过报纸和书籍。每当有船在伊利运河靠岸时，他就上船去卖货。当时他是"一个邋遢、笨拙、傲慢、不受重视、没用的男孩",卖的也都是一些不入流的东西,有证据表明他曾向过往的船员和旅客出售过色情内容的小册子和图片。

塔布莱特17岁时离开了罗切斯特,先后到过底特律、多伦多,在加拿大新不伦瑞克省的圣约翰市开始行医。他除了在当地一家药店工作过之外,可能没有接受过任何医学方面的训练。塔布莱特吹嘘自己是一个"国际知名的电疗医生",还在报纸上登过很多自命不凡的广告。他还经常穿着精心制作的奇装异服,不可一世地在城里闲逛。他的着装经常是几种风格的组合。他偏爱军队的制服、颜色鲜亮的长裤、带有马刺的靴子、带有羽毛的头饰,还经常在胸口处挂满奖章。他长长的胡子,正如后来很多肖像画里显示的那样,被精心打理和上蜡,有点可笑地向两个水平方向翘着。人们经常看到他在街上骑着一匹白马,身后跟着一群猎犬。

塔布莱特的行医——无论是纯粹诈骗还是根据实际经验——其哲学理念出人意料地富有现代气息。他谴责"恐怖的切割人体"的外科手术,批评药品中大量使用了重金属,比如砒霜和水银,责备长期存在的给病人放血的疗法。他声称草药疗法只提供必要的治疗,他有一首促销诗这么解释:

> 我们的父辈——多么仁善,
> 提供了治疗一切疾病的方案。
> 我们脚下这些普通的草药,
> 善加利用,会解除人们的烦恼。

他的生意后来扩展到很多城市中,并发明了一种应该可以祛除丘疹的草药疗法,在诸多半真半假的专利中备受欢迎。塔布莱特肯定赚了一笔，因为他的生活很奢靡，也很少出现缺钱的情况。他应该是一个愚蠢、贪婪、反社会的花花公子，一个华而不实的自我推销者，或者一个人畜无害的丑角——他的很多熟人都这么形容他，但他的性格中同样存在危险的成分，因此他总是陷入一堆法律诉讼和威胁中。

在圣约翰市，他的不当行医曾导致一名受人喜欢的机车工程师死亡，当局因此召开了一场审讯，最后塔布莱特被判过失杀人。但他当时已经离开加拿大，逃到了波士顿。在美国内战期间，他留在了华盛顿。他冒用军队的标识，并大吹特吹他和麦克莱伦（McClellan）将军的参谋关系如何，从而被军界人士诟病。他因为被嘲笑而起诉了一家音乐厅，还很可能为了知名度，围绕此事编造了许多故事。他伪造了许多知名人士的推荐信，后来被捉了个正着。他还因为穿了一件军队制服而被逮捕并短暂入狱。

林肯总统被刺之后，塔布莱特曾被当作同谋者逮捕并关押了两天。后来在自费出版的小册子中，他这样描述这次事件："在美国陆军部长的命令下，对塔布莱特医生的绑架。"这次乌龙事件的起因在于塔布莱特曾经使用的一个化名 J. W. 布莱克本（J. W. Blackburn），正好是一名南方间谍的名字，而这个人计划在北方各州散播黄热病。

塔布莱特将业务搬到欧洲后，他尤其钟爱伦敦，又开始吹嘘他同美国政要及英国名人之间的关系。他真正的名声，加上夸夸其谈的本领，使人搞不清楚他这些言论的真实性。他是否真的是林肯总统的座上宾？他究竟是不是查尔斯·狄更斯的好朋友？但可以肯定的是，他曾经迷住了一个名叫霍尔·凯恩的年轻而轻信的利物浦作家。

熟悉塔布莱特的人，都清晰地记得这位草药医生对女性的强烈憎恨。一位陆军上校受邀参加塔布莱特在华盛顿的宾馆房间精心举办的晚宴时,注意到客人中没有女性,因此询问原因。"他的脸色变得像乌云一样难看。"草药医生轻蔑地说,他宁愿"立即给你一剂毒药,也不会让你陷入那种危险之中"。接下来,他开始滔滔不绝地讲述女人,尤其是堕落女人的危险。

塔布莱特把与会的男士请到自己的办公室,打开一些木制的盒子,向观众展示了许多装有解剖样本的玻璃罐子,仿佛一场怪异的博物馆展览一样,而且他似乎专门收集"各个阶层女性"的子宫。

他的另一位同事注意到,他似乎认为女性是造成一切社会疾病的罪魁祸首,而且不堪信赖。他曾向一位观光客解释过,他在年轻的时候同一个比他大很多的女人结过婚。婚礼后没多久,他就发现妻子性格轻佻,于是开始心生怀疑。有一天,塔布莱特从城里最下流的街区经过时,无意中发现他的妻子走进了当地最臭名昭著的一个人的家中,于是就离开了她。

塔布莱特的婚姻故事听起来就同他的广告一样夸大其词,精心炮制,但他的同事回忆说曾时不时听他嘟囔:"我不需要任何女人。"他在一生之中始终无法和女性相处,被认为是一个同性恋者。这个安静又情绪化的人有时也会雇用一些年轻男性来陪伴自己;据传塔布莱特是个文盲,因此他需要一个聪明的助理。某些时候,他会在邮局附近徘徊,以寻找年轻的职员,或不由自主地凑到一群年轻士兵身边。

塔布莱特的信件表明他在追求凯恩,而且还伺机榨干后者的每一分钱。当他奔赴伦敦时,曾向凯恩写信解释,说他打算在英国生产他的药丸,并鼓动凯恩向他的项目投资:"英国是世界上最好的药丸销售地。英国人由于吃夜宵的习惯,容易导致便秘。因此,他们肯定需要泻药。"还有一次,他无耻地向他年轻的朋友索要金钱:"不要再挑战我的耐心。向上述地址寄来 2 英镑,不多不少,区区 2 英镑,我们的友谊就可以继续……"

凯恩接受了挑战,寄给了他 2 英镑,但拒绝投资医生的商业冒险。而塔布莱特看起来似乎也并不需要这笔钱,他的言辞应该是对其朋友的一次忠诚测试。凯恩被哄骗着为塔布莱特撰写小册子,还接受了邀请多次到伦敦去拜访他。而他的伦敦之行得到的回报是更加绝望的信件或恳求的电报:"明天晚上过来吧,我必须见到你。"或者"亲爱的男孩马上给我发电报……发电报,发电报,发电报,发电报,发电报,发电报"。在凯恩来过之后的另一封信里,塔布莱特写道:"你已经向我证明了你的柔顺,我觉得我有义务,并且希望为你提供补偿。"凯恩对一个朋友说,他感觉对塔布莱特的拜访"是非常艰辛的"。

当弗兰西斯·塔布莱特在 1876 年 8 月从伦敦赶赴纽约时,他鼓动凯恩同他到纽约会面。凯恩听从了。数月之后,塔布莱特又从旧金山寄来一封充满恳求的信件:"你的信给我带来了无限的快乐。我多么想再次看到你可爱的脸,同你度过整个夜晚。当我读你亲切的信时我感到无比的忧郁……它只会激发我对你的情感。"

在此之后,塔布莱特忽然停止了写信,这肯定让凯恩如释重负,也没有任何记录表明两人在这次短暂、紧张的友谊之后曾有过任何通信。塔布莱特十年之后重返英国,在伦敦定居,极有可能会联络他的老朋友,因为霍尔·凯恩小说家的声名对于他来说肯定充满了诱惑力。

塔布莱特成为欧洲游客和美国各地群众的一个"景点"。一名芝加哥律师这样描述在一座城市的街上看到他时令人目瞪口呆的场景:

> 我平生从未见过这样的场景。他的头上戴着一顶巨大的沙科（shako，一种饰有羽毛的有檐平顶筒状军帽），大衣的前襟上满是饰物，他还戴着耳环，身边跟着的黑人穿着色彩斑斓的、好像是各国国旗缝在一起的衣服。一大群人跟在他后面指指点点，而他视而不见……

1880年，塔布莱特在纽约时曾向他手下的一名年轻人提起诉讼，声称这得到医生委托书的年轻人携款潜逃了。当他被叫到法庭，被询问他从哪所学校毕业的时候，塔布莱特拒不回答。于是，这场诉讼不了了之。这名被指控的年轻雇员继而向医生提起诉讼，"起诉他暴力袭击，在这桩案件中搜集的证据简直令人作呕"。

塔布莱特在1888年又回到了利物浦，之后又到了伦敦。这时候的他已经50多岁，不再穿那些军队的制服，反而偏爱时髦的英式服装。作家斯图尔特·埃文斯（Stewart Evans）和保罗·盖尼（Paul Gainey）在研究塔布莱特的作品《房客》（The Lodger）中声称，他寄宿在伦敦东区的巴蒂街（Batty Street）22号（可能是除了其他房间之外的另一所住处）。他舍弃了一贯入住的奢华宾馆，反而租住到肮脏的白教堂地区，可能正是他生活方式或品位发生灾难性变化的危险信号。

而正是位于"开膛手杰克"作案范围中心的巴蒂街使得塔布莱特成为嫌疑犯。他的着装风格和外国口音引起了警方的注意：可想而知，很多证人提到和受害者谈话的男人带有外国口音，他还是一名并未在英国注册的医生，这自然会引起警方的怀疑。

1888年10月，正值这场犯罪的狂欢，苏格兰场向旧金山警方索要塔布莱特的笔迹样本——"开膛手杰克"的来信被当作最有价值的线索之一。旧金山警方同意了，提供了一份样本。

几周之后的 11 月 19 日,《纽约时报》报道了塔布莱特因为涉嫌谋杀被伦敦警方逮捕。《纽约时报》的文章在提到他时说:"他被证明是无辜的。"但这是错误的,警探们可能没有足够的证据指控他,只是希望通过这次逮捕行动能发现更多的证据或者促成嫌疑犯自首。《纽约时报》在 12 月 2 日发表的文章中解释说:"警方无法就［白教堂血案］现有的证据继续指控他,决定用另一项罪名对他提起诉讼。"

塔布莱特被控违反了 1885 年《刑法修正案》,这是一项性侵犯法案。该法案中的大部分内容是关于为雏妓拉皮条或囚禁女性的。考虑到塔布莱特不可能和女性扯上关系,因此对他的指控应该是根据第 11 款:"任何男性,无论在公开场合或私人场合,犯有或部分犯有,引诱或试图引诱一名男子与另一名男子进行严重猥亵行为……"

第 11 款就是著名的"拉布谢尔修正条款",立法者正巧是亨利·欧文的一个老朋友、老主顾,也是兰心剧院的常客。

亨利·拉布谢尔在 1880 年回到国会,并继续发行他旨在揭秘的杂志《真相》。拉布谢尔是一个自由论者,他后来加入了自由党的激进派。1885 年,改革家 W. T. 斯特德(W. T. Stead)在《蓓尔美街报》上发表了一系列关于雏妓的文章,引发了社会的广泛关注。政府当局急于在大选来临之前平息这些争议,于是匆忙通过了《刑法修正案》。在投票的头一天晚上,拉布谢尔提交了他的修正案,建议禁止任何同性间的"猥亵行为"。

当时的法院早就有禁止鸡奸的法律,但拉布谢尔的第 11 款扩大了指控同性恋行为的范围。它的表述不太清晰,将"性自主"和"引诱"的概念留给法官去解释,而且修正条款与现行的法令并不相关。如果不是焦急的立法机构力推的话，这种修正条款本不应该，也不可能会通过。

时至今日，人们也不明白拉布谢尔这项法令提出的必要性，而且这不符合他的政治理念或目标。他的朋友、出版商弗兰克·哈里斯（Frank Harris）坚持认为，拉布谢尔的修正条款意在"令法律显得荒谬"。拉布谢尔看起来反对重新讨论女性的性自主年龄，并希望通过他添加的语焉不详的修正条款来引发对整个法案的辩论。

作家F. B. 史密斯（F. B. Smith）在研究了拉布谢尔的立法工作和评论之后，倾向于同意哈里斯的理论。他认为拉布谢尔的修正条款作为一个"过分的提案意在推翻整个法令——可惜没有成功"。在提出他的修正条款的同一天，拉布谢尔在《真相》上发表的社论中明确表现出他对整项法案的不耐烦："法案本身……的起草极不充分……它在送交代表委员会之前本可以修改得更好些。"他同时还警告说："必须仔细注意，不要将伤风败俗同犯罪混淆……关于上述这些要件，我怀疑我们是否已经给予了足够的关注。"

无论拉布谢尔的目的为何，法令在通过之后成为敲诈者的工具。拉布谢尔学着去接受这一修正案，之后又曾用模糊的条款修正过，也给过各种各样的借口。说到底，他毕竟是个政客。

对警方来说，在对付像塔布莱特这样的家伙时，这个法案是一个合适的指控。但在十年之内，它又导致了法庭上一次著名的对决。

在被指控之后，塔布莱特的保释金被定为1500英镑，对任何租住在伦敦东区的人来说都是一个高得令人畏惧的数目。但有两个不知名的男士立刻支付了保释金，他们后来对警方说："在医生被逮捕的前几天，他们才认识他。"

不出所料，塔布莱特在保释期间以弗兰克·汤森（Frank

Townsend)的名义乘坐 11 月 24 日的轮船逃到了法国的勒阿弗尔（Le Havre）。他又从那儿乘坐"布列塔尼号"（*La Bretagne*）七天后到达纽约。他在轮船上的时候肯定一直躲在船舱里，因为没有旅客回忆说在甲板上见过他。

塔布莱特在到达美国时，已经登上了各大报纸的头条。报纸上的报道说纽约的警探们一直等在船的踏板处，然后跟踪他回家。塔布莱特住在东十街（East Tenth Street）19 号，他的草药店附近，同他的女房东麦克纳马拉（McNamara）夫人住在一起。之后，据《世界报》（*The World*）的报道，一名英国警探在住宅外面紧张地踱来踱去，监视着这个神秘的医生。

纽约警察局伯恩（Byrnes）督察说，他"只是想知道医生在哪儿"，并承认他们无法逮捕或引渡塔布莱特："他在伦敦获得保释的［道德］犯罪行为不支持引渡。"几天之后，塔布莱特离开了住所，消失在一片公寓住宅区。

《蓓尔美街报》报道了从白教堂地区到纽约对"开膛手杰克"的搜寻，而英国的报纸从没提到过塔布莱特，估计苏格兰场是因为他的逃跑而非常难堪。

直到 1993 年，人们才发现塔布莱特的重要性。作家斯图尔特·埃文斯发现了在调查"开膛手杰克"期间苏格兰场秘密调查部的总督察 J. G. 理特查尔德（J. G. Littlechild）写的一封信。1913 年，理特查尔德曾就一个记者对此案的调查做过回应。

> 在所有的嫌疑人中，据我看来嫌疑最大的是 T 医生……他是一个名叫塔布莱特的美国冒牌医生。他在一段时间里曾多次到过伦敦，并多次引起警方的注意，苏格兰场收集了很多关于他的资料。尽管塔布莱特是一个"性变态"，他却不是一个"虐待狂"

（而"开膛手杰克"毫无疑问是）。但他对女人的态度却值得注意，有官方记录表明他极其痛恨女人。

理特查尔德在信件最后说，他发现，也是非常值得注意的一点，这些凶案在塔布莱特逃往法国时就停止了。

《纽约世界报》(New York World)的一名记者最终找到了弗兰西斯·塔布莱特，并在1889年1月29日对他进行了采访。塔布莱特避免提到那些因为有伤风化造成的逮捕，反而一直说他被捕的原因只是因为他到白教堂区去参观"那些刺激事儿、人群、怪异景观"。那天他恰巧戴了一顶宽边软帽，也没有发现英国警探正在搜寻和他貌似的嫌疑犯。按塔布莱特的说法，这只是一件由于警察的粗心大意而造成的普通的尴尬事件。

他在采访的最后表露出一贯的大吹大擂："如果有必要，我可以向你展示我在国外认识的许多名人的信件。我是伦敦许多最著名的俱乐部的座上宾，比如卡尔顿俱乐部（Carlton Club）和牛排俱乐部。"

"牛排俱乐部"这个词，令人不寒而栗。

1888年，牛排俱乐部的一个分支在考文特花园成立，他们的总部位于伦敦的萨沃伊饭店附近。三年之后，布拉姆·斯托克重新装修了兰心剧院最初的牛排中心，将其命名为牛排屋，同样也是牛排俱乐部的一个分支。原则上，牛排屋只是为了团结戏剧界，并为亨利·欧文的客人们提供社交的晚宴场所。

塔布莱特是否真的是牛排俱乐部——或牛排屋（人们经常把二者搞混，即使是伦敦人）——的座上宾呢？会员人数有限的牛排俱乐部应该很难进入，但如果想进入兰心剧院的楼上并参加牛排屋晚宴的话，他只需要从他的老朋友霍尔·凯恩那里骗到一张请柬即可，凯恩是牛排屋的常客。或者，通过凯恩，他可以直接找到对美国人一直怀有好感的布拉姆·斯托克，观看完表演，赞美一番亨利·欧文，然后就可以堂而皇之地登堂入室。

斯托克关于牛排屋的记录并不完整，因此我们无法知道这个骄傲的、拼命往上爬的弗兰西斯·塔布莱特是否同亨利·欧文握过手，是否向布拉姆·斯托克敬过酒。而最有趣的是，他们是否就堕落的女人或社会犯罪交换过意见？

在白教堂血案发生两年之后，布拉姆·斯托克开始构思《德古拉》。当报纸上铺天盖地地开始报道这个古怪的美国医生塔布莱特成为罪案的嫌疑人时，斯托克肯定会思绪万千——居然是霍尔·凯恩的这个朋友，亨利·欧文的公司在纽约巡演时的客人。

弗兰西斯·塔布莱特的余生一直非常低调。他大部分时间同他年老的侄女爱丽丝·菲茨西蒙斯（Alice Fitzsimons）住在纽约的罗切斯特。在那儿，他还开有一家小门脸。他经常到圣路易斯过冬，在一次心脏病发作后还到圣路易斯的圣约翰医院进行治疗。塔布莱特于1903年4月28日去世，终年70岁。

第十章
演员,"卑贱的恐怖,冷酷的幽默"

在近一个世纪的时间里,人们普遍认为亨利·欧文是德古拉形象灵感的来源。这会是一个引人入胜的故事:尽忠职守、任劳任怨的员工默默地复仇,目空一切的老板报应不爽。那么这个文学中最伟大的怪物是否是三十年的专横和怪异举止的产物?德古拉的原型是否就是亨利·欧文?作家兼《德古拉》研究专家戴维·斯凯尔(David Skal)巧妙地解释了这一理论的吸引力:

> 几乎所有斯托克的研究者都在《德古拉》中发现在这两个人之间存在不对等的、慢慢枯竭的寓言般的关系:斯托克被困在兰心剧院这座城堡之中,在一如既往地满足主人的各种需求的同时,默默压抑着自己写作的热情和野心。哈克的信件被德古拉没收了,斯托克与欧文之间激动人心的合作也从未实现过。

最近出版的诺顿评论版的《德古拉》中,主编斯凯尔使用了一张欧文饰演的梅菲斯特作为封面——它与人们想象中臭名昭著的吸血鬼简直毫无二致。斯托克的传记作者芭芭拉·贝尔福德（Barbara Belford）同样认为欧文是斯托克的写作灵感之一。"德古拉使欧文成为一个类似催眠师或破坏者的邪恶形象，他将一切都变成了自负的给养。这是一个令人震惊又带有复仇意味的致敬。"

贝尔福德的书在第一版时名为《布拉姆·斯托克：〈德古拉〉作者的传记》（*Bram Stoker: A Biography of the Author of* Dracula），后来发行的平装本中使用了亨利·欧文的肖像作为封面，并重新命名为《布拉姆·斯托克与被称作德古拉的男人》（*Bram Stoker and the Man Who Was Dracula*）。

总会有人把这当作逸事奇闻。"他其实写的是他的老板，"然后加上一个戏剧性修饰的词，"一个吸血鬼"。每一个备受折磨的雇员都会心而笑，拍手称快。而这也正是人们最为喜欢的故事的结局，正是这个转折把斯托克变成了一个民间英雄。奥森·威尔斯就有一次窃笑着对斯托克的侄孙丹尼尔·法森说："斯托克自己已经报过仇了……如果你读过书中对伯爵的描写，你就会发现那简直和欧文一模一样。"

威尔斯曾经听说——更准确地说是了解——兰心剧院后台的流言蜚语。就戏剧行当来说他是对的，但从个人角度出发，他却错了。伯爵与欧文根本毫不相像，而且斯托克从未表露过自己需要或渴望去复仇。

亨利·欧文战胜了自己乡下人的出身。他个子瘦长，略带笨拙，拥有奇怪的步态和平凡的脸。他说话时发音含糊，总是带有嘘声，在舞台上大量做作的表演总是让本该清晰的人物个性令人恼火地晦涩难懂。

在一次去美国巡演的火车上，艾伦·特丽注意到欧文带着一种奇怪的表情注视着窗外。于是她问他在想什么。"我在想，作为一个演员我是如何赢得今天的声誉的，"他温柔地说，"没有任何帮助，没有任何天赋。我的腿，我的嗓音，每件东西都对我不利。对一个走路有问题、嗓音有问题、脸还不漂亮的演员来说，我已经做得相当不错了。"

这并不是这个伟大的演员在刻意地自我谦逊，当时的欧文看起来是真的非常困惑，因此在那个罕见的温情时刻诚实地对他的爱人坦白。特丽则对自己说："就我看来……尽管，在他身上有一种十分奇怪的美，'啊，你知道得不多'。"

亨利·欧文于1838年出生在英国西南部萨默赛特郡的乡村肯顿曼德维尔（Keinton Mandeville），原名约翰·亨利·布罗德里布（John Henry Brodribb）。他在康沃尔郡度过了自己的童年，和当地人说话时一样，"a"发音很短，"o"发音很生硬。他当时还有些结巴。在他年纪轻轻就决心致力于表演时，他的演讲老师帮他克服了结巴，柔和了他的元音，还传授给他一套自然的表演方法。当他去萨德勒威尔斯剧院（Sadler's Wells Theatre）面试时，负责管理的德文郡演员塞缪尔·菲尔普斯（Samuel Phelps）在听完年轻的布罗德里布朗诵《奥赛罗》后，给他提了一些建议："你毫无演戏的天赋。"而这只是让布罗德里布更加坚定自己的目标，被他的决心感动的菲尔普斯为这个男孩提供了一份工作。

约翰·亨利后来把名字改成了亨利·欧文——取自美国作家华盛顿·欧文——先后在桑德兰、爱丁堡和曼彻斯特进行过表演。他在表演中揣摩着角色，也逐渐得到评论界的赞赏。他是一个天生的模仿家，在曼彻斯特时就因模仿美国的达文波特兄弟（Davenport Brothers）而声名鹊起。达文波特兄弟在舞台上公然举办降神会，与鬼魂进行交流。他们毫无疑问是一群骗子，欧文在自己的滑稽表演中模仿了他们大部分的主张。他用带有鼻音的美国口音，进行大段包含科学术语的介绍：

> 我并不认为在伟大的显灵中需要任何观察。因此，我要立刻开始讲一大段冗长的胡言乱语——来分散你的注意力，让你清晰的头脑充满困惑。许多非常聪明的人士似乎认为黑暗的氛围有利于诡计的实施，事实也的确如此。但我会致力于说服你，并不是这样……

他因为出演莎士比亚的戏剧而逐渐出名，还曾参加了1861年美国的著名演员埃德温·布斯在曼彻斯特的演出。也正是在曼彻斯特，欧文在1864年第一次饰演了哈姆雷特，评论界在肯定他的努力的同时也指出了他的不足，"体形……和声音与哈姆雷特的形象不符"。当然，他饰演的哈姆雷特更加文雅，也更加久经世故（在曼彻斯特的表演中，他戴了一顶金色的假发，这是当时流行的哈姆雷特），但他的体形和发声时的抽动在其整个演艺生涯中都令评论界困扰。

欧文弯腿走路的独特步态在之后某些角色，比如理查三世或梅菲斯特（他扮演时是带点跳跃的跛行）中，恰到好处。他螃蟹般走路和在舞台上跳来跳去的样子很快成为漫画艺术家和音乐厅漫画讽刺的目标，就像当初他讽刺嘲笑达文波特兄弟一样。艾伦·特丽的儿子戈登·克雷格则坚称，欧文平时的步态没有任何问题，但只要他一接近舞台，"他的步态中就加了些莫名其妙的东西——某种感觉，某种跳跃的动作，某些与其说是走路，更像是跳舞的东西。相较于先天，本质上来说更像是后天的结果"。

欧文身上更与众不同的是他的嗓音和音调变化。一位美国的记者曾对欧文扮演的夏洛克进行过严苛的评价:

> 哇,内好,善在看池来啊!嗯!你萧要我的帮埇。
> 噢!噢!周,内好!哈!嗯!你缀我说
> 啊!史洛克!嗯!我曲要切金弦!
> (好吧,那好,现在看起来你需要我的帮忙;
> 走啊,那好,你找到我,对我说
> 夏洛克,我需要借些钱。)

欧文发音中带些嘶的"s"和开放的元音使普通的台词具有了一种奇怪的力量。许多观看过《钟声》的观众都记得他被鬼魂复仇的那段表演,尤其是他蹒跚地穿过舞台,临终时用嘶哑的嗓音说的最后一句台词:"罢……沃……钵商……牲子……拿开!"(把我脖子上的绳子拿开!)他的传记作家劳伦斯·欧文这样写道:"无论对错,他致力于通过语言不仅传达出一种理念,还表现出一种情感。对那些批评他这种方法的人来说,到剧院更像是一次智力的练习,而不是情感的经历。"

评论家威廉·阿彻(William Archer)认为,欧文表演的魅力在于他与邪恶的合拍:"憎恨、狠毒和狡猾在他的眼里闪烁,他的下巴表现出不屈不挠的决心或奇怪而卑贱的恐怖,冷酷的幽默潜藏在他的眉弯,残忍的蔑视隐在他的嘴角。之前从未有过哪个演员能调动所有的感官去表现被愉快地称作'可怕的一瞥'的神态。"

而正是在兰心剧院,在同斯托克一起工作期间,欧文最终在戏剧中展现了自己的能力,令观众震惊。他是一个出色的哈姆雷特，评论家克莱门特·斯科特（Clement Scott）称赞他扮演了"一个在大声思考的哈姆雷特"。他是一个诡计多端的伊阿古、一个脆弱的奥赛罗——"我无法看他饰演这个角色，它令我痛苦无比"，艾伦·特丽，他的苔丝狄蒙娜这样写道。他的理查三世本应非常精彩，却出人意料地令人失望，即使对欧文而言——不知什么原因这出戏剧最终成了一场灾难。《麦克白》的舞台极其壮观，但备受赞誉的反而是特丽饰演的麦克白夫人。特丽觉得欧文扮演的麦克白就像"一头快要饿死的伟大的狼"。他饰演的李尔王过于衰老，而罗密欧又不够年轻。

但就某种特定的角色——备受困扰的或超自然的——而言，他简直无与伦比。"那种阴森怪诞的角色上，能激起一种昏暗的神秘之感……带有一种强烈的恐惧感的角色上，他具有不可比拟的驾驭能力。"英国散文家和漫画家，同时也是欧文朋友的马克斯·比尔博姆这样评价他。他出演的喜剧带有一种讽刺的、奇怪的幽默感，而在黎塞留、贝克特这类角色的演绎上，他是无可置疑的权威。

特丽认为他是"一个最高意义上的自我中心者，但不卑鄙……他的自负，或者从另一个意义讲，他的伟大导致了他所有的错误。全身心地沉醉于自己的成就之中，以致他不能或不愿去赞赏他人的成就……人们可能据此会说他在妒忌，但有时候顺理成章的解释并不是正确的解释。他只是不能去赞赏他人而已"。

当然，特丽从来不是一个自我中心者。事实上，她公正到可以去为那些自我中心者辩护。艾伦·特丽发现自己的成功有时是同欧文一起，有时则是脱颖而出的独自成功。对于像萧伯纳这样的评论家来说，她不只是舞台上的一个配角——她似乎将欧文托在空中，她为所有的表演提供优美的音符，并阻止欧文溺死在任性而兴奋的莎士比亚的旋涡中。"艾伦·特丽是这个世界上最美丽的名字，它就像是回响在 19 世纪最后二十五年的优美钟声。"萧伯纳有一次这样赞美她。

萧伯纳是都柏林人，但同王尔德和斯托克直到在伦敦相聚时才开始真正互相了解。他脾气急躁，有时候对欧文的评价极其犀利。1896 年，萧伯纳曾这样写道：欧文根本不了解他的角色，他只是利用他们来装扮自己，"径自把别人的戏剧当作自己作品的框架"。比如说，当他的理解同莎士比亚的发生冲突的时候，"他肯定不会按照台词来表演，而且绝对会把莎士比亚演绎得面目全非。他（在《哈姆雷特》中）取得了交口称赞的佳绩，但他的哈姆雷特只有一部分是被省略的哈姆雷特，其他所有的全都是迷人的亨利·欧文"。

欧文试图去忽略萧伯纳，并一直声称自己从未读过他的任何评论，但萧伯纳却变得越来越不容轻视。他的剧作内容大胆，引人入胜，斯托克就曾多次尝试将他拉拢到兰心剧院来为欧文写剧本。斯托克一直在欧文和这位爱尔兰剧作家之间充当外交官。

萧伯纳在与艾伦·特丽的长期通信中，就戏剧的角色提出自己的意见，并批评她之前选择的角色。他对她具有浪漫性质的影响力，就像斯文加利对特里尔比（出自当时伦敦一出非常受欢迎的戏剧），就像希金斯对杜利特尔（出自萧伯纳的《卖花女》）。但特丽要比特里尔比或杜利特尔聪明得多，也自觉得多——她对戏剧的直觉更胜于萧伯纳。艾伦因为萧伯纳的关注而受宠若惊，但她一直审慎地对待他的建议。

1895 年 4 月 24 日，斯托克在办公室收到一封欧文发自格拉夫顿街家中的电报："你能否在下午 5：45 到访，有些重要的事。"

斯托克经常被召唤到格拉夫顿街烟雾缭绕的房间里，有时甚至一天好几次。欧文喜欢在家里工作，因此他的业务经理就得将绘画、剧本或信件送过来，但欧文那天的召唤显得尤其神秘。布拉姆·斯托克忍不住猜想欧文是不是想要谈论最近的大新闻——就在上周，街头巷尾的报童都在叫喊奥斯卡·王尔德案件的大逆转，而戏剧业的同行一直心怀畏惧地关注着案件的发展。

斯托克在春天的那个下午到达了欧文的住所，他在走上楼梯时已经做了最坏的打算，他率先开口："你听到法院传来的最新消息了吗？"

但欧文快速挥了挥手，忽略了这个问题，建议斯托克不要拿这些琐事来打扰他。他的脸上带有一种教士般的宁静，他故意没说话，示意斯托克坐下来。斯托克有些心神不宁，试图从欧文的脸上寻找线索，但演员的脸上只有一丝狡猾的笑容，这也是他最伟大的表演之一。

他递给斯托克两封信，然后又靠回扶手椅中。在斯托克打开信件的过程中，欧文一直观察着他的表情。

第一封信来自首相罗斯伯里（Rosebery）伯爵，他在信中宣布了一个好消息，维多利亚女王授予了欧文爵士的称号。第二封信来自威尔士亲王，他对欧文表达了私人的祝贺。

斯托克猛地吸一口气。这真是一个好消息，绝对是针对沉重压抑的奥斯卡·王尔德案件的一剂良方。随后，他睁大眼睛望着他的雇主。欧文爆发出一阵长长的、非欧文式的大笑。实际上，那个下午的大部分时间里他都在大笑。斯托克也笑了起来，大声祝贺他，并共饮了一杯上好的爱尔兰威士忌——还回忆了两个人在都柏林的会面。他们带着信来到朗里奇路（Longridge Road）艾伦·特丽的家，斯托克后来写道，来和她分享这个好消息。

授勋名单在女王生日后的第二日正式公布，欧文在兰心剧院的办公室马上收到了潮水般的贺信和电报——来自社交名流、他多年的观众、仰慕者、评论家、同事,还有全世界各地的演员——尤其是男演员。这对戏剧界来说是一项特殊的荣誉——亨利·欧文将是第一个被英国皇室封为爵士的演员。欧文没有看那一捆捆的便条,他对斯托克说:"我现在实在看不了这些东西,只能把它们留给你了,老朋友,它们让我头晕眼花。"

通常情况下斯托克肯定会接受,但这次他意识到欧文只是在夸大其词。实际上这位演员心满意足地读了每一封信,又找来三个人专门在办公室负责抄写回信和致谢函。斯托克故意建议他不用去分别写不同的回信,一封手写的、泛泛地表示感谢的便条就足够了。

欧文那晚在兰心剧院出演了《堂·吉诃德》。凑巧的是,剧中堂·吉诃德有一句台词:"骑士就像光环一样绕在我的脖子上",观众席传来了一阵欢呼声。欧文保持着一贯的镇静——这也正是那个糊里糊涂的冒险家最好的写照——但观众一直为他们的偶像欢呼,一大阵的笑声和鼓掌声使演出不得不停止。

布拉姆·斯托克后来承认,关于授勋爵士这件事其实早在十二年前就提起过,当时的首相是格莱斯顿。有人私下里向斯托克询问,如果授勋的话,欧文能否接受。斯托克当然立即把这段对话转述给欧文,但被欧文考虑之后拒绝了。欧文认为单独受封爵士对一名演员来说是一种负担,也是一种孤立。兰心剧院一直以节目单上同等字体的演员表自豪,他们的演员在海报上一直是平分秋色。

1883 年的欧文是否真的这么谦逊呢?应该是极有可能。当时正值他在兰心剧院的早期,在他的首次美国巡演之前。而且,一名演员在当时获得这种荣誉肯定是令人震惊的,对欧文而言甚至是难堪的，因为格莱斯顿是他的戏迷，经常出入兰心剧院，所以整件事会非常可疑。

但在接下来的十二年中，很多艺术家和设计师被封为爵士，欧文的谦逊被诱惑所击败。欧文在一次皇家研究所（Royal Institution）的演讲中指出，表演应该被正式归到艺术的行列。不放过任何机会来打击欧文的萧伯纳特意描述了这次演讲："欧文先生想让我们大家回答的其实是这个问题：为《亚瑟王》创作音乐的艺术家是亚瑟·萨利文爵士，创作这首诗歌的艺术家是……已故的丁尼生勋爵，设计亚瑟王盔甲的艺术家是爱德华·伯恩－琼斯爵士，为什么扮演亚瑟王的艺术家却只能是亨利·欧文'先生'呢？"

斯托克对这种欧文索要荣耀的指控嗤之以鼻。尽管如此，当欧文授勋的问题在 1895 年被再次提及，斯托克写道："没人提出任何不明智的意见。"欧文在皇家研究所的演讲表明，他已经准备好了并正在等待着。

在女王生日的当天，布拉姆·斯托克听说他的哥哥索恩利·斯托克因为杰出的医务工作同样被封为爵士。布拉姆在写作这部吸血鬼的小说时，索恩利充任了弟弟非官方的顾问，为他解释造成伦菲尔德死亡的头部伤口的细节。

1895 年 7 月 18 日，亨利·欧文被封为爵士。马克斯·比尔博姆在去帕丁顿车站的路上恰好遇到了赶往温莎堡的欧文。"带着一副居高临下表情的欧文总会让人或多或少想到年老的波西米亚人，"他这样写道，"但当我在那种情况下遇到他……他看起来就是一个年老的波西米亚人。他的帽子比平常的角度还要更倾斜，长雪茄看起来也比平时的要长；他的脸上是一种我从未见过的沉思的、狡黠的神情。"

他同其他的受封者一起被引导进入温莎堡，观看这个简单的仪式在每个人身上重复——剑、勋章、点头示意或祝贺。女王在仪式中履行自己的职责时，用剑轻拍受封者的肩部并授予他们爵士爵位。按照习俗，女王应该保持沉默，但在那一天，站在附近的人都听到她轻声对欧文说："我非常、非常高兴。"女王也是欧文的戏迷。

欧文一直非常克制，他从未使用过自己的头衔"爵士"。在他受封之后，兰心剧院仅仅用瞬间的重视表达了对他的崇敬：兰心剧院将演员姓名表中的"欧文先生"改成了"亨利·欧文"。他的受封对整个表演行业来说象征着一种巨大的进步，而对演员们来说，这是众多奖项的开端。艾伦·特丽在1922年获得了大英帝国勋章，她是荣获此殊荣的第二位女演员。

吸血鬼总是带来诅咒：亨利·欧文的运气在1897年，即《德古拉》准备出版的前夕发生转变。

欧文的梗犬法西由于一场意外死在了舞台上。小狗每天晚上都和欧文一起吃晚餐，它可以在每个剧院的后台跑来跑去。有一天，剧团正在曼彻斯特的一个舞台上排练，法西被扔在地板上的一件工人的外套吸引了——他闻到外套口袋里火腿三明治的味道。小狗贪心地拉拽着衣服，没注意到旁边地板上的活门。

在演出开始之前，有人在地下室发现了法西冰冷的尸体，剧团的人因为太过于悲痛，没办法把这个消息告诉"统治者"。直到表演结束后，欧文才得知这个悲惨的消息。在把可怜的法西交给欧文的过程中，每个人都摘下了自己的帽子，低下头。

欧文简直悲痛欲绝。多年以来，他一直想方设法溺爱着小家伙法西。几天之后欧文回到了兰心剧院，剧院里的一只猫似乎察觉到他悲痛的原因，于是第一次大摇大摆地走进他的化妆间，敏捷地卧在法西的垫子上。从此之后，欧文和这只猫形影不离。

然后，他和艾伦·特丽之间的关系开始冷淡起来——无论是私人关系还是职业上的来往。当时一个时尚作家兼八卦专栏记者伊莉莎·戴维斯·阿里亚（Eliza Davis Aria）正在热情地追求欧文，而萧伯纳则一直在信件往来中对艾伦·特丽示好，他认为他正在创作的戏剧里的角色简直是为特丽量身定制的。"你已经为一个以自我为中心的傻瓜做出太多的牺牲了。"他这样写道。

在1896年12月19日，欧文的《理查三世》（Richard Ⅲ）开始上演，但从首演之日起就风波不断。欧文在嘉里克文学俱乐部用过晚餐后溜回格拉夫顿街，在上楼梯的时候不小心滑倒了。他的膝盖顶到胸口，造成韧带拉伤。仅仅艰难地上演了一场，《理查三世》就停演了，剧院也不得不关闭了三周。

萧伯纳忍不住开始落井下石。他在《星期六评论》（Saturday Review）上发表了自己关于《理查三世》的评论文章，在文章中历数了欧文在饰演这个角色时的烦躁不安和喃喃自语，并暗示欧文肯定在这个首演的晚上喝醉了。当然，萧伯纳知道他肯定不是，欧文如果喝醉的话是绝不会踏上舞台的。

接下来的悲剧发生在1898年2月18日。斯托克被急速的敲门声惊醒，警察告诉他兰心剧院位于萨瑟克区（Southwark）熊巷（Bear Lane）的仓库着火了。

业务经理跳上一辆出租马车，奔到铁路拱门下的仓库，那条街上已经满是消防泵和水龙带。斯托克从人群中挤了过去。他从小就喜欢听火警的铃声，总是跑去看那些勇敢的消防员灭火。但当天跟跟跄跄跑到熊巷，试图找到救火队的负责人时，他感到一阵阵恶心。铁路下的拱门里满是炽热的橘色火焰，还不时有火星蹦到路上来。

他表明自己的身份后，消防员告诉他，他们对于仓库里的布景已经无能为力，现在他们只能防止火势蔓延到周围的建筑上。这就是说，只能任由那些帆布和布景一点点地烧光。

仓库里有许多精心绘制的吊幕、最优雅的城堡内景、城市风光和花园，还有道具、盔甲、舞台和墙壁。这些全都出自世界上一流画家和设计师之手，是亨利·欧文独特风格的基础。斯托克眼睁睁看着2000多块布景、260多幅场景、44出戏剧化为乌有，其中包括《哈姆雷特》《威尼斯商人》《麦克白》《科西嘉兄弟》《浮士德》《贝克特》《钟声》。

斯托克估算这次火灾的损失多达30000英镑。本来仓库的保险金额是这个数目的三分之一，但在年初的时候，欧文为了削减开支，让斯托克将保险金额降到了6000英镑。数目其实无关紧要，因为再多的金钱也不能重新召集那些艺术家，重新制作那些舞台布景。

"对于他的管理事业来说，这是致命的一击。"斯托克写道。欧文事业成功的法宝就在于能对那些广受欢迎的戏剧进行轮演，或快速地变换戏剧——拥有受欢迎的戏剧才能吸引来观众。如果这部新戏《彼得大帝》不受欢迎，那么迅速换演《钟声》的话还能保持票房。但这一切实现的前提就是仓库里的布景，而现在上演一出受欢迎的戏剧——即使是短期内——也需要投入大量的资金。

只有少部分戏剧的布景进行了重置——毫无疑问，是类似《钟声》这样能带来收入的。实际上，观众对十年前壮观的戏剧已经没有多少兴趣，现在的人更喜欢看易卜生或萧伯纳那些时髦的、紧张的戏剧。

赫伯特·比尔博姆·特里（Herbert Beerbohm Tree）改编自小说家乔治·杜莫里耶（George du Maurier）《软帽子》（*Trilby*）的

同名戏剧在 1895 年首次公演。这出戏剧对特里来说是一次巨大的胜利。他在剧中扮演一个外国的催眠师斯文加利，利用自己的能力诱骗一个年轻的女歌手。《软帽子》的成功激发了欧文的《巫医》（*The Medicine Man*），这出戏是按照欧文的要求，专门为他写的。"我想要一出现代的戏剧，"欧文对他的剧作家说，"我想要的角色一定要与众不同，或许带点神秘色彩。我能扮演一个医生——为什么不呢？"《巫医》于 1898 年首次公演，它讲述的是一个精通催眠的医生对自己能力的滥用。

可惜它是一个失败之作。艾伦·特里在剧中的角色根本无足轻重，她饰演的社交界的青年女子只能让人想起发疯的奥菲丽娅，特里对欧文的这种忽视简直伤心欲绝。《巫医》只上演了 22 场，就草草结束了。这出戏剧的愚蠢之处正如萧伯纳所说："在一些白痴般非凡的演讲后，即使她的表演也不能增加任何的可信度。[特里]绝望地看着我们，她的表情中写着：'别责怪我，我又不是作者。'"

欧文发现改编非常困难，即使有时机会送到了门前。作家柯南·道尔在 1897 年找到赫伯特·比尔博姆·特里和亨利·欧文，提议将他最受欢迎的歇洛克·福尔摩斯改编成戏剧，两名演员都拒绝了。特里可能不适合这个角色，但欧文应该能成为一个杰出的福尔摩斯：高大消瘦，总是大步走着，用冰冷的逻辑解决所有的问题。

这个角色在两年后落到了美国演员威廉·吉莱特（William Gillette）身上，他凭借这个角色一炮走红。斯托克在纽约观看了这出戏的首演，之后邀请吉莱特在兰心剧院重演了这部戏剧。斯托克和欧文在他们的剧院中都体验到了《歇洛克·福尔摩斯》大获全胜时复杂的情感。

不难想象，亨利·欧文绝对能胜任这个侦探的角色，而且绝对会成功。只不过这次，他与机遇擦肩而过。

而他错失的第二个机会可能就是《德古拉》。

1929年,一份芝加哥的报纸上登载了一篇关于在百老汇上演的《德古拉》的评论文章。在这篇长文评论中,作者弗雷德里克·多纳吉(Fredrick Donaghey)描述了他和布拉姆·斯托克在1900年2月的一次谈话,当时兰心剧团正在芝加哥巡演,斯托克的《德古拉》是当时的热门话题。"他知道他的《德古拉》是那种廉价的恐怖小说,虽然很成功,但他对这点直言不讳。"

> 布拉姆·斯托克告诉我,他曾花了无数时间劝亨利·欧文把《德古拉》改编成戏剧上演。他也从未想过要去挽救票房。"如果,"他解释说,"我能把我的名字印在书上,在生意不景气的时期,'统治者'肯定能同意把名字放在戏剧海报上。但每当我提起这个话题的时候,他就会嘲笑我,然后我们得出去筹钱,上演一些观众根本不感兴趣的东西。"

业务经理认为,对欧文来说德古拉是一个完美的角色。"这个角色中包含了那么多他喜欢的东西。"斯托克把德古拉看作一个马蒂亚斯(《钟声》)、夏洛克、梅菲斯特、彼得大帝、杜波斯克(《里昂邮件》)、路易十四以及伊阿基莫(《辛白林》)的集合。

如果多纳吉的回忆准确的话,这应该是斯托克对他的《德古拉》的未来规划。那么,在筹划《巫医》时,亨利·欧文在第一次与作家们会面时提出的"与众不同,或许带些神秘色"就显得有些荒唐——毕竟未翻开的《德古拉》就在他的书桌上。不幸的是,他的决定与他的目标背道而驰。在面对斯托克的才华时,欧文总是显得非常固执,而且极其轻蔑。当时的兰心剧院资金极其匮乏,而他们的大明星却没有一点冒险精神。

从这个角度来说,亨利·欧文确实启发了《德古拉》——这个故事意在迎合他的品位和能力,但欧文却不是德古拉,确切说来,他应该来演德古拉。

斯托克的一份早期笔记将小说分成了四卷,每卷七章。研究者认为这正好是戏剧四幕七场的结构。斯托克肯定非常熟悉戏剧的结构,但他之后的笔记从未显示出他打算写一部戏剧。到1890年时,斯托克已经开始发表小说,而且从笔记中的章节名称来看,《德古拉》应该是他的下一部小说。

多纳吉的文章中提到的斯托克希望欧文"将《德古拉》改编成戏剧"可能是真的。斯托克自己不能将小说改编成戏剧,但欧文经常找作家来改编作品,落实他的想法。斯托克于是寄希望于说服欧文去欣赏他的小说,然后可以同欧文及其他作家、设计师一起实施他的计划——将德古拉塑造成配得上亨利·欧文的恶棍。

尽管斯托克非常执着,但他这个念头却晚了十年,而且他戏剧化的作品、版权演出等只能证明这是一出乏味的戏剧,伯爵也只是一个沉闷、无足轻重的恶棍。如果说斯托克在自己的想象中构思了这一切的话,可惜亨利·欧文没有看到。

当亨利·欧文漫步走进兰心剧院,听着舞台上伯爵为数不多的凌乱的台词后,嘟囔着"糟透了",然后走回自己的办公室,这应该是他职业生涯的最后一个悲剧了。正如一切伟大的悲剧那样——"骄傲是陨落的先声"。

第十一章
诗人,"永恒而甜美的死亡"

"主人"一词似乎贯穿于整部小说。德古拉把自己称作他的种族的主人,并据此推断,按照古老世界的习俗,位于埃塞克斯的雇主是哈克的主人,范海辛则被隆重介绍为希瓦尔德的"朋友和主人",但这个词在希瓦尔德的病人伦菲尔德的口中显得尤为意味深长。当德古拉接近伦敦时,一股神奇的力量似乎控制了伦菲尔德,"一副捉摸不定的神情……正如一个发疯的人在思考一样"。伦菲尔德对他的看守说:"我不想和你说话,现在你不配,主人就要来了。"

正是在那个晚上,伦菲尔德从精神病院逃出,跑到附近的卡尔法克斯修道院,召唤那个他为之献出生命的人。斯托克通过接下来伦菲尔德的演讲,表明了他的绝望——主人只不过是一场梦、一个幻想、一次"遥不可及"的忠诚的想象,甚至连作品中斯托克使用的大写字母都暗示出伦菲尔德的宗教狂热:

  主人,我是来这儿接受您的命令的。我是您的奴隶,对您忠贞不贰,希望您能给我一些恩惠。很久以前,我便对身处遥远地方的您表示膜拜。现在您已在我身边,我时刻等待您的吩咐。亲爱的主人,您在分配战利品时,不会把我遗忘吧。

在三一学院期间,年轻的亚伯拉罕·斯托克就开始着迷于沃尔特·惠特曼(Walt Whitman)的诗歌。对于一个大学里的年轻人来说,惠特曼是当时的风云人物。这位横空出世的美国诗人离经叛道,带有一种粗犷的魅力。由于他的诗歌中某些粗俗的、性爱的成分,招来许多卫道士读者的指指点点,因此,诗人需要仰慕者,更有甚者,他需要辩护人。

> 我是那和温柔而渐渐昏暗的黑夜一同行走的人,
> 我向着那被黑夜掌握了一半的大地和海洋呼唤。
> 请紧紧靠拢,袒露着胸脯的夜啊——紧紧靠拢吧,富于魅力和营养的黑夜!
> 南风的夜——有着巨大流星的夜!
> 寂静而打着瞌睡的夜——疯狂而赤身裸体的夏夜啊。
> 微笑吧!啊,妖娆的、气息清凉的大地!
> 生长着沉睡而饱含液汁的树木的大地!
> 夕阳已西落的大地——山巅被雾气覆盖着的大地!
> 满月的晶体微带蓝色的大地!
> 河里的潮水掩映着光照和黑暗的大地!
> 为了我而更加明澈的灰色云彩笼罩着的大地!
> 远远的高山连着平原的大地——长满苹果花的大地!
> 微笑吧,你的情人来了。
> 浪子,你给了我爱情——因此我也给你爱情!
> 啊,难以言传的、炽热的爱情。

1872年，沉浸于惠特曼诗歌的斯托克坚信自己找到了灵魂上的伴侣，在激动之中向惠特曼写了一封自白的长信。但这封信在他冷静下来思考之后，被藏到了书桌中。在离开三一学院四年之后，斯托克发现自己又身处一场关于惠特曼的辩论之中。他回到房间，写了一封自我介绍信。

> 都柏林，1876年2月14日
> 希望您不会认为这么一封来自完全陌生的人的信过于失礼。实际上，我从未觉得自己对您来说是一个陌生人，而且这也不是我第一次给您写信……随这封信附上的信件草稿是我四年前写的，当时打算抄好寄给您的……那封信里包含了我想说的一切，不需要任何评价……您应该知道，在这里您的诗歌有时会引发恶意的评论，为了您的荣誉，我会同许多的朋友对此进行永恒的战争。

在这封信里，斯托克声称，他是开诚布公的，正如"我感觉每个人都应对您开诚布公"。

他附上的1872年写的信件向人们展示了年轻的布拉姆·斯托克令人惊奇的一面：他的不安、他的激情，以及他在毫不掩饰的英雄崇拜方面的才华。

> 都柏林，1872年2月18日
> 我知道可以对您袒露真实的自己。您是一个真实的人，我也想成为这样的人，我将您视为一个兄长，一个学生面前的大师。在这个年代，没有人成名是不需要付出努力的。

斯托克选择"大师"（master）的称谓是意味深长的。正如后来他笔下的疯子伦菲尔德一样，这是对远方的偶像和美好的理想同样忠诚的誓言。"如果我在您面前的话，我会去握您的手，因为我觉得我会喜欢您。"斯托克这样对惠特曼写道。更重要的是，他坚信惠特曼也肯定会喜欢自己。在信件接下来的内容中，他试图用各种必要的手段去诱惑他的大师，来获取他的认可——无论是智力上、艺术上还是性爱上。他似乎非常自信地认为惠特曼肯定会对这三者大加赞赏。

我今年24岁，曾在我们的田径比赛中得过一次冠军，获得过很多奖杯。同时我还是学院哲学社团的主席，并在一家日报社做艺术和戏剧方面的评论。我有6英尺2英寸高，净重12英石，胸围曾达到41或42英寸……我的下巴宽大，嘴巴宽阔，嘴唇厚实——敏感的鼻子——鼻子挺翘，直发……我想你应该想知道和你通信的这个人的相貌。

请一定要相信，沃尔特·惠特曼——这个年龄比您小一半多的人，在一个保守的国家长大，经常听许多的人对您肆意贬低，此时感到他的心跨过了大西洋向您靠近，他的灵魂随着这些字句，或者说思想，在逐渐增强。

……您看，我直接叫了您的名字。在面对您的时候我变得更加坦诚——我向您说出那些从未在任何人面前提起过的自己……请不要因为我写的这些而嘲笑我……如果一个拥有一双女人般的眼睛和一个孩子般憧憬的健壮男人，可以向一个被他视作自己灵魂的父亲、兄弟或妻子的男人畅所欲言，那是多么美好的事情啊。

惠特曼收到这些信，非常高兴，更由于斯托克的热情洋溢而大吃一惊："这些全都是发自内心的，几乎可以说是痛苦的。"在多年之后，惠特曼同他的朋友贺拉斯·特劳贝尔（Horace Traubel）一起重读这些信件时说："他是一个具有自我意识的年轻人，看待事情时总带些夸张！"在写给斯托克的回信中，诗人同样希望有一天两人能够会面。

> 非常感谢你的信件——感谢这些写给作为人类的我和作为作家的我的信。我不知道这两者哪个更受欢迎些。在这些信里，你不落俗套，那么鲜活，那么具有男子气概，而又充满深情。我同样希望（尽管不确定）有一天我们能见面。

惠特曼的研究学者丹尼斯·佩里（Dennis R. Perry）指出，同亨利·欧文一样，"惠特曼对布拉姆·斯托克的人生产生过几方面重大的影响"。斯托克与欧文之间的交往在很多作品中被提及，包括斯托克亲自为自己的雇主写的书中。惠特曼对他的影响——主要是斯托克的早期——经常被忽略，却似乎在《德古拉》中留下了无法抹去的印痕。

沃尔特·惠特曼是第一代美国居民。他于1819年出生在长岛，恰好是乔治·华盛顿在纽约就任总统的三十年之后。后来，惠特曼一家搬到了布鲁克林——沃尔特将毕生的精力都献给了长岛的荒野和喧哗的布鲁克林、曼哈顿。惠特曼在年轻的时候做过印刷工人，还在当地的报社做过记者。

惠特曼对书籍、戏剧和演讲的兴趣与日俱增，在重返新闻界之前，他在长岛的很多地区做过乡村教师。19世纪40年代，他做了大量诗歌方面的笔记，还很快形成了一种新奇的自由体风格——他舍弃了通通的韵律和节奏，专门选取出人意表的普通意象，并将其优美地组合在一起。

惠特曼著名的诗集《草叶集》在1855年第一次出版。作为前印刷工，他亲自负责排版、封面和装订。第一版的《草叶集》只印了795本，包括12首诗。作者的名字并没有在作品中出现，只在卷头有一幅诗人的肖像——惠特曼穿着工人的衣服，头戴帽子，一只手放在屁股上。他看起来不像是一个诗人，那些诗歌也不同于普通的诗歌。

爱默生认为惠特曼的诗歌是"《薄伽梵歌》同《纽约论坛报》（*The New York Herald*）的完美结合"。在之后的再版中，诗歌的数目有所增加。惠特曼给诗歌加了标题，并进行重新排列，还将新加入的诗歌归到附录之中。1860年版的《草叶集》中包括一组热情、率直地赞颂同性之爱的《芦笛集》和一组更加大胆直白描绘异性之爱的《亚当的子孙》。

《草叶集》的发表立即给作家招来谴责——很多人认为惠特曼的诗歌令人憎恶，且伤风败俗，《星期六报》（*The Saturday Press*）建议诗人去自杀。《标准》（*The Criterion*）将其定义为"一大堆愚蠢的污秽"，指控诗人犯有"甚至在基督徒中无法提起的可怕的罪恶"（这篇评论是用拉丁语写的，试图进一步表达对他的下流的厌恶）。书商和出版商进行了抗议，波士顿当局也拒绝这一版本的发行，要求诗人删去某些特别的诗歌。但惠特曼却一直非常坚定，拒绝对他的诗集进行删减，反而一直在版本的调整过程中增加新诗。诗人后来认为，他唯一的错误就是没有通过演讲直接把他的诗歌介绍给公众。"如果我直接向公众读我的诗歌，和大众面对面，直接同汤姆、迪克和哈里等普通人交流，而不是等待别人的解读，那我会立即拥有听众的。"

后来爆发的内战改变了惠特曼。他一直反对奴隶制，并深入营地和军队的医院中去照料那些受伤的士兵，为成百上千的士兵提供过帮助——无论是联邦的士兵还是邦联的俘虏。战争结束后，他发表了一组由战争引发的诗歌《桴鼓集》(*Drum Taps*)，在《桴鼓集续集》(*Sequel to Drum Taps*)中收录了为林肯总统写的著名的挽歌《当紫丁香最后在庭院中盛开时》("When Lilacs Last in the Dooryard Bloomed")和《啊，船长！我的船长！》("Oh Captain！My Captain！")。

D. H. 劳伦斯（D. H. Lawrence）挑剔地写道："沃尔特的伟大诗行是高大的坟墓之树，是墓地上成片的林木。"他的很多作品——尤其是内战之后发表的某些不朽诗篇——听起来就像是关于不死者的浪漫之歌。惠特曼极其痴迷于坟墓、死亡和爱情的交织。在惠特曼描绘的质朴、自然的画面中，我们不难想到德古拉——他刺鼻的呼吸、粗糙的双手、体力劳动者般强健的手臂。而且他从未远离过坟墓——他的身上始终带有最后安息地的泥土，他的唇边依旧留有此前盛宴的鲜血。德古拉不是一个精致的、高雅的贵族，他是一个出现在惠特曼诗歌中的高傲的大地之子。你可以从《沉静地凝望着她的死者》("Pensive on Her Dead Gazing")中看到他：

> 好好吸收他们吧，我的大地，她叫道，我命令你们不要
> 丢掉我的儿子们，一星半点也不要丢掉，
> 你们这些溪流要好好吸收他们，接受他们宝贵的鲜血，
> 你们这些本乡本土，你们这些在上空轻轻飘过而捉摸不到的
> 微风，
> 所有你们这些土壤和作物的精髓和你们这些河流的深处
> 你们这些被我亲爱的孩子们滴出的鲜血染红了的山腰和
> 树林……
>
> 几个世纪后又把他们散发出来给了我，让我呼吸他们的气息，

不许有一星半点的损失,

啊,岁月和坟墓!啊,空气和土壤!啊,我的死者,一种甜美的芳香!

再过多少年多少个世纪后,请把他们散发出来吧,永恒的甜蜜的死亡。

你也可以从惠特曼的《缓缓渗出的点滴》("Trickle Drops")中发现他:

缓缓渗出的点滴!从我蓝色的血管中流出!

啊!是我落下的点滴!渗出着、缓慢的点滴,

径直从我身上流下,滴落,点点鲜血,

从为了把你自监狱中解放出来而造成的创伤中,

从我脸上,从我额头和嘴唇上,

从我胸口,从那隐蔽着的我的内心深处挤出了红色的点滴,自画供状的点滴,

请渗透每一页,渗透每一首我唱的歌,我说的每一句话吧,血红的点滴……

还有《我胸脯上的香草》("Scented Herbage of My Breast")中:

在我和死亡之上长出的墓草,身体之草……

你带来的死亡是美丽的(其实除了死亡与爱最终还有什么是美丽的呢?),

啊,我想我不是为了生命而在这里唱我的恋人之歌,我想那一定是为了死亡,

> 因为，上升到恋人的境界，那会多么宁静而庄严啊！
> 那时我将不在乎生死，我的灵魂也拒不做出选择，
> （我只确信恋人们的崇高灵魂最欢迎死亡）……

就斯托克在构思《德古拉》时是否借鉴了惠特曼的诗歌这一问题，丹尼斯·佩里发现了一个完美的例证——一个惊人的类比展示出惠特曼的影响。《自我之歌》（"Song of Myself"）肯定令年轻的布拉姆·斯托克印象深刻，这首诗是惠特曼在描绘色情（以及同性恋）方面最"臭名昭著"的一首。《自我之歌》令三一学院的学生窃笑不止，使得斯托克忍不住为自己的大师辩护：

> 我记得我们是如何一度在这样一个明亮的夏天的早晨睡在一起的，
> 你是怎样把头横在我臀部，轻柔地翻转在我身上的，
> 又从我胸口解开衬衣，用你的舌头直探我赤裸的心脏，
> 直到你摸到我的胡须，直到你抱住了我的双脚。

在吸血鬼小说中，这个场景被完美地反转了。不再是阳光明媚，令人神魂颠倒的爱，而是一场噩梦般的强暴：

> 说完，他扯开衬衫，用又长又锋利的指甲将胸口的血管刺破。当鲜血喷涌而出的时候，他用一只手紧紧抓着我的双手，另一只手抓住我的脖子，并将我的嘴唇按在伤口上，所以，我必须选择，要么窒息而死，要么吞下一些［鲜血］。

这两部作品在另一个方面的比较更具说服力。佩里写道，小

说中"只有德古拉在谈吐方面具有惠特曼式的韵律、排比和格律"。实际上,斯托克笨拙的方言对话不适合作品中大部分人物的形象,尤其是范海辛。但非常奇怪的是,德古拉口中谨慎而清晰的英语却带有一种优美和出人意表的诗意。

一个人住在一所房子里不是一两天时间就可以习惯的,而且一辈子其实并没有多少时日。我很高兴这里也有一所老式教堂。我们特兰西瓦尼亚贵族并不喜欢把自己的尸体同普通人埋在一起。我不追求快乐和激情,也不向往年轻人,还有那些贪图享乐的人追求的阳光明媚和波光粼粼的流水。我已不再年轻,再加上这些年一直在服丧,我已经身心俱疲……我喜欢这些阴影和黑暗,只要一有时间,我就会一个人坐在这里沉思。

甚至连伯爵对那群吸血鬼猎人的咆哮演讲听起来都像是诗。

凭你们这些人,就想阻止我的行动,看看你们被吓得脸色苍白的样子,你们就像屠夫刀下的羔羊。你们所有人都会后悔的!你们以为这么做,我就无处藏身了,我还有更多藏身的地方。我的复仇计划才刚刚开始!为了这个计划,我筹划了几百年,现在该我行动了。你们所爱的那些女人现在都已经属于我啦,通过她们,你们最终也都会属于我,到时候,你们就会成为我的傀儡和走狗,听从我的安排!呸!

布拉姆·斯托克终于在1884年同亨利·欧文和兰心剧院到费城演出时,见到了沃尔特·惠特曼,他立即就为诗人着迷。在这次会面中,令斯托克惊奇的是,惠特曼居然还记得他的名字。惠特曼随即变得坦率、友好起来，带有一种令人着迷的好奇。他表现得非常乐于接受斯托克的意见，并对这位来自爱尔兰的朋友印象深刻。惠特曼浑厚的嗓音——斯托克非常喜欢诗人独特的、带有长岛口音的浑厚男中音，他在美国很多城市巡演期间，对各式各样的美式口音非常感兴趣。

斯托克对惠特曼的第一印象来自《草叶集》中诗人的肖像画，但当走进费城的那个房间时，他注意到上了年纪的诗人与众不同的外表。惠特曼仿佛某种神话中的生物，某种只展现出敏感特质的强大的野兽。他有6英尺高，体格强壮，但温和而富有魅力，天生和善。斯托克在某次拜访的时候发现诗人坐在一把专为他的体格而设的特制摇椅中。惠特曼身上手工缝制的衣服同样非常适合他的体形和他的品位：粗糙的羊毛、简单的样式、灰色。那个关照他的老妇人在他衣服的领口和袖口缀上了蕾丝花边，据斯托克说，这些蕾丝"针脚笨拙……惨不忍睹"，但代表着那个女人对他的挚爱和惠特曼的荣耀。惠特曼已经成为类似圣诞树一般的存在，人们为之欢庆，并对他精心修饰。而他看起来似乎对这种关注毫不在意，他外套的袖口上满是大头针，他总是习惯在工作时用它们把手稿别到一起。

布拉姆·斯托克后来这样描述诗人：

> 一个有着狮子般外表的老人。他非常魁梧，头很大，高高的前额稍稍有些秃顶。蓬松的灰白色头发落在衣领上，他嘴唇上的小胡子又厚又浓，同浓密的、垂落的下颌胡须混在一起。

当多年之后，斯托克再次去拜访时，发现诗人的外貌几乎没什么变化。

> 他看起来很像福特·马多克斯·布朗（Ford Madox Brown）画中的李尔王……他的头发比起两年前我们见面时，似乎长了些，更加蓬乱，也更白了。

这个高大、强壮、动物般的惠特曼与乔纳森·哈克初次见到的德古拉伯爵形成了一个完美的对比。

> 脸刮得很干净，留着长长的白胡子，他从头到脚都穿着黑色的衣服，除此之外没有其他的颜色……他的容貌非常独特——大大的鹰钩鼻，鼻尖又挺又尖，鼻孔呈一种特别的拱形。他的额头非常饱满，额角处头发稀松，但其他地方头发都很浓密。他的眉毛浓密，两条眉毛几乎要连到了眉心。浓密的头发自然卷曲，浓重的胡须之下的嘴唇彰显出某种惊人而残忍的生命力……

1902年双日出版社出版的《德古拉》的封面是一幅吸血鬼的画像。在插图中，德古拉的身边有一只狼。他的头发虽然是黑色而不是白色的，但那原始、野性的外表同沃尔特·惠特曼存在惊人的相似之处。

德古拉的外表特征可能来自斯托克的很多朋友。亨利·欧文的高而瘦削，亨利·斯坦利黝黑而看起来总是心神不宁的脸，雅克·达拉马（Jacques Damala，女演员萨拉·伯恩哈特的丈夫）的死人脸，理查德·伯顿（Richard Burton）爵士的犬齿和弗朗茨·李斯特（Franz List）的白发全都是灵感的来源。但是，在斯托克所有的朋友中，或者在造访兰心剧院的所有名人中，惠特曼的外表是最相似的。虽然他有着大络腮胡，外形比伯爵要强壮得多，但就身高、力量、蓬松的白发和胡须来说，两个人存在惊人的相似之处。甚至德古拉对墓地的狂热、阴郁的诗歌和暧昧的性欲都进一步说明布拉姆·斯托克将被他称为"大师"的著名美国诗人当作了文学史中最著名的吸血鬼的原型。

斯托克开始为《德古拉》做笔记始自1890年,是在他与惠特曼会面的两年多之后。诗人于斯托克1892年第二次访美之前去世,因此,沃尔特·惠特曼从未读过《德古拉》。

在布拉姆·斯托克的《对亨利·欧文的个人回忆》一书中,最迷人的章节之一就是他对沃尔特·惠特曼的崇拜。这是这本书中少有的自传性内容,因为讲述惠特曼就是在讲述斯托克。他描述了自己在三一学院时发现惠特曼的诗歌,他写给诗人的信——但并没有引用——可能他并没有保存副本,也可能他明白,当初的信件在多年之后听起来是何等的绝望。不过他转载了惠特曼给他的回信,并记录了他之前在美国同惠特曼的会面。

斯托克如实地叙述了惠特曼因那些冒犯诗句而遭受的名誉伤害。

> 1868年,[英国版的《沃尔特·惠特曼诗选》]在英国文学界掀起了一场如约而至的风暴……那些没有或不能理解这些诗的博大内涵的人选取了至少带有威胁的诗句……从这些节选中,人们认为这本书无论是对道德还是对文学品位都是一种侵犯。他们毫不顾忌地引用了那些最令人反感的段落的确切原文。

但斯托克认为,上述这些人撷取惠特曼的文字时其实是断章取义。

> 在我就读的大学中,这本书得到的是放声大笑,只有很少几个学生向[美国的出版商]特吕布勒要完整版的《草叶集》……

更不用说年轻人争着去读那些有争议的段落，同时期盼着更伤风败俗的内容。那些天我们，尤其是这些没看过原书的人，充满嘲讽地讨论的全都是沃尔特·惠特曼和他的新诗。

后来，一个终于厌倦于此的同学送给斯托克一本诗集。

> 我把书带到公园，在一棵榆树的树荫下开始读这本书。很快我就形成了自己的看法，它和我一直听到的完全相反。从那一刻起，我成了沃尔特·惠特曼的信徒。

1877年，斯托克第三次拜访惠特曼的时候，提到自己之前曾同《费城报》(The Philadelphia Press)的一位编辑塔尔科特·威廉姆斯(Talcott Williams)谈论过的话题。斯托克发现在米克尔街房子里的惠特曼看起来"精神矍铄"。当他们的谈话暂时告一段落时，斯托克倾身，盯着惠特曼清澈的蓝色眼睛，提出了他的计划。

> 我大胆向他提出将他的诗歌进行某些删减的想法。"如果你允许你的朋友这么做的话——他们只想总共删掉大概一百行——你的书会进入美国每个家庭。难道这不值得牺牲吗？"他立刻回答了我，就像他在很久之前就已经下定了决心，再也不需要进行任何其他的考虑。

无论斯托克还是威廉姆斯都不了解惠特曼，他们也不知道惠特曼已经就这个问题进行了成百次的争论——无论是同拉尔夫·瓦尔多·爱默生(Ralph Waldo Emerson)，还是波士顿地区的律师。惠特曼告诉他：

"不会有什么牺牲。就我所知,他们想删去一千行。重点并不是这个,这是另外一回事。"说到这里他的神情和声音都变得严肃起来。"当我写下这些诗时,我认为自己的所作所为是正确的,而正确的行为会产生美好的事物。我现在依旧这样认为。我觉得上帝造万物的初衷是美好的——如果我们按照他的意图去运用万物的话,那么无论从什么角度来说,出自上帝之手的东西都是纯洁的。如果这种观点是错的话,那我就造成了伤害。那样的话我就活该遭到被遗忘的惩罚!但到目前为止,这种后果我还没有也不可能看到。不,只要我活着,一行诗都不会删掉!"

这段解释表明斯托克作为一个新闻记者的能力,因为它听起来完全就像惠特曼的说话风格。在他的书中,斯托克总结道:"任何人都应对基于这些理由、这样形成的决定表示尊重。我什么也没有说。"

难道说布拉姆·斯托克从未认识到他自己的作品中那些不雅的因素吗?

当他将《德古拉》的样书寄给首相格莱斯顿时,他附上了一张便笺:"这部书中有很多必要的恐怖和恶行,但我相信这些精心设计的东西只会'通过引发人们的恐惧和同情而净化人们的思想'。虽然作品中涉及了迷信,但它被作为一种武器来使用,我希望,无论从任何角度来说,这部书中的任何材料都不是无关紧要的。"

通过"恐惧和同情"来净化思想的观点来自亚里士多德的《诗学》,这表示斯托克认可恐惧的价值——通过这种体验提供一种新的视角或品德。至于"材料",斯托克指的是那些粗糙的迷信和民间传说。而正如他的很多评论者推测的那样,斯托克忽略掉了任何有关性欲的内容。

《对亨利·欧文的个人回忆》发表两年之后的1908年，斯托克在月刊《十九世纪及其后》(*Nineteenth Century and After*)上发表了一篇长文《小说的审查制度》。关于这个问题，斯托克处于一个特殊的立场——一个因耸人听闻的恐怖而闻名的作家、一个经常与宫务大臣办公室打交道的戏剧人，同时还是一名律师。他似乎已经忘记了惠特曼的教训，开始转而为德古拉摇旗呐喊。

意料之中的是，斯托克起初只是提倡在艺术创作中的简单克制。"艺术家通过作品已经将自己的道德标准无言地表达了出来，如果作品中已经存在这种自我克制，那么就不需要什么外部的强制力量了。"

审查制度是面对甚嚣尘上的价值体系的分崩离析而采取的必要手段：试想一下，一个是由于日渐增多的"软弱"而感到紧张的观众，一个是由于日渐增多的"贪婪"而获利的作家或制片人。

> 这种情况继续发展，直到某一天，每个人，甚至连那些不谙世事的人都会发现，与过去的黄金岁月相比，我们今天处于怎样令人震惊的堕落之中。然后，就像在公共事务中经常看到的一样，官方对于道德价值的监护功能就会启动并发挥作用，而此时来阻止事态的发展已经太晚了。为了防止这种结果的出现，审查制度就必须持续并严格执行下去。不能让邪恶找到一丝苗头，不能让人类伟大工程的大坝上出现任何缺口……无论审查多么严格，还是不足以守住所有地方。我们必须严守住整个阵地。

这个理论当然非常粗糙，而且由于作者奇想联翩而显得有些混乱。斯托克在写这篇文章时肯定想到了沃尔特·惠特曼，因为他在文中引用了惠特曼的语言。惠特曼曾广泛使用"大众"一词,意指某种公众的心态。斯托克指出想象力并不属于惠特曼所指的"大众",而应是个体的产物。作家应该警惕并竭力抵制"想象力的最糟的邪恶"。

> 正是由于个体的腐化导致了如今种种的邪恶。一个细致的分析将会揭示出只有性冲动会造成长期的伤害。而当我们终于认识到这点时,这种伤害在现实中已经比比皆是了。

对于现代的读者来说,斯托克的这篇文章简直让人哭笑不得。难道作家本人真能忽视掉《德古拉》某些篇章中由性欲冲动引发的无法克制的战栗吗?难道他在描绘这些场景时真的不明白他刚刚琢磨出的这些深具文学危险性的举止?还是他以为自己太过聪明,可以不受他提倡的那些道德标准的约束?

而这种矛盾恰恰表明了斯托克对暗示性文学和淫秽文学的区分。他尖刻地指出了在"由于人性的软弱、弱点和感官的激情而导致的天然的犯罪"和那些充满了"残忍的邪恶……以致在恐惧中失去了强烈的道德感"的作品的不同。由于他拒绝列出这类作品的名字,"让那些作家获得他们渴求的声名",我们只能去猜测他这番批判的对象究竟是谁。

推测起来,《德古拉》中那些"人性的弱点",或者惠特曼诗中那些"感官的激情"应该不在他的批判之列。不幸的是,这篇文章的结尾不像是一个艺术家温和的区分,更像是一个立法者的重重一击。

> 这篇文章不仅仅是在抗议某种学术上的错误或不堪的品位,它更是对一批邪恶文学的控告,它们实际上正在侵蚀整个国家。

斯托克肯定已经充分认识到惠特曼诗歌中的性欲成分，或者进一步说，文学作品之中的色情内容。他对此已有准确的分析。但当斯托克在写这篇关于审查制度的文章时，他却对曾在他的美国大师的诗歌中出现的性欲成分视而不见。他毫不考虑惠特曼"正确的行为会产生美好的事物"，或曾令年轻的自己沉迷其中的诗歌中的"广博内涵"——正是这种内涵使他忽略掉粗糙，而赞赏诗人的天赋。

布拉姆·斯托克同惠特曼的谈话在他这部书中被浓墨重彩地加以描述，并由此引出了作家对这位美国诗人极其真诚和高贵的赞美。

与之相反的是，斯托克童年时期的朋友奥斯卡·王尔德的不体面——王尔德当时已被判有罪，并由于有伤风化被判入狱——却没有赢得他的这种尊敬，甚至都不在他的考虑之列。斯托克在《对亨利·欧文的个人回忆》中干脆抹去了王尔德的名字。这是一个值得注意的举动，就这个举动而言，他表现出惊人的坚定。王尔德同斯托克、欧文和艾伦·特丽都是好朋友，他经常观看兰心剧院的表演，在剧院的特殊晚宴上朗诵诗歌或引导牛排屋里的话题。王尔德完全有资格出现在斯托克的到访名人名单中。

当然，在王尔德被英国法庭宣判有罪后，一大批维多利亚后期的作家从自己的自传或历史故事中删去了他的名字，由于弄不清他目前的社会地位而选择了阻力较少的那条路。但斯托克抹掉同王尔德之间关系的举动则表明，他或者出于尴尬，或者试图用一种粗劣而草率的方式去报复。

当涉及奥斯卡·王尔德时，斯托克完全有理由感到尴尬和进行报复。因为王尔德的故事同斯托克，或者更应该说，同《德古拉》纠缠不清。

第十二章
剧作家,"他的罪恶之谜"

在《对亨利·欧文的个人回忆》一书中,布拉姆·斯托克竭力列出每位曾造访的名流,对欧文更是极尽溢美之词,这本书也经常被人斥为圣徒传。

但实际情况其实复杂得多。就像观看亨利·欧文的诸多极受欢迎的演出一样,这本书的观众或者读者开始为两卷本《个人回忆》这座文字舞台的管理人而着迷。这本书成了布拉姆·斯托克"个人"视角下的一场演出。那么为什么某些事件、某些人、某些回忆片段被放到聚光灯下,而其他的则被雪藏起来?

越来越明显的是:究竟是谁,或者说什么被隐藏起来,成为这个故事至关重要的一部分。

既然这部作品的核心是欧文,作家在某些时候甚至忽略了自己的人生。斯托克在这本书中几乎没提到过他的妻子,她在故事中的存在也只是——以"妻子"这一名词——出现在他搬到伦敦时或同霍尔·凯恩的会面中。他也从未在作品中提到过他的儿子诺埃尔,同时被省略的还有他的众多小说及短篇故事,包括《德古拉》。

与此同时，斯托克的两个公开的竞争者路易斯·奥斯丁和奥斯丁·布里尔顿在作品中的出现，并不是因为他们在兰心剧院的工作，而是被归入那份长长的牛排屋宾客的名单中。就《个人回忆》而言，那份名单根本无足轻重。

关于戏剧《巫医》的资料也被从这部书中删去。这出戏剧的名字出现在索引中，却没有标上具体的页码，那就暗示着作家删除了这部戏相关的资料。在作品中唯一提及这部戏剧的地方是欧文的演出列表。在文中的另一处，斯托克只是提到剧作家们在准备一出戏剧——只是简单的"一出戏"，从未提过它的名字。

斯托克对《巫医》的排斥是否只是因为这出戏是一场彻头彻尾的失败？这样解释的话就显得过于简单。因为在欧文经济上的失误和失败的戏剧方面，斯托克表现出惊人的坦诚，他提到很多"花费甚巨却并不成功"的作品。同时，他又像一个真正的绅士那样，在讨论欧文其他的失败时，非常体贴地为演员蒙上遮羞布："欧文实现了个人的人生成功，只是某些戏剧没那么走运而已。"因此，《巫医》这出戏剧就代表了一次异乎寻常的难堪。这出戏剧的上演是在《软帽子》和《德古拉》的光环下，尽管斯托克竭力反对，欧文还是一意孤行的结果，它的故事涵盖了催眠、谋杀和超自然的因素。

《个人回忆》中省略的更多更难堪的内容，还包括萧伯纳。按理说，斯托克应该将萧伯纳归入兰心剧院著名的访客名单中，更何况他几乎还是欧文、特丽的合作者。但斯托克发现，萧伯纳对欧文挑剔性的评论实在是难以应付。

面对萧伯纳指控欧文营求爵士称号一事，斯托克在这部书中是这样辩护的，他在文中没有提到萧伯纳的名字，只是简单写道："有人指责……"

雪上加霜的是，在欧文去世之后不久，萧伯纳就因为撰写演员的讣告而声名狼藉。维也纳的一家报社邀请萧伯纳为欧文撰写讣告，讣告中某一句不自觉地带有他一贯的批判锋芒，或者说他一贯被人所推崇的诚实："欧文除了自己之外，对任何事物都不感兴趣……而当涉及想象场景中的虚构形象时，他甚至连自己都不感兴趣了。"

《新自由新闻社》（*Die Neue Freie Presse*）对这句话的德语翻译本就不太准确，偏偏又被英国媒体翻译回了英语，在英国发表时变成了："他是一个思想狭隘的自我中心主义者，缺乏文化，活在自己虚幻的伟大之梦中。"

这就成了欧文的朋友从未真正了解原委却拒不原谅萧伯纳的一个误会。

但在《个人回忆》中最令人震惊的被删除者则是奥斯卡·王尔德。在这部书中，他的放逐是最彻底的。他的名字被删去，任何关于他存在的迹象都被抹除，至于那份到访的名人访客名单中，则根本没有他的名字。从这部书来看，王尔德仿佛从未在伦敦戏剧界存在过一样。

当然，王尔德是维多利亚晚期戏剧界的著名人物——今天的评论界或许会认为他是其中最重要的人物——斯托克童年时期的朋友、斯托克妻子弗洛伦丝的追求者之一、欧文的崇拜者和合作者、剧院和牛排屋的座上宾，这个知名的智者经常为欧文的宾客贡献自己的诗歌，同时还是特丽的好朋友和爱慕者——想要抹去王尔德的存在是一项极其艰难的任务。出于同样的原因，很多维多利亚人从自己的回忆录或评论中将王尔德的名字悄悄抹去。他的同性恋情、法庭审讯和最终的监禁判决令整个社会蒙羞。王尔德的很多朋友都为他之前的成名时光感到遗憾。在写《个人回忆》时，斯托克也采取了一些措施，他干脆假装王尔德从未存在过。

几十年来，人们普遍认为《德古拉》的写作灵感来自斯托克的生活。乔纳森·哈克被囚禁在德古拉城堡的悲惨时光一般被认作是作家对因犯有严重猥亵罪在1895年被判入狱的朋友奥斯卡·王尔德的致敬。20世纪70年代，当布拉姆·斯托克为这部小说做的笔记在费城被发现后，研究者充满震惊地发现斯托克早在1890年就构思出小说中的这一部分——"暂时的囚徒"——然后在1893年，他在日历上安排好所有事件的时间时，就已经有了哈克被囚禁一事，而这发生在王尔德被判决的两年之前。

奥斯卡·王尔德于1880年来到伦敦，比他都柏林的朋友布拉姆·斯托克晚了两年。通过与亨利·欧文的合作，斯托克的工作起点非常之高，社交界非常迅速地将他当作一个必不可少的人物，对他敞开怀抱。但这项突如其来的殊荣是有代价的，斯托克为之牺牲了自己的文学理想——他的诗歌实验、戏剧评论和短篇小说。他早期发表的小说大都是仓促之作，而且基本没产生什么影响。

王尔德到伦敦时则是为他的文学生涯做了充分的准备——凭借诗歌《拉韦纳》（"Ravenna"），他成为牛津大学纽迪盖特（Newdigate）奖学金的得主，同时他还是一名散文家和评论家。他的这些早期成就可以说是风驰电掣的，而且在外人看来，几乎每一步成就都是轻而易举和光彩夺目的。在艺术生涯的第一个十年中，王尔德的某些雄心勃勃的工作同斯托克的带有相似的地方。

比如，王尔德在1881年到美国进行巡回演讲，并以一个崇拜者的身份拜访了惠特曼。他回到英国后贡献了一场精彩的演讲，名为"美国印象"。

斯托克是在两年之后，也就是1884年，同惠特曼会面的。他在此后的一年做了一次名为"美国一瞥"的演讲。

同理，斯托克的第一部小说《夕阳下》是一部由他的爱尔兰经历引发的童话故事集。王尔德的第一部作品《快乐王子与其他故事》(*The Happy Prince and Other Tales*)，同样是一部童话故事集，发表在1888年。

同斯托克一样，王尔德也是一位戏剧评论家，他曾为《戏剧评论》(*Dramatic Review*)撰稿；也是一位编辑，他曾为《妇女世界》(*Woman's World*)杂志组稿。

当他们在伦敦首次相遇后，如果说斯托克还将王尔德看作一个旗鼓相当的对手——两个来自都柏林的青年奋斗者——那么，很快王尔德的成就超越了斯托克。王尔德成为兰心剧院晚宴的宾客，同亨利·欧文和艾伦·特丽成为朋友。王尔德转而开始创作戏剧，并在1880年9月向欧文和特丽献上了自己的第一部戏剧《虚无主义者薇拉》。奥斯卡·王尔德是从前门而不是后台入口，走入兰心剧院的。

评论界经常诟病奥斯卡·王尔德大胆的衣着风格、他的长发以及他的阴柔特征，这包括他所戴的淡紫色手套、衣领上别的百合花、漠不关心又有气无力的说话方式和懒洋洋漫步的样子。这些都是一个有品位的同性恋者的标志，而这些特征在1881年被吉尔伯特和萨利文搬到他们的轻歌剧《耐心》(*Patience*)中，王尔德被戏仿为一个浮华的唯美主义者巴索恩(Bunthorne)。王尔德的同性恋身份在他的朋友中并不是个秘密，而且就戏剧界来说也不可能成为秘密。因为戏剧界一直以来总是依赖才华横溢的同性恋艺术家、演员、作家和设计师，来吸引更多的同性恋观众。戏剧界中的人对这一现象都心照不宣。

1897年，哈夫洛克·埃利斯（Havelock Ellis）和约翰·阿丁顿·西蒙兹（John Addington Symonds）出版了他们的作品《性倒错》（*Sexual Inversion*）的英语版——这是他们对同性恋使用的术语。他们通过实例研究，最终认定同性恋既不是违反道德的，也不是犯罪的。王尔德的传记作家理查德·埃尔曼指出：在维多利亚时期的英国，这一指控颇具虚伪性，因为"这在许多法律界要人曾就读的公立学校中非常普遍"。

过分拘谨的维多利亚时代的人总是将同性恋当作一种年轻时期或青春期的迷恋，是公立学校里害了相思病的男孩秘密的痴迷，这是他们成长的一个阶段。维多利亚时代的人习惯将它理解为一种古典的希腊模式：某种一时难堪的但可以接受的成人礼。而且，如果这种甜蜜而"纯洁"的男孩爱恋属于艺术气息的一部分的话，就更容易被人忽视，因此人们对富于想象力和孩子气的艺术家或演员总是非常宽容。比如在《耐心》中，这种人大部分情况下只被当作有趣的——不是从道德角度，而只是从喜剧角度。换句话说，人们对和纯洁无辜相关联的同性恋总是保持安静的宽容，而当它同实际经历结合到一起，就会引起人们的嘲笑。

艾伦·特丽可能比她的行业中的大部分人都要纯洁。有一次，她曾听她的朋友奥斯卡·王尔德不假思索地对女演员艾梅·劳瑟（Aimee Lowther）说："哦，艾梅，如果你是个男孩的话，我就可以爱你了。"之后，当王尔德、特丽和欧文同一群朋友坐在一起时，特丽重复了这句话，并冲动地问道："奥斯卡，你说的不会是真的吧！"人群陷入一阵尴尬的沉默中，然后有人迅速转变了话题。在回家的马车上，亨利·欧文向"太纯洁而难以理解"的艾伦·特丽解释了这句话的意思。

斯托克比奥斯卡·王尔德年长且是他的亲密朋友,斯托克的每日工作包括密切关注戏剧界的绯闻,但肯定不会像特丽那样天真。

鸡奸被认定是非法的,但多年以来,其他的同性恋行为——包括教唆——却不是。1885 年,亨利·拉布谢尔出人意表的修正案忽然宣布:任何男性之间的性行为都属于"严重猥亵罪"。

这个法案并不包括女同性恋,一个长期公认的传说——也只是个传说——指出,维多利亚女王认为这种法律不适用于女性,她说:"女人不会做这种事。"

由于拉布谢尔之前从未将这种行为视为犯罪,而且他精心炮制的这项修正案可能意在破坏某项法令,因此,拉布谢尔修正案是令人困惑的。拉布谢尔曾经是王尔德的支持者之一,曾为王尔德的美国之行做担保,但拉布谢尔后来由于王尔德是一个荒唐的唯美主义的同性恋者而感到不快。在《真相》杂志上,拉布谢尔在回顾了王尔德的美国演讲之后,指出王尔德"雌雄难辨的"外貌和"阴柔的"特征。他在听完王尔德的美国演讲后,走火入魔地清点出:王尔德在这场评论中共使用了"可爱"(lovely)一词 43 次,"美丽"(beautiful)一词 26 次,"迷人"(charming)一词 17 次。而这篇文章的标题"放逐奥斯卡"(Exit Oscar)则预示了奥斯卡的人生中即将到来的失败。

更具讽刺意味的是,正是拉布谢尔导致了王尔德的失败。拉布谢尔修正案对提升社会的道德风气没起到多大的作用,也没能帮助苏格兰场捉到"开膛手杰克"的真凶,但它对敲诈勒索这一行业产生了刺激,并帮忙设置了毁掉王尔德的陷阱。

1878 年,奥斯卡·王尔德在都柏林同弗洛伦丝·巴尔科姆订婚。也正是在这段时间，他送给她那条带有金十字架的项链。当他全身心地投入牛津大学后，他们的订婚取消了，弗洛伦丝嫁给了布拉姆·斯托克，王尔德收回了那条代表着他"年轻岁月中最甜蜜的时光"的十字架。

1884年，奥斯卡在伦敦向康丝坦斯·劳埃德（Constance Lloyd）求婚。她是一个文静时髦的美女，出自伦敦一个富有的家族。康丝坦斯试图成为一个典型的现代女郎，同时还默默支持着奥斯卡的工作，为他的文学天赋而折服。夫妻二人在艺术和时尚上有着相同的品位，他们在泰特街（Tite Street）的家成为伦敦社交界时尚审美的橱窗和时髦的沙龙。王尔德的婚姻是他向社交界的朋友发出的一个正式的信号，表明他已经成为一个负责任的人。他们后来有了两个儿子——西里尔（Cyril）和维维安（Vyvyan）。

王尔德的婚姻同样也是他放弃追求弗洛伦丝的一个信号。王尔德一家和斯托克一家经常一起参加社交活动。奥斯卡接受来自兰心剧院的戏票，同欧文和斯托克共进晚餐，还在1892年他的《温德米尔夫人的扇子》（*Lady Windermere's Fan*）上演时，为他的朋友提供了首演夜的门票，他还把自己的好几本签名作品送给了弗洛伦丝。

1889年7月，伦敦警察厅以涉嫌盗窃的罪名逮捕了一个名叫查尔斯·斯文考（Charles Swinscow）的15岁的送电报男孩。警察在这个男孩身上发现了8先令，对一个送电报的男孩来说，这是一笔十分可疑的数目。但斯文考始终说自己是无辜的。最终，为了洗清他的罪名，男孩解释了这些金钱的来源："我靠陪一位绅士上床得到了这些钱。"

他解释说事情发生于克利夫兰街（Cleveland Street）19号，这所牛津街附近的男妓院招募了一批对此自愿的送电报男孩。当警察对这个地方实施突击后，总督察艾博莱恩（Abberline，后因"开膛手杰克"一案而闻名）对一个有着不合宜名字的负责招募男孩的电报局员工亨利·纽拉夫（Henry Newlove）进行了审问。纽拉夫很快招认，但拒绝承担责任。"当我陷入麻烦时，我不希望那些身居高位的人可以高枕无忧。"然后他供出了一批显赫人士：萨默塞特勋爵、尤斯顿伯爵和琼斯上校。警局安排人手继续对这所房子进行监视，然后瞠目结舌地发现这桩丑闻波及更多的人。在随后的几个月中，有明显的证据表明埃迪王子（Prince Eddy），也就是阿尔伯特·维克托（Albert Victor）可能也牵涉其中。埃迪是威尔士亲王的长子，是维多利亚女王的孙子。

威尔士亲王用计使埃迪置身事外；有人提醒萨默塞特勋爵他即将被逮捕，因此他及时地逃到外国。亨利·拉布谢尔在下议院指控王子向萨默塞特勋爵泄密并催他离开英国。

在这桩案件中，埃迪王子从未真正受到指控。一连好几个月，那些利欲熏心的报纸上登载的故事——后来又忽然消失了——都是关于伦敦臭名昭著的"男妓"。这些年轻的男妓靠取悦年老的顾客谋生，而正是由于拉布谢尔的修正案，他们靠敲诈勒索他们的顾客赚到更多的钱。

人们可能将克利夫兰街的丑闻当作维多利亚时期一则疯狂而不道德的附录，但它更像是第一块倒下的多米诺骨牌，那清脆的声音背后是一排岌岌可危的骨牌。

1889年7月，奥斯卡·王尔德在《布莱克伍德》（*Blackwood's*）杂志上发表了他极富想象力的虚构小说《W. H. 先生的肖像》（*The Portrait of Mr. W. H.*）。王尔德的创作总是出人意表、冲动鲁莽的，但这次他选择的时机尤其糟糕。《W. H. 先生的肖像》和各个报纸上的克利夫兰街丑闻同时出现在吸烟室的椅子和早餐桌上。

《W. H. 先生的肖像》是以一则真实的文学史之谜为题材的耀眼之作。文学史上记载，莎士比亚确实有一首十四行诗献给一位神秘的"W. H. 先生"。在 18 世纪，一个名叫托马斯·蒂里特（Thomas Tyrwhitt）的作家认为 W. H. 可能是莎士比亚戏剧中一个年轻的演员威利·休斯（Willie Hughes）。蒂里特相信，这个男孩的姓氏同十四行诗的名字是一语双关。否则，这个理论就是纯粹的推测。

王尔德将这种理论同多年前很可能是他的第一个同性恋人的罗比·罗斯（Robbie Ross）的故事编织到一起。王尔德写的这个故事最终成为一件可耻的罗曼史——虽不完全真实，亦是他非常擅长的可信度十足的故事。通过将 W. H. 和十四行诗中"美丽的年轻人"相结合，王尔德创造了一个游吟诗人同 17 岁男孩之间精彩的同性恋幻想故事："莎士比亚的情人，他激情的主人，他侍从般爱情的主宰，这个精美的、愉悦的宠儿，全世界的玫瑰……这个可爱的男孩是最动听的音乐，他的美貌成为莎士比亚心灵的衣服，又仿佛成为他神奇力量的基调。"

在这个故事中，王尔德设计的叙述者声称他并非"要刺探他的罪恶之谜（威利的罪恶），或者如果是真的话，这个深爱着他的伟人诗人的罪恶之谜"。故事被天才地嵌入另一个故事框架之中：这个不具名的叙述者讲述了一个虚构的关于近代研究学者西里尔和他的朋友厄斯金的故事，他们无意中发现了可以证明莎士比亚同威利·休斯之间恋情的证据。这部作品中的王尔德是机智和无情的：当故事讲述者向威利·休斯坦承自我时，每个框架中的故事都揭示出同性之间的恋情——甚至包括向我们讲述这个故事的叙述者。

奥斯卡·王尔德知道这部作品将令社会震惊，这原本就是他的目的。他曾经这样预言:"当出版后,我们的英国家庭将会蹒跚地躲回他们的避难所。"这个故事是清晰流畅且别出心裁的,但从根本上来说,王尔德成功地将英国最伟大的吟游诗人视为一个绝望的鸡奸者——或者就当时社会的情况来说,是那些克利夫兰街的访客中的一员。《W. H. 先生的肖像》给王尔德带来"无法估量的伤害",据他的朋友,作家兼编辑弗兰克·哈里斯说:"这让他的敌人首次获得了需要的武器,而且他们带着猛烈的憎恨不择手段、不屈不挠地以此攻击他,而奥斯卡似乎还陶醉于他的作品产生的这场意见纷争的风暴之中。"

哈里斯当时是《双周评论》(The Fortnightly Review)的编辑,同时还是王尔德和拉布谢尔两个人共同的朋友,但哈里斯所在的刊物拒绝了王尔德的这部作品。无独有偶的是,王尔德的朋友、政治家阿瑟·贝尔福(Arthur Balfour)和赫伯特·亨利·阿斯奎斯(Herbert Henry Asquith)——两人后来都先后担任了英国首相——在听完这个故事后,都劝过王尔德,并指出这部作品对他的声誉存在潜在的危害。但王尔德一意孤行,将他的文章交给了《布莱克伍德》杂志,并最终发表。

可想而知,王尔德这部关于莎士比亚的小说肯定在兰心剧院内部造成了极大的恐慌,因为在这里莎士比亚被奉为上帝:亨利·欧文是大祭司,而布拉姆·斯托克则专门为圣坛搜集燃料。如果说他们震惊于王尔德的鲁莽的话,那他们将意识到这其实没有什么可震惊的,他就是这样一个人。

克莱德·菲奇(Clyde Fitch)是一名23岁的美国剧作家和诗人。1888年,他在英国度假期间第一次遇到了奥斯卡和康丝坦斯·王尔德。他后来在1889年夏天重返英国——正值克利夫兰街丑闻和《W. H. 先生的肖像》的发表。当他到达伦敦时，康丝坦斯正好同一位朋友在乡下避暑，王尔德独自留在泰特街的家中。

菲奇个子不高，年轻而英俊，有着黑色的头发和精心打理的胡子。他的一个好朋友将他描述为"像孩子一样异想天开，可爱迷人"，具有"我们习惯称之为柔弱的许多迷人的特质，而又不失男子气概"。他浑身上下洋溢着无穷的精力，咯咯笑着，总是一副神经紧张、冲动的样子。菲奇在衣着上总是过分讲究，精心裁制的衣服大多是明亮的颜色。他坦诚地将自己的激情毫无保留地告诉他的朋友和同学。毫无疑问，他是个同性恋者，而且很有可能在那个夏天同奥斯卡·王尔德陷入爱河。

王尔德对他的诱惑之一是《W. H. 先生的肖像》。当菲奇到达之后，王尔德送给他一本《布莱克伍德》杂志。菲奇发现自己被这个故事惊得呆若木鸡。他在写给王尔德的信中这样说："我起初打算'就是翻翻而已'，但后来发现我根本停不下来。我读得很快很入迷，根本没注意到自己不舒服的姿势，我的一只胳膊和两条腿全都麻木了。哦，奥斯卡！这个故事太棒了——太——美了！我相信威利·休斯。我不在乎这个故事是不是只是你那惊人的美丽的头脑的产物。我不在乎那些嘲笑者，我只知道我深信不疑，并将永远相信威利·H。"

菲奇写给王尔德的信中充满了恳求、调情和绝望："没有人比我更爱你。我总是梦想着你能在这里。我和报时钟都有着自己的秘密。"在另一封信中，他写道："你的爱就像芬芳的玫瑰——就像夏日的天空——就像天使的翅膀。你的爱就像天使的音乐。我们永远不会分开……当你离开时，我的时间也就停止了。"

菲奇的热情令王尔德感到不安，他似乎好几次故意失约，但只能让菲奇的信更加热情："现在是 3 点。你还没有来。我不停地向窗外望去……我未曾入睡，我只能不停地梦啊想啊。我不知道自己站在哪儿，或者为什么……我将一直在想你和爱你。你热情的，克莱德。"

菲奇的这种热情同样还表现在他的戏剧生涯上。菲奇自认为是一个剧作家，在过去的一年还曾试图用他的新手稿《弗雷德里克·勒迈特》（*Frederick Lemaitre*）的片段来打动伦敦的制片人。他在自我介绍时总是夸大其词，吹嘘自己同很多著名戏剧人士关系亲密，无所顾忌地使用他们的名字来登堂入室——典型的推销员伎俩。菲奇拜访了著名的演员夫妇基恩一家，之后又搭上了赫伯特·比尔博特·特里和亨利·欧文，他随后被邀请同欧文共进晚餐。对王尔德来说，他的困扰在于，菲奇总会在各种聚会或伦敦制片人办公室中热情洋溢、令人眩晕地谈起他，而这只会给他招来非议。在戏剧界这么一个与世隔绝的小世界中，奥斯卡·王尔德最新的恋情根本不可能成为秘密。

菲奇最得意扬扬的一桩热情之举——他在试图取悦某人时总是变得非常草率——在几个月之后为他招来了一次纷争。

理查德·曼斯菲尔德有意请克莱德·菲奇担任他的剧作家。1888年，曼斯菲尔德这个急躁、爱争辩的美国演员在兰心剧院上演过《杰基尔博士和海德先生》，他还一度被当成"开膛手杰克"的嫌犯。曼斯菲尔德的朋友，报社评论威廉·温特建议他可以创作一部关于宝隆·布鲁梅尔（Beau Brummel）的戏剧。这是一个相当高明的建议，因为它正符合曼斯菲尔德的虚荣心，还符合他在扮演感伤痛苦的角色方面的特长。温特草拟了戏剧的大纲，曼斯菲尔德本应去设置戏剧的情境和主要的场景，但他当时根本不可能将时间花在写剧本上。

理查德·曼斯菲尔德的很多戏剧都是同别人合写的，他不想自己去完成这个剧本。有人向他推荐了克莱德·菲奇，曼斯菲尔德对这个年轻热情的剧作家也非常满意。他把温特的大纲交给菲奇，还有自己关于每一场的意见和想法。他慷慨地向菲奇许诺了一笔薪水和稿酬，还有本剧剧作家的称号——这将是菲奇的第一项荣誉，对他的职业生涯来说是非常重要的一步。

菲奇在1889年秋天完成了剧本，当时他已经离开奥斯卡·王尔德返回了纽约。曼斯菲尔德和菲奇之间的通信表明，演员对菲奇的剧本寄予厚望，他急于上演这出戏剧，一直在催促菲奇加快进度。

《宝隆·布鲁梅尔》在1890年上演时，大获成功。菲奇理所当然地宣布这是他的创作，并开始夸大自己在整个计划中的作用。注意到菲奇"夸耀自己创造了《宝隆·布鲁梅尔》"的曼斯菲尔德，自然而然地认为受到了冒犯。如同菲奇之前的所作所为一样，曼斯菲尔德似乎也出于利益的考量夸大了自己的作用，他声称（尽管两人之间签有合约）自己口述了几乎整个剧本，而菲奇顶多算是个速记员。

菲奇最大的错误就是轻率地试图用这出戏剧来提升自己的地位。他在这部戏上演之前就把剧本读给了赫伯特·比尔博特·特里，甚至还大肆吹嘘这出戏原本是他为亨利·欧文准备的。这些互有关联的名字——菲奇、王尔德、曼斯菲尔德、欧文和特里，表明流言蜚语和争论是如何在戏剧界这个团体中蔓延的。

时至今日，关于《宝隆·布鲁梅尔》的争执依然没有定论。威廉·温特和埋查德·曼斯菲尔德声称菲奇对这出戏剧并没什么贡献："除了他出力写了写。"这种观点似乎带有些荒唐的夸张。这出戏剧，毋庸置疑应该是一次合作的结果。菲奇后来也证明了自己是一个才华横溢的剧作家，他在1909年过早去世之前，向美国贡献了很多成功的戏剧。

在《W. H. 先生的肖像》发表之后，继而又是同那个孔雀般的美国剧作家的绯闻，对奥斯卡·王尔德的朋友们来说，这似乎标志着他懒得再去遮掩他的性取向。王尔德根本不能"沉默不语"，就像斯托克后来写的那样，他总是需要自我审视，他将克利夫兰街般可耻的行为拽到了伦敦的戏剧界。

奥斯卡·王尔德的很多支持者，包括斯托克，认为受到了侮辱：他们受骗了，而且他们的友情也遭到了滥用。布拉姆·斯托克在戏剧界的人脉使他比伦敦其他的社交界人士更早意识到这种状况——确切地说，是在王尔德轻率地卷入那场法庭审判的五年之前。

布拉姆·斯托克很可能因为王尔德的轻率而感到难堪，而根本原因在于弗洛伦丝。看到王尔德对他的妻子康丝坦斯不忠肯定会令人气愤——人们都在她背后对王尔德的堕落指指点点。但当斯托克意识到王尔德曾经追求过弗洛伦丝，发誓向她献出自己的灵魂，两人还曾经订婚，这就令他感到备受侮辱。王尔德几乎也算是背叛了弗洛伦丝·巴尔科姆。

奥斯卡·王尔德的言行被贴上克利夫兰街瘟疫的标签。对文明社会来说，他的行为被视作一种带有腐蚀性的力量，人们甚至都不愿谈起：这种草率的淫荡的堕落，从年老一代蔓延及年轻一代。

可能正是这一刺激，布拉姆·斯托克发明了他诸多著名的原型之一。在《德古拉》中，他开创了被吸血鬼咬伤的受害者最终也会变成一个吸血鬼的传统。如同范海辛所解释的那样："这种做法并不是古人传承下来的，也不是现代研究者所取得的成就……凡是被不死者捕食的人都会变成不死的人，然后这些不死的人又会去捕食其他的人。这样，不死的人就会变得越来越多，就像一块石头扔进水里之后，会激起一圈一圈的涟漪。"

当范海辛首次将这些规则用到露西身上时，这种类比就更加清晰了。"人在昏睡时，最容易被［吸血鬼］吸到更多的血。她是在昏睡的时候死的，因此她也是在昏睡的时候变成不死一族的。"换句话说，吸血鬼的受害者在昏睡时死去，就使得他们可以去实行不道德的犯罪。

这里的吸血鬼不仅是一种诱惑，更是一种道德瘟疫的传播者。这是一种危险的启蒙、一个动机、一次引诱以及一个陷阱：是一种愈发猖獗的、不道德的性欲。

这就使得小说的主题变得深奥，并在每个内容转折的地方暗藏了危险。正是这种吸血鬼的可传染性将《德古拉》从一部超自然的谋杀之谜变成一出超自然的道德戏剧。对世上的好人来说，现在有了比死亡更令人恐惧的东西，这就促使吸血鬼猎人们要寻找的不只是一种解决的方法，他们必须要发现救赎之道。

在特兰西瓦尼亚时，当乔纳森·哈克看到躺在棺材里的德古拉时，他同时看到了整个社会的危机："……这就是那个要我帮助他搬迁到伦敦的怪物……在接下来的几个世纪里，他也许会不停地繁衍，然后和不计其数的同类疯狂地吸食人们的鲜血，并且创造出一种无限扩张的人兽种群，专门贪婪地压榨无助的人。想到这里，我快要疯了。"

在克利夫兰街的丑闻，《W. H. 先生的肖像》的发表和奥斯卡·王尔德同克莱德·菲奇轻率的绯闻发生七个月之后，布拉姆·斯托克开始为他的新小说《德古拉》做笔记。在他的早期笔记中，这种可怕的"瘟疫"已经确定，可能还徘徊在他的噩梦中："这个男人是我的，我想要他。"

第十三章
被告,"可怕的和非法的"

对奥斯卡·王尔德来说,事情还远远没有结束。

他接下来在文学界造成的轰动是1890年7月发表在《利平科特月刊》(*Lippincott's*)上的惊人短篇小说《道林·格雷的画像》(*The Picture of Dorian Gray*)。这部作品引发全伦敦的议论,并令评论家瞠目结舌,哑口无言。也正是在这个1890年的秋天,布拉姆·斯托克开始为他的《德古拉》设计情节。

《W. H. 先生的肖像》和《道林·格雷的画像》在王尔德的启示录画廊中形成近乎完美的对照。伊丽莎白时期莎士比亚对威利·休斯的同性之爱看起来遥不可及并过于理想——仿佛只是某种催生十四行诗的东西。但这次王尔德讲述了一个当代的故事。沃顿勋爵对漂亮的道林·格雷(Dorian Gray)充满魔力的斜睨在缭绕着土耳其烟草轻雾的俱乐部房间里和铺着厚厚的地毯、布满水晶和瓷器的沙龙中逐渐衰竭。肉欲与淫荡使其更具魅力,并暗示着神秘的无法提及的罪恶。

道林·格雷是个引人注目的年轻人,他的美貌在画家巴兹尔·霍尔华德(Basil Hallward)的画中得到永生。霍尔华德的朋友亨利·沃顿（Henry Wotton）勋爵设法见了道林·格雷，沃顿在第一次见到这个漂亮的年轻人时，就产生了一股强烈的反应："我们的目光一交流，我便苍白失色了，一种奇怪的恐怖感袭上心头。我明白自己面对着一个极富人格魅力的人，要是我听之任之，这种人格会湮没我的一切天性、我的整个灵魂，乃至我的艺术本身。"

沃顿用他那种机智诙谐、不负责任的享乐主义哲学引诱格雷，这对年轻人产生了强烈的影响："摆脱诱惑的唯一办法是向诱惑投降。倘若抵制，灵魂就会得病，病因便是渴望自己所不允的东西，企求那些可怕的法律使其变得可怕和非法的东西。"

道林明白他现在处于十字路口，最终选择放弃了自己的良知，开始寻求生活中那些感官的愉悦。"多悲哀呀！我会老起来，变得既讨厌又可怕。而这幅画却会永远年轻……要是反过来就好了。要是永远年轻的是我……我愿拿我的灵魂去交换。"

于是真的交换了。随着小说的发展，道林爱上了一名漂亮的女演员，然后又冷漠地抛弃了她，导致了她的自杀。他臭名昭著的行为引发了无数的流言，还毁掉了很多同他交往的朋友的声名。如同杰基尔和海德一般，道林的罪行由于没有具体说明而显得更加恐怖。

年轻的道林·格雷一直保持着青春和美貌，但他那些罪恶的痕迹都秘密地记录在他的肖像画上——残忍的神情、皱纹和放荡生活冷硬的线条。他将这幅画藏在某个房间中。在让霍尔华德看完这幅恐怖的画后，道林谋杀了他，并威胁另一名朋友处理了画家的尸体。

这个年轻人随之自私地将这桩罪过抛掉，却不敢去看那幅记录着他所有罪行的画——他灵魂的编年史。当他用谋杀霍尔华德的刀向画像刺去，他的仆人们听到一声令人不寒而栗的惨叫。他们最终发现那幅画美丽如初，但一个衰老的人躺在地上，面目丑陋，胸口上插着一把刀。通过尸体身上的珠宝，他们才认出这是道林·格雷。

评论纷纷对《道林·格雷》表示谴责。《雅典娜神殿》认为这部作品"怯懦、病态、恶毒"。《每日新闻报》(The Daily Chronicle)认为它"沉闷和肮脏……是对鲜活、美丽的上流社会年轻人的身心腐化进行的自鸣得意的研究"。《苏格兰观察者》(The Scots Observer)指出，"王尔德先生当然非常有头脑，有艺术气息，也有自己的风格"，却只能写给"那些犯罪的贵族和变态的送电报的男孩"。

王尔德到《圣詹姆斯报》(The St. James Gazette)办公室，同报社编辑塞缪尔·亨利·杰耶斯（Samuel Henry Jeyes）进行了交谈，后者刚发表了一篇尤其严厉的评论。王尔德认为杰耶斯不应根据任何艺术理论来判断个人的本性。杰耶斯表示怀疑："如果撰写……或暗示的并不是你实际上想的东西，那这又有什么用呢？"王尔德回答："我说的每一个词都是我想的，我在《道林·格雷》中暗示的所有东西也都是我想的。"杰耶斯摇头说道："我只能说，如果你确实是那个意思，很可能，有那么一天，你会发现自己身处弓街（Bow Street，法庭所在地）之中了。"

对大多数读者来说，亨利·沃顿勋爵应该就是奥斯卡·王尔德自己——那种引人发笑的、妙趣横生的妙语警句，吸烟的习惯，诙谐而快速的谈话中的灵光乍现、睿智或者说不道德，还有对感官欲望的大肆张扬，都会让人联想到这位作家。这部小说为作家描绘了一幅生动的肖像画，就如同作品中道林的那样，起初非常美丽，后来却令人害怕。主人公的名字道林·格雷来自一个著名的年轻英俊诗人约翰·格雷（John Gray），他在克莱德·菲奇回到美国后赢得了奥斯卡·王尔德的爱慕。

书籍形式的《道林·格雷的画像》出版于1891年。王尔德略加调整，删去了几行——只是几行——带有暗示性的句子。书商 W. H. 史密斯认为它"肮脏"，拒绝销售。奥斯卡的妻子康丝坦斯·王尔德也被这部薄薄的小说困扰，却天真地忽视了它的重要性。"自从奥斯卡写了《道林·格雷》，"她说道，"就没有人跟我们说话了。"这是王尔德写过的唯一一部小说。

1891年，王尔德参加一个文学组织克莱伯特（Crabbet）俱乐部的会员资格面试。政客寇松（George Curzon）同时还是王尔德牛津的校友，负责审查王尔德的资质。最后他大胆地指出王尔德在牛津就有鸡奸者的名声，然后又开始攻击作家在《道林·格雷》中对这种活动的暗示。"可怜的奥斯卡，"一个朋友观察道，"坐在那里无助地微笑着，那么肥硕的块头，坐在椅子里。"王尔德振作起来，用一场机智又睿智的演讲进行了回击，但他再也没有回克莱伯特俱乐部。

《W. H. 先生的肖像》引诱了克莱德·菲奇，凭借这部《道林·格雷的画像》，王尔德吸引了一个特殊的崇拜者：阿尔弗雷德·道格拉斯（Alfred Douglas）勋爵。这个当时的牛津学子，还是一名有抱负的诗人，长着一头金发，拥有一双明亮的蓝眼睛，把这本书读了十四遍。他迫不及待地想见到作家，亲自告诉他这些。

斯托克肯定也注意到了这个故事。他为自己的吸血鬼小说做的早期笔记中，也表现出了这种影响。他曾反复斟酌过作品中的一个人物画家弗朗西斯·艾顿形象中蕴藏的内涵，还为他的吸血鬼设定了很多与道林·格雷截然不同的特征：

> 画家们无法绘制他［德古拉］的肖像——他们的外表总是非常相似。
>
> 无法拍照——拍出来像一具尸体或只能呈现黑色。
>
> 对音乐极其迟钝。
>
> 能让人产生邪恶想法——有带来破坏欲的能力。

虽然画家和失败的肖像画最后都没有出现在斯托克的小说中，但这非常清晰地表明他曾尝试用超自然的特征来润色他的吸血鬼。因此，这些也可以看作是王尔德的故事对斯托克极其微妙的影响。

正如作品中的道林·格雷，德古拉的罪行某些时候也是靠读者去想象的——或者说通过某个高贵的人宁可自杀也不愿耻辱地苟活下去的暗示。在吸血鬼乘坐"得墨忒耳号"渡海而来时，就发生了这种事。船员们在旅行的过程中神秘地失踪，第一个水手选择了跳海自尽。人们最后发现死去的船长，他把自己绑在了舵上。真正的威胁和真实发生的罪行，作品中都未直接言明，读者只能推测造成这些危机的原因正是德古拉。

王尔德继续自己的征服伦敦之旅。他的武器不是那些在兰心剧院上演的他非常喜欢的壮观表演，也不是靠他那部自发表之后还未能上演的诗意的《莎乐美》(*Salome*)，他创作了一出成功的室内讽刺喜剧。弗洛伦丝·斯托克观看了 1892 年 2 月 22 日在圣詹姆斯剧院首次演出的《温德米尔夫人的扇子》。（布拉姆那晚在为《亨利八世》而忙碌，欧文扮演沃尔西主教。）《温德米尔夫人的扇子》的首演之夜因为到场的王尔德同他身边一群慕名的年轻人都戴了一朵绿色的康乃馨而闻名。康乃馨是王尔德为了引发争论而耍的一个小把戏，它暗示了一个被主流社会不容的秘密社团。在幕布落下之后，一阵热烈的喝彩声要求作家出场。王尔德戴着他不真实的绿色花朵，手里懒懒地夹着一根点燃的香烟，漫不经心地祝贺观众不凡的品位："我由此相信，你们对这出戏的评价跟我自己的评价几乎一样高。"

出人意料的是，最后惹出祸端的居然是那些绿色康乃馨。

《绿色康乃馨》(*The Green Carnation*) 在 1894 年是匿名发表的，后来人们才发现作者是一个名叫罗伯特·希钦斯（Robert Hichens）的年轻记者、小说家，他在最近一次的埃及之旅中与阿尔弗雷德·道格拉斯成了朋友。在《绿色康乃馨》发表多年之后，罗伯特·希钦斯进入了布拉姆·斯托克的社交圈，受雇为亨利·欧文撰写《巫医》——一部尤其失败的超自然戏剧。

这部匿名小说是对奥斯卡·王尔德和阿尔弗雷德·道格拉斯的戏仿——一次非常明显的模仿，无论是著名的绿色康乃馨，还是人物的姓名，如埃斯米·阿马兰斯和雷金纳德·黑斯廷斯爵士。王尔德和道格拉斯最初觉得这本书很有趣。这部书对两人之间的关系提出了一个特殊的见解，这使得他们从此丑闻缠身。在作品中，阿马兰斯——王尔德——被描绘为一种带有腐蚀性的影响，就像亨利·沃顿勋爵施加给道林·格雷的那样，黑斯廷斯——道格拉斯——奴隶般盲从着他的谈话和道德观念。黑斯廷斯在作品中解释了绿色康乃馨的象征意义："拥有面对自身欲望的勇气，而不只是像其他人那样怯懦……你爱这绿色康乃馨吗……像我一样爱它？它就像精致绘画中拥有染过的头发和明亮的眼睛的造物一样，是至高无上的完美的反常之物。反常经常意味着伟大，而司空见惯则通常代表了愚蠢。"

这部书也可能暗示的并不是奥斯卡和道格拉斯。因为道格拉斯看起来比王尔德更喜欢控制一切，为了取乐主动去找那些"男妓"，争吵，生闷气，或者甜言蜜语地维持两人之间的关系。

不过，《绿色康乃馨》的确令阿尔弗雷德·道格拉斯勋爵的父亲昆斯伯里（Queensbury）侯爵怒火中烧。昆斯伯里侯爵是一个心胸狭窄、罗圈腿的小个子，带有某种拳击手的敏感——正如字面意思一样，他为拳击运动制定了昆斯伯里规则。他的妻子同他离婚——这在维多利亚时期的英国是极不寻常而且很难实现的，也证实了他残暴地对待自己家庭成员的说法。他的四个儿子对他都有不同程度的憎恨，他们的童年都受到虐待，无人关心。1893年，侯爵第一次意识到自己最小的儿子和王尔德混到一起后，他先是警告了阿尔弗雷德，然后又威胁了他。当这一切都无济于事之后，他威胁了王尔德。

阿尔弗雷德·道格拉斯——他的朋友们叫他波西（Bosie）——反而为这种争执火上浇油，还为同父亲最终摊牌的想法而高兴。荒唐的是，这一切本不必发生。王尔德的本性是与人为善。有一天他和波西在共进午餐，侯爵也进了这间饭店，看到了他们。王尔德邀请他跟他们坐在一起，并用自己的魅力完全征服了这个老人。"我不奇怪你为什么这么喜欢他，"侯爵对道格拉斯说，"他是个了不起的人。"

但当他离开午餐聚会后，他又忘掉了王尔德的魅力。

侯爵是个危险的人，他思想简单，总是粗鲁地去威胁人，这些全都表现在他的信件之中。而他最迫切的忧虑来自一场真正的悲剧。1894年10月，刚好是《绿色康乃馨》发表一个月之后，昆斯伯里的大儿子德拉姆兰里格（Drumlanrig）勋爵，他头衔的继承人，阿尔弗雷德的哥哥，在一场打猎事故中意外身亡。

至少，这是报纸上礼貌的说法，因为这实际上是一起自杀事故，德拉姆兰里格把枪塞到了嘴里，然后扣动了扳机。德拉姆兰里格在罗斯伯里伯爵担任外交部部长期间是他的私人秘书，伯爵担任了英国首相后，他被提拔为上议院的事务部长，人们怀疑他们二人是同性恋的关系。而这些谣言令政府当局非常震撼，有人担心这会毁掉罗斯伯里的职业生涯——而昆斯伯里写给罗斯伯里的威胁信让这些谣言更加猖獗。

正是罗斯伯里首相，在一年之内写信通知亨利·欧文他被封为爵士。

因为德拉姆兰里格的自杀，再加上他狂热地认为自己的儿子被这种身处高位的秘密同性恋者所折磨，昆斯伯里开始向奥斯卡·王尔德施加压力。

王尔德的私人生活开始影响他的职业生涯。1893年，在他的第二部戏剧《无足轻重的女人》（*A Woman of No Importance*）中，艾伦·特丽的哥哥弗雷德·特丽（Fred Terry）扮演杰拉尔德·阿巴斯诺特。他讨厌这个角色，还有王尔德使用的那些荒唐的、不切实际的对话。他尤其记得这个年轻的杰拉尔德对他父亲说的一句台词："我认为社会很有趣。"弗雷德·特丽将这些对话同奥斯卡·王尔德"病态、反常"的举止联系在一起，还有那不自然的绿色康乃馨。在日常生活中，他还经常和他的朋友们一起嘲笑王尔德的同性恋倾向。

《无足轻重的女人》应该是王尔德最不成功的一出戏剧，但它却为制作人、名演员赫伯特·比尔博姆·特里提供了一个扮演具有传奇色彩、明显带有奥斯卡·王尔德特色的人物伊林沃思爵士的机会。戏剧围绕着爵士某天发现自己的新私人秘书杰拉尔德恰巧是自己的私生子展开——由这个事件又引发了他和杰拉尔德的母亲阿巴斯诺特太太的过去。

在这出戏剧的准备期间，一个名叫阿尔弗雷德·伍德（Alfred Wood）的 17 岁男孩对王尔德造成了真正的威胁。这个男孩曾同奥斯卡和波西在一起，并在机缘巧合之中得到了两人之间的一封通信——在这封信中，王尔德描绘了道格拉斯为了"疯狂的吻"而生的红唇，并承诺了他"不朽的爱"。伍德把这封信的抄件送给了赫伯特·比尔博姆·特里，特里悄悄地警告了王尔德。

当然，赫伯特·比尔博姆·特里是欧文在伦敦的主要竞争者，他最终引诱艾伦·特丽离开了兰心剧院，参演了他的《温莎的风流娘儿们》（The Merry Wives of Windsor）。

王尔德的下一部戏剧《理想丈夫》（An Ideal Husband）在 1895 年 1 月导致了更多的困难。查尔斯·布鲁克菲尔德（Charles Brookfield）是一名演员兼剧作家，他对王尔德的憎恨日益加深——可能起源于王尔德批评他在一个茶会上没有脱手套。这个批评，再加上布鲁克菲尔德过激的反应，正如王尔德某出喜剧中的剧情一样，但演员其实经历了多年的酝酿。他在 1892 年模仿《温德米尔夫人的扇子》写了一部仿剧，后来还在《理想丈夫》中扮演了一名管家，这就给了他一个特殊的机会去观察奥斯卡·王尔德，他的怪癖和他的朋友们。"有一段时间里，他总是在谈论王尔德。"一位朋友回忆说。

昆斯伯里侯爵打算破坏王尔德的第四部喜剧《不可儿戏》（The Importance of Being Earnest）在 1895 年 2 月 14 日的首演。他计划等到演出结束后，当王尔德在舞台上出现时，就从观众之中站起来，攻击他是一个危险而下流的家伙，并将一捆霉烂的蔬菜扔到舞台上。波西听说了这个计划，王尔德随之通知了警方。侯爵和他那捆蔬菜都被拒绝入场。

王尔德到达圣詹姆斯剧院（St. James Theatre），依旧骄傲地戴着他的绿色康乃馨，听着观众席时不时地大笑和如雷的掌声。《不可儿戏》是他最成功的戏剧——这从第一批观众的反应就立即能看出来。《纽约时报》宣称这出戏剧"只用了一招，就把〔王尔德的〕敌人踩在了脚下"。但这出戏剧的魅力只持续了两个星期。

2月28日，王尔德来到阿尔玛特（Albermarle）俱乐部，他是那里的会员。有人交给他一张昆斯伯里侯爵十天前留下的名片，在名片的背面侯爵写道："给奥斯卡·王尔德：男妓和鸡奸者。"

至少读起来是这样。侯爵的笔迹太潦草，而且还有一个明显的拼写错误。后来侯爵坚持说他写的是："给奥斯卡·王尔德：装腔作势的鸡奸者。"这非常重要，因为这是一个比较容易辩护的指控。

这项指控令王尔德极为震惊，但波西一直劝他去找一名律师，并提出了指控。昆斯伯里随之被捕，被指控犯有诽谤罪，法庭审讯定在1895年4月。王尔德的朋友们都意识到他在劫难逃。弗兰克·哈里斯劝他："你肯定会输掉官司。"因为没有哪个陪审团会宣告一个保护儿子的父亲有罪。在一次午餐聚会中，哈里斯和萧伯纳敦促王尔德立即去巴黎，然后再开始在媒体上寻求宽恕。王尔德惊讶于他们的肯定，开始动摇，但他现在身处波西的奴役之中——他必须相信波西——他也必须说服自己，他肯定会赢。

演员查尔斯·布鲁克菲尔德视王尔德为自己的仇敌，非常乐于与旁人分享他的观察成果。昆斯伯里也雇用了好几个调查员在伦敦搜寻对付王尔德的额外证据，其中一个调查员名叫理特查尔德现在从伦敦警察厅退休了，他曾在"开膛手杰克"一案中认定嫌疑犯是弗兰西斯·塔布莱特。理特查尔德发现了表明王尔德和道格拉斯之间有关联的信件——信件一度被当作勒索的证据——还有几个愿意上庭作证的"男妓",宾馆的雇员们也为王尔德同其客人们的幽会计划作证。

王尔德乘坐一辆配有穿制服侍者的时髦马车在4月3日到达弓街的老贝利法院。他衣着整洁而优雅,他想向法庭表现出自信的样子,因为这些法律上的争吵已经越来越折磨人,并对他的健康造成了严重的影响。在审讯中,昆斯伯里的律师是爱德华·卡森(Edward Carson),卡森是王尔德童年时期的朋友,还是他三一学院的校友。但如果说王尔德因此期待什么人情的话,那他就错了。卡森严格地履行着自己的工作,王尔德一贯的尖刻言语和魅力在压力之下开始枯萎。奥斯卡很快被发现在自己的年龄上撒了谎,当他被问到道林·格雷的罪恶时,奥斯卡第一次显得难以捉摸起来:"没人知道道林·格雷的罪恶是什么,知道那些罪恶的人应该就是犯下那些罪行的人。"但随着卡森不断地施压,王尔德被迫承认他曾经对小说进行过修订,删去了一个短语,因为"它会让人产生道林·格雷的罪过是身为一名鸡奸者的印象"。

然后卡森转而开始盘问另一个方面,有关王尔德同许多男孩的关系——有些就是"男妓"。王尔德被这些问题背后卑鄙的意图激怒了,而卡森似乎故意折磨人一般绘声绘色地描绘王尔德的每一次幽会。对陪审团来说,英国伟大的作家花了那么多的时间同这些极其普通的年轻男子一起吃晚饭、散步,或在自己宾馆的房间里交谈,就有些不可思议了。

在审讯的第二天,当被问到某个特定的男孩时,王尔德看起来似乎已经筋疲力尽。"你亲吻过他吗?"奥斯卡被问到。他慢吞吞地回答:"哦,没有。从来没有过;他是一个长相很一般的男孩——"卡森阻止他说下去。"他怎么？"王尔德结巴了一下，试图理顺他的思路。"……不幸的是，他的长相——非常丑——我是说，我为此觉得他很可怜。"

王尔德知道他犯了个严重的错误，并试图摆脱这个评价。但卡森却对着陪审团再次强调："你刚才是不是说，你之所以没有亲吻他的原因是他长得太丑了？"

那天晚上，王尔德的法律顾问爱德华·克拉克（Edward Clarke）爵士劝他离开英国，但当时的王尔德心神俱疲，厌烦不已，决心留下来。第二天早上，克拉克向王尔德提议撤回诉讼，承认他正如他的作品中，"看起来像一个鸡奸者"。但法院并不接受这个无罪的裁决。陪审团在几分钟之内就做出裁定：昆斯伯里侯爵无罪，他把王尔德叫作鸡奸者是正当的。

法庭中的人们纷纷为侯爵鼓掌。

这场有关诽谤的诉讼搅起的淤泥——卡森手里那份男孩的名单和他们幽会的细节——现在导致了王尔德的被指控以及之后的被捕。卡森赢得了这场官司，他也只是做了自己应该做的事。但他同样也意识到其胜利的代价，那天晚上爱德华·卡森告诉他的妻子："我毁了伦敦最聪明的人。"

王尔德在同一个晚上被捕，被投进弓街警察局的监狱。鸡奸是一个难以定罪的指控，因此王尔德被起诉的罪名是违反了拉布谢尔修正案的猥亵罪。

一个蒙着厚厚面纱的女人来到王尔德位于泰特街的房子，留下了一块代表好运的马蹄铁和一束紫罗兰。亨利·欧文的孙子和传记作家劳伦斯·欧文（Laurence Irving）后来认为这位女士应该是艾伦·特丽。原因就是那束紫罗兰，那是特丽和欧文最爱的花,代表着他们对王尔德的支持。在这段时间里,特丽还给康丝坦斯·王尔德写过信。"一定要振作起来,如果能做到的话,请给我一点反馈。恐怕我或者我的信对你没有任何帮助吧?……我希望你的孩子们都还好。我把我心爱的花送给你——即使它没办法帮助你,至少不会造成什么伤害。"

特丽含糊的祝愿表明,现在想要同时帮助他们夫妻二人将是非常困难的。奥斯卡·王尔德找到了一小批支持者,出于自卫的考虑,康丝坦斯也寻找她的支持者。她现在已经接受她被礼貌地忽略了许多年的现实,开始寻求法律建议,以保护她的孩子们免受父亲的丑闻和债务的伤害。债权人蜂拥而至,王尔德一家失去了泰特街的房子,还有他们大部分的财产,包括王尔德的藏书,他给康丝坦斯写的信,还有孩子们的玩具。

康丝坦斯告诉王尔德生病的母亲王尔德夫人,她决定改掉孩子们的姓氏,使他们免受丑闻的影响。最后,他们成了康丝坦斯·霍兰德、维维安·霍兰德和西里尔·霍兰德,不久她就起诉要求离婚。

对王尔德的审判开始于 1895 年 4 月 26 日,共持续了五天的时间。这次审判比昆斯伯里的那次要更阴险,也更绝望。王尔德的传记作家理查德·埃尔曼写道:"在[19 世纪]90 年代,从未出现过这种情形,这么多人会关注这么多令人厌恶的证据。"法庭上的王尔德衣冠不整,看起来忧心忡忡,非常憔悴。但在交叉质询期间,查尔斯·吉尔爵士问了一个带有陷阱的问题:"什么是不敢自我表白的爱?"王尔德打起精神,用一种深思熟虑的语气回答:

> ……它是那种具有深度的精神恋爱,不但是完美的,也是纯洁的……在本世纪,它遭到了误解,这种误解是如此严重,

乃至会把它描述成"不敢自我表白的爱"。为了它，我被带到这里。它是美丽的，它是卓越的，它是最高贵的感情形式。它丝毫没有不自然的地方。它是智性的，它不断出现在年长者和年幼者之间，年长者有才智，而年幼者眼前是生活的愉悦、希望和魅力……

这是一个天才的人生之中最美好、最值得铭记的时刻之一——可能因为这种生涯即将结束而更加可贵。他的这段演讲赢得了人们的掌声，但陪审团没能做出裁定。

最终的审判开始于4月22日，这次由副检察总长弗兰克·洛克伍德（Frank Lockwood）爵士负责。出示的证据提供了同样的证词，造成了同样的轰动。在审判期间，各大报纸的头条全都在叫嚣着王尔德的丑闻。就如同发生在海德先生和道林·格雷身上的事情一样，报纸上出于对公众的考虑不能报道罪行的细节，因此读者只能靠自己的想象去理解，甚至去夸大。

1895年4月24日，当这场肮脏审判的斧头即将落下时，布拉姆·斯托克被叫到亨利·欧文的住所，听到演员受封爵士的消息。当他们冲到艾伦·特丽的家去告诉她这个好消息时，这三个人除了为欧文的荣誉而庆祝时，也在充满同情地谈论占据着本周新闻头条的王尔德的审判。

4月25日，星期六，欧文受封爵士的消息被正式公布，与此同时，奥斯卡·王尔德的审判也终于尘埃落定。他被判有罪。

主审法官看向站在被告席上的王尔德。

陪审团已经对此案做出了正确的裁定……会做出这种事情的

人想必是全无羞耻感的,我不指望对他们会有任何影响。这是我审判过的最恶劣的案件。……你,王尔德,是一个影响广泛的腐败圈子中的核心人物,这也同样是毫无疑问的,那是年轻人中最丑恶的腐败。在这种情形下,可想而知,我会根据法律允许的最重刑期进行判决。……你将受监禁并服苦役两年。

"天啊,天啊!"王尔德咕哝着,"我吗?我可以什么都不说吗,阁下?"他的话在法庭上的吸气声中和大叫着"羞耻"的嘘声中几乎微不可闻。他看起来似乎僵住了,然后勉强撑住身子。他不被允许发表任何言论。看守捉住他的手臂,把他推出了法庭。一切都结束了。

在1895年4月25日这天,戏剧界人士得到了前所未有的最骄傲的荣誉,但一个小时之后,他们又承受了前所未有的最可耻的羞辱。每当回忆起这天时,布拉姆·斯托克就拒绝提到奥斯卡·王尔德。

在奥斯卡·王尔德被判决之后不久,他的兄弟威利·王尔德(Willie Wilde)给布拉姆·斯托克写了一封信。这两个男人在都柏林时就是老朋友了。"布拉姆,我的朋友,可怜的奥斯卡并没有人们想的那么坏。他只是被虚荣和自负领上了歧路。——仅此而已。我相信这件事可以帮他净化他的身心。你和弗洛伦丝肯定也会因为这个曾真诚关心过你们的人感到羞辱。"

在王尔德被审判期间,斯托克一直在整理他的小说笔记,而且很有可能已经开始动笔写草稿了。《德古拉》在两年之后,于1897年4月26日正式发表。

作家塔莉娅·谢弗(Talia Schaffer)在分析《德古拉》的文章《王尔德的欲望攫住了我》("A Wilde's Desire Took me")中认为,

斯托克在小说中自觉或不自觉地编入了很多有关奥斯卡·王尔德的画面或关联。比如，当乔纳森·哈克在棺材中发现刚刚饱饮了鲜血的德古拉，他为读者描绘了这个当初在城堡门口欢迎他的苍白而消瘦的伯爵扭曲的脸，这张脸让我们联想到王尔德。

> 伯爵正躺在那里……他的脸颊更加丰满了，原本苍白的皮肤看上去红润了不少。他的嘴唇看上去也比以前更红了……那双深邃的眼睛就像陷在了一堆浮肉里面，他看上去像是一具被血充胀起来的可怕动物。他躺在那里，就像是一个刚吸饱血的筋疲力尽的蚂蟥。

一份报纸将被告席上的王尔德描绘为"呆板而肥胖，他的脸带有一些暗淡的红色"。弗兰克·哈里斯在回忆时将当时的王尔德挑剔地评价为"满面油光，发胖……他的下颌已经开始发胖并下垂。他的外表令我非常不快……他漂亮的嘴唇也是，那厚厚的轮廓分明的嘴唇现在是淡紫色的……"

谢弗简单地比较了王尔德的"男妓"那阳光照不到的黑色巢穴和德古拉阴湿的地穴般的卧室——吸血鬼就睡在泥土之中。当吸血鬼猎人们摧毁了德古拉的棺材，他们注意到关键词"净化"，正是威利·王尔德对奥斯卡刑罚的评价。

当然，奥斯卡·王尔德恰恰是那种将密码信息或关键词藏入其文本之中的作家，布拉姆·斯托克却不是。《德古拉》中对文学作品的参考非常明显，有时还显得非常笨拙，或者伪装得很拙劣。因此，很难想象斯托克在构思他小说中冒险故事的同时还埋入了与王尔德相关的隐藏信息。正如塞缪尔·高德温（Samnel Goldwyn）对他的电影作家非常著名的那条建议："如果你想发送一条信息，用西部联盟电报公司就够了。"

但王尔德的友谊、声名和他的堕落肯定对设计自己小说的斯托克有一定的潜意识的影响。这些证据太具诱惑力了。

斯托克留下的 1890 年的笔记中最初并不包括乔纳森·哈克在奔赴德古拉的城堡时一个农妇送给他小十字架这一情节——"为了你的母亲"。这一场景在斯托克后来动笔写作时加了进去,大概在 1895 年左右,王尔德的审判结束之后。

哈克的十字架后来成了救他性命的护身符。当他刮脸时无意弄伤了自己,全靠十字架击退了德古拉反射性的袭击。范海辛拥有一个类似的十字架,"一个小小的金十字架",在吸血鬼玷污了米娜之后,他用这个十字架驱赶走了吸血鬼。

当他将十字架写入故事中时,布拉姆·斯托克难道没有回忆起他妻子的金十字架?这曾是奥斯卡·王尔德送的一件礼物,以表达他对弗洛伦丝的爱,后来在弗洛伦丝选择嫁给布拉姆之后,将它退还给了王尔德。

这个曾在他们之间往返的小十字架,是弗洛伦丝险些成为悲剧的一段罗曼史中的护身符,它象征了三个朋友在都柏林幸福时光中的和睦与冲突。斯托克肯定想到过这个忽然之间陷入困境的伟大的人,他不仅毁了自己的一生,还用那危险的一吻腐化了许许多多其他人。

第十四章
陌生人,"在这里,我是贵族"

在对奥斯卡·王尔德的审判结束之后,戏剧评论家克莱门特·斯科特在《每日电讯报》上写道:"打开窗户!透透新鲜空气吧。"

亨利·拉布谢尔轻蔑地表示,他遗憾的是王尔德只被判了两年监禁,他声称他的修正案最初建议的是七年。但在 1895 年,拉布谢尔却记错了他修正案的小细节,他急于将自己装扮成一个英雄。现在,他站在公众的一边,严厉地谴责着剧作家。王尔德的监禁是一件好事,拉布谢尔在他的杂志《真相》上这样说:"监禁对于他来说不仅不是件坏事,而且无论从哪个角度来看,都会对他的身体,如果不是道德的话,有益处。"

昆斯伯里侯爵给《星报》的编辑寄去一封信,拒绝考虑对王尔德施以同情。"无论何种原因,我都将视[王尔德]为一个性变态者,他的思想不同于正常的犯罪,完全病态。如果这也算同情的话,那么王尔德先生从我这里得到的只能是这种程度的同情。"

演员弗雷德·特丽谈到在戏剧界流行的一个笑话——"王尔德最喜欢哪出戏剧?""毫无疑问,《无足轻重的女人》!"

对奥斯卡·王尔德的审判开始时,他的两部非常成功的喜剧《理想丈夫》和《不可儿戏》正在伦敦西区上演。随着丑闻的传播，王尔德的名字被从布告板和剧院的节目单上抹去。这两出戏剧又持续上演了一段时间，引发了无数的笑声和一两次的嘘声。然后，就停演了。《理想丈夫》中的一名女演员茱莉亚·尼尔森（Julia Neilson）回忆说："公众对王尔德反对的呼声非常高，以致我们都没有了观众。"

王尔德被关在本顿维尔（Pentonville）监狱，在那里他除了要在一辆踏车上工作外，还得干一些别的活，诸如制作邮袋，捡麻絮——从旧绳子里面挑出来的纤维，可以用作保温材料。王尔德后来被转到旺兹沃思（Wandsworth）监狱和雷丁（Reading）监狱，在那里他在花园和图书馆工作。

奥斯卡·王尔德在1897年4月18日被释放后，立即奔向法国。他后来同阿尔弗雷德·道格拉斯重归于好，却始终没回到自己妻子和孩子的身边。他被释放之后写的《雷丁监狱之歌》（"The Ballad of Reading Gaol"）在1898年发表。王尔德最后的时光是一种自愿的放逐，他生活清贫，只能靠朋友的帮助。他于1900年10月30日在巴黎去世。他写给阿尔弗雷德·道格拉斯的长长的忏悔信后来以散文的形式发表出来，名为《自深深处》（"De Profundis"）。在这封信中，他说明了自己对他们之间关系的理解。这部作品构思于雷丁监狱期间，发表于奥斯卡·王尔德去世五年之后。

斯托克在王尔德事件上保持沉默现在无法解释，除非他从未想过要给出任何解释。如果我们看看他的朋友们的反映，那么斯托克的沉默应该暗示了他彻头彻尾的不快。

霍尔·凯恩的一个朋友提到过，凯恩在王尔德被定罪之后极其震惊的反应："想想啊！那个人，像他那样的天才，你和我都曾款待过、恭维过的那个人……这太令我不安了。这简直就像沾在我们的文学，所有人的文学上的污秽而恐怖的污点，没有东西可以洗去。这是整部文学史上最可怕的悲剧。"

因此，布拉姆·斯托克会有同样的印象就不难理解——痛心，还有职业上的难堪。欧文和特丽是少数几个拒绝批评王尔德的演员，即使在他被定罪之后。他们祝王尔德好运——通过王尔德的朋友查尔斯·里基茨（Charles Ricketts）——就在奥斯卡被从监狱释放之前。艾伦·特丽在她的自传中解释了自己这些行为的原因。不出所料的是，她是出于极度的忠诚和怜悯。"当奥斯卡被判犯下那根本没办法提的罪行时……我甚至厌恶他的名字，"她写道，"后来他写了《自深深处》……它净化了王尔德，我又重新爱上了他。"（据里基茨讲，特丽在王尔德离开监狱前向他表示祝贺。）斯托克再次持有同样的观点就可以理解了，艾伦·特丽的宽宏大量肯定对他有很强烈的影响。

特丽提到，在王尔德被释放之后，她和她的朋友艾梅·劳瑟有一次在巴黎遇到"一个贪婪地盯着糕饼店橱窗，咬着自己指甲的男人"，她们认出那就是奥斯卡，于是走上前去和他交谈。"我们说服他和我们一起在一家安静的宾馆吃饭，有那么一瞬间，他容光焕发，如同昔日一样。"

这段回忆特别有意思，因为在斯托克家族中也一直有种说法称，布拉姆·斯托克随后就到了巴黎，悄悄给王尔德送了些钱。或许这种善行是斯托克自己的主意，也可能是弗洛伦丝的建议，她后来将这位都柏林的前男友称为"可怜的奥斯卡"。也有可能是斯托克如之前很多次那样，担当了欧文和特丽的使者。关于这次巴黎的任务，现在没有留下任何证据，但是——无论真假——这个故事的意义在于，就他的家庭环境而言，斯托克非常有可能对王尔德提供帮助,甚至可以说这样做非常符合逻辑。

虽然《德古拉》发表于王尔德离开雷丁监狱之后,但没有证据表明他曾经读过这本书。

关于《德古拉》另一个持续困扰人们的谜题是作家对自己作品灵感的看法。多年以来,对于"亨利·欧文就是德古拉伯爵"这个问题一直有一个必要的推论,那就是"布拉姆·斯托克恨他的老板"。难道说斯托克一直将亨利·欧文视为一个古老的恶棍、某种邪恶的产物?难道他在漫长的职业生涯后,打算通过自己的小说来泄愤?同理,难道斯托克将沃尔特·惠特曼看作恶魔?难道他会因为愤怒于自己的失败以致试图去责难那个睿智的老诗人?难道奥斯卡·王尔德被监禁对斯托克而言意味着某些比难堪和困惑更深层的东西?难道斯托克真的如此讨厌他,以致将他描绘成一个危险而堕落的野兽?

小说中有很多的迹象表明,被认为是文学史中最著名的恶棍的德古拉可能并不像后来他的名字所代表的那样,他非常符合拜伦式英雄的特征。

拜伦勋爵在1812年的诗歌《恰尔德·哈洛尔德游记》("Childe Harold's Pilgrimage")中首次塑造了这类人物,这首长诗也被认为是诗人半自传性的作品。这类形象后来出现在他的《曼弗雷德》("Manfred")和《海盗》("The Corsair")中。与文学作品中大多数主人公不同的是,拜伦笔下的英雄大都是阴暗、忧郁的性格——兼具了残酷和魅力,并对他们的现状毫不后悔。这些人出身贵族,却成为自己人的叛徒,过着一种放逐或复仇的生活。拜伦的创作灵感经常被认为是弥尔顿笔下的路西法,一个强大但有缺陷的人物。

《海盗》中的康拉德概括了拜伦式英雄的主要特征:

> 他知道自己是一个恶棍——但他相信
> 其他人并不比自己看到的更高贵
> 他知道自己被人憎恨，但他知道
> 那些鄙视他的人更卑微、更恐怖
> 孤单、狂野和陌生，他孑然一身地独立，
> 不屑于所有的情感，所有的蔑视。

就文学史来说，将小说同拜伦勋爵联系到一起非常具有诱惑力。1816年，在日内瓦湖边，拜伦建议每个人写一篇鬼故事。这是《弗兰肯斯坦》的直接创作原因，拜伦的医生兼旅伴约翰·波利多里创作了《吸血鬼》，后来成为带有贵族气派的吸血鬼的模板。波利多里很可能将他的雇主拜伦当作小说中吸血鬼的模特，就像斯托克后来将他的老板欧文写入作品中一样。

《吸血鬼瓦尼爵士》比《德古拉》更早面世，它第一次塑造了一个富有同情心的吸血鬼，因为自己的困境苦恼不已。但斯托克笔下德古拉的内涵要更多一些，他身上的骄傲及盲目使得他成为悲剧中的一员。

德古拉是一个拥有着悲惨过去的神秘贵族。他在战争中大获全胜，因为这种独特的诅咒而存活了好几个世纪。德古拉将特兰西瓦尼亚统治得非常高效。他的身边有一群"吸血鬼新娘"，她们全都是过去同他发生过关系的人，现在依靠他为生。德古拉犯下的必要罪行在那种环境之中轻而易举，或许受害者还是心甘情愿的（小说中只出现过一个被偷走孩子的母亲）。当地的人们都畏惧他，顺从地为他劳作。

他的错误在于想追求某些更多的东西。他曾向乔纳森·哈克承认：

> 我渴望能够在伦敦繁华的街头来回穿梭，渴望能融入那熙熙攘攘的人群，渴望分享他们的生活，感受他们的变化、死亡以及所有所有的一切……我在这儿是贵族，是个伯爵，老百姓都认识，我是这里的主人。但是一个人到了外国，一个陌生的地方，那他就什么也不是了。人们不了解他——不了解他也就不会在乎他……我做主人已经很多年了，希望还能继续做下去——至少没有人会成为我的主人。

他为什么希望到伦敦去？他使用了一个双关语"分享他们的生活"，但不难想象，德古拉在特兰西瓦尼亚可以找到他想要的所有血液。乔纳森·哈克想象了下一种新的恶魔侵扰我们的城市，但德古拉的目的既不是劝诱也不是拉拢。他到伦敦去只是因为"希望"。他对城市的渴望在于"那熙熙攘攘的人群"。

但他立即就发现了在面对当代社会时的种种难题。乔纳森·哈克并不顺从；德古拉在伦敦早期的罪行遭到了报复；他的受害者太过于贪婪；他遭到追捕，被迫离开了城市；当他最终承认失败并返回特兰西瓦尼亚时，他的敌人们不允许他撤退。吸血鬼猎人们通过分析他的战斗经历预测了他的路线，他们将他追赶到城堡，并惩罚了他。

就这个故事来说，德古拉最大的罪行就是过犹不及，正如希腊人评价自己的狂妄自大一样。他没能正确地评估那个新世界，以及居住在那里高尚的男人和聪明的女人，就像他诧异于身边很多新的发明一样：速记、打字机、留声机。如果德古拉留在特兰西瓦尼亚的话，这场悲剧是否就不会发生，正如人们设想的那样，他毕竟已经找到办法在特兰西瓦尼亚安静地生存了几个世纪。

这种观点会对故事产生影响。同样的道理也适用于惠特曼在艺术特征上极其完美的诗歌，斯托克认为这些诗歌被收录到某部作品中，然后被某些特定的读者读到——正如三一学院那些刻薄的年轻人。

王尔德同样也可以在与世隔绝的文学或戏剧中表达他的个人看法，但他并不满足，于是鲁莽地将这些看法传达给普通大众，因而遭到了驱逐。

同理，亨利·欧文的一生可以被看作一个来自西部乡村的演员，没受过多少教育，却对伦敦的戏剧界形成冲击。在那里，他勉强同主流社会的审美和平共处。那些知识分子批评他浅薄的品位，他不得不为了得到评论界和知识分子的认可而拼搏，因为他希望成为这个伟大的"熙熙攘攘"的城市的一部分。

欧文是一个优秀的演员，却不是一个聪明的演员。他只受过很少的教育，从不进行即兴演讲，他总是把演讲稿记下，然后表现得像即兴演讲一样。他可以令戏剧煽情，他可以令戏剧激动。但当观众对戏剧的欣赏品位发生变化后，他既不知道接下去该何去何从，也不相信其他聪明人的建议。萧伯纳、柯南·道尔和斯托克都曾试图向他介绍现代作品，但都以失败告终。最终，他被排挤出兰心剧院。

如果德古拉是一个拜伦式的英雄，我们可以看到他在现代社会中的悲剧，也可以预测对他的理想不可避免的惩罚。德古拉撤回到小说中——从一个主人公逐渐变成一种困境、一场瘟疫——但后来同他形成某种精神上的联系的米娜认识到他的"人性"，并对他产生了同情。她坚持认为吸血鬼猎人们的追捕不应"充满了仇恨"，她相信"最可悲的人实际上是那个造成这些不幸的人。好好想想吧，如果我们能摧毁他身上恶的一面，而将那些善良的部分留下来，他肯定会非常高兴的。你们应该同情他，当然我不是让你们对他手下留情，不去摧毁他。"

当米娜看到德古拉死去，她注意到一种奇怪的"安详的神情"出现在他的脸上，"我从未想象过他会有这种表情"。

布拉姆·斯托克在创造德古拉这一形象时，可能受到他身边很多伟大的人物身上的缺点和局限的影响，但德古拉形象中那些令人困惑的悲剧特征表明，斯托克对这些影响始终保持着同情，而不是仇恨。

读者也可以从小说中发现丝丝缕缕的布拉姆·斯托克，作家在描绘很多人物时将自己的特征和喜好融入了其中。比如故事开头的主人公乔纳森·哈克同斯托克一样，是一名律师。哈克遭遇的吸血鬼新娘的攻击和德古拉的外貌，很可能来自斯托克的梦境。哈克被困于德古拉的城堡之中时，他就成为一个集文员和冒险家于一身的形象，这是斯托克苛刻的业务经理工作和对体育运动的热爱的一种完美混合。

在亚伯拉罕·范海辛的身上，我们同样可以看到斯托克的影子。最明显的就是这个人物的名字，亚伯拉罕的名字来自作家的父亲。范海辛是一个富有洞察力的研究者和周密仔细的调查员，他对女士非常殷勤，还像父亲般给出建议。对他身边的人来说，他知道所有问题的答案，能解决所有的困难，并制订了一系列的行动计划。

斯托克的传记作家保罗·默里曾表示，德古拉的身上也存在很多类似斯托克的特征。"和德古拉一样……斯托克也有多重身份，喜欢从事很多事情。就像对欧文来说，斯托克承担了多种工作，我们的伯爵在作品中也非常有用，他扮演了马车夫、厨师和仆人。他还同样安排了旅行计划和货物运输（他装满泥土的箱子正如斯托克照管的剧院行李），阅读参考书目并涉足法律。而且，他也同斯托克一样，身体极其强壮。

斯托克还将作品中最优美的台词留给了德古拉，而且，如上文中提到的那样，德古拉的语言是小说中唯一一个具有文学气息或诗意的。

难道说布拉姆·斯托克本人就是德古拉？这将是一幅非常有意思的画面。这个来自都柏林的男孩，兢兢业业于自己的公务员职位，却致力于在文学界或戏剧界大展拳脚，并渴望到伦敦去生活。一旦到了伦敦，他就在某些领域获得了成功和认可——主要是因为身为兰心剧院的业务经理。而在伦敦他同样发现令人失望的局限：就个人而言，他是一个爱尔兰的移民；就职业来说，他是一名作家。实际上，当他到美国访问时，这种局限就表现得更加明显，美国媒体明显比英国媒体对他更感兴趣。

如果斯托克将自己看作一个拜伦式的英雄的话，他的朋友们，比如王尔德和欧文，则是某种成功的标志。斯托克的工作只让他感到怀才不遇和格格不入。他这种日积月累的愤恨最具代表性的表现就是他对芝加哥记者的那番话："如果我能把我的名字印在书上，在生意不景气的时期，'统治者'肯定能……但每当我提起这个话题的时候，他就会嘲笑我。"除此之外，斯托克在小说中对自己的看法肯定会引发无尽的猜想，而这个细心的斯多葛主义者从未对此进行过任何解释。

在《德古拉》旷日持久的写作过程中，斯托克还在1895年发表了另一部作品《沙斯塔山肩》，这是斯托克回归传统冒险小说的一次尝试。故事发生在美国加州西部，斯托克曾跟随兰心剧团到过旧金山。小说讲的是一位年轻的英国女继承者埃斯·埃尔斯特里爱上了一个有缺点的捕兽者、向导格里兹利·迪克。《雅典娜神殿》不喜欢这部作品,曾做出如此评论:"作品中缺乏成熟和幽默感可能是由于写作的匆忙,这部书存在明显的粗糙和拼凑的痕迹。就这部小说而言,斯托克先生其实可以写得更好。"

当然,他在两年之后贡献的那部著名的吸血鬼小说中证明了自己,但与他的下一部小说《贝蒂小姐》形成了鲜明的对比。《贝蒂小姐》写于他开始为《德古拉》做笔记的1890年,直到1898年3月才发表。这部献给弗洛伦丝的作品讲的是18世纪一个美丽的女继承者和一个拦路抢劫犯之间的爱情故事。评论界认为它迷人而甜蜜,而且,当然他们无法不拿它同《德古拉》进行比较。"阅读《德古拉》使人们拥有了一个令人不快的不眠之夜,"《书商》(*The Bookman*)的评论家写道:"但布拉姆·斯托克先生为我们准备了一个甜美的惊喜……很难想象这两部小说出自同一个作家之手。"1898年1月,《贝蒂小姐》在兰心剧院进行了一次版权表演,但令斯托克再次失望,它后来没有以戏剧的形式上演。

亨利·欧文著名的兰心剧院现在也开始走下坡路——布景遭受大火、失败的剧作还有演员本身长期的超支。1898年,欧文在格拉斯哥的一次巡演期间患上了胸膜炎和肺炎。斯托克意识到他的老板病得非常严重,他说欧文患病期间几乎每周都要用上百条手帕。欧文不停地向着手帕咳嗽,然后熟练地把手帕塞进口袋或化妆桌,然后再拿出一条新的。剧院不得不临时关闭,让欧文到伯恩茅斯进行疗养。

艾伦·特丽到那儿去看他。"……他抚弄着自己的拇指,想着怎样才能回到工作中。他现在入不敷出,负债累累。"在他康复期间,兰心剧院的代表来了,他们提议收购欧文在剧院的股份。欧文将这项提议看作解决自己经济困境的最便捷的方法，绝望地接受了。他能以演员-经理人的身份继续留在剧院，但要将股份转给公司，作为交换，他承诺要在兰心剧院演出并参加英国及美国的巡演。

斯托克对于这项交易并不知情，他当时正在去美国的一艘船上，安排下一次巡演。当欧文后来告诉他这项交易的细节后，斯托克惊恐万分。"我向欧文抗议这项方案。"在研究了交易的详情后，斯托克发现欧文将要交出所有的主动权，还将失去十分之一的薪水，并要为将来的演出出资。"欧文做的这项交易，"斯托克后来写道，"对自己一点好处都没有，却对对方非常有利。"

这项交易可能代表着欧文对他的同事斯托克逐渐增长的不信任。当他变得非常神秘的时候，他便做了愚蠢的决定。"安静、耐心、容忍、冷漠、温和，"艾伦·特丽注意到这段时间欧文的特点，"封闭、狡猾。狡猾可能听起来很无情，但那正是 H. I.。"

斯托克的很多工作都是在欧文不知情的情况下悄悄完成的——持续不断地去满足老板的各种愿望并在他没发现自己错误的前提下保持收支平衡。当剧院如日中天时，斯托克的辛苦工作就无人察觉。但当生意一落千丈时，他的努力就显得徒劳无功，尤其是对亨利·欧文来说。

多年之后，欧文的孙子、传记作家劳伦斯·欧文将演员的经济失败归咎于斯托克。"斯托克得意于文学和体育上的虚荣，崇拜欧文，陶醉于……结识伟大人物的每个机会。"斯托克致力于取悦并恭维其老板的倾向只是让他显得"不能……直率而明智地打理欧文的业务……欧文得到了应得的服务，付出的却几乎是致命的代价，虽然没有立即显现出来"。

现在的记录表明，斯托克对的时候应该比错的时候多。凡是认识欧文和斯托克的人都意识到斯托克对兰心剧院的重要性。"如果不是他的老朋友布拉姆·斯托克,"亨利·拉布谢尔说,"欧文早就被从家里和剧院赶出去了。"

1903年,兰心剧院完全解体,董事会打算将剧院改为音乐厅。斯托克参加了那次会议,董事会希望将剧院经营不善的责任推到他和欧文身上。

没想到的是,斯托克准备了一份带有收支状况的详尽报告,表明欧文已经很好地完成了他的义务。当被叫到时,斯托克站起身,用系统而详尽的事实,包括盈利、亏损和亨利·欧文巡演的进款,震惊了所有人。斯托克告诉董事会,欧文合同上的那些表演实际上是为公司创收的。欧文已经很好地完成了他的职责,反而是公司的管理不力导致了剧院的垮台。

当然,这对每个股东来说都不是好消息,但他们都受到了斯托克这番鼓舞人心的演讲的影响。斯托克告诉他们,这个伟大的演员不仅不是个恶棍,反而是公司的英雄。这次股东大会和欧文为布拉姆·斯托克做的那次即兴演出正好形成完美的对应。在三十年前,欧文朗诵的《尤金·亚兰之梦》开启了他们的友谊,而现在,布拉姆·斯托克的演讲又回报了伟大而高贵的亨利·欧文。

股东们用响亮而持续的喝彩中断了会议,转而感谢欧文的付出。斯托克写道:"这是我在公司的会议上听到过的唯一的喝彩。"

兰心剧院被重组为一家音乐厅。

布拉姆·斯托克当时正致力于亨利·欧文的1903年巡演——现在只是亨利·欧文和一些配角,不再是兰心公司了。艾伦·特丽,他受欢迎的首席女演员依旧留在了伦敦。

在艾伦·特丽某次拜访亨利·欧文时,当时是欧文演艺生涯的末期,她发现她昔日的恋人虚弱而威严,带着一种出人意表的沉思神情。"你拥有多么精彩的一生啊,对吧?"她这么说。他抬起头,喃喃地回答:"哦,是的,精彩的……工作的一生。"

"那我们从中得到了什么?"她问,"你和我像人们所说的那样,已经出人头地。那么亨利,你是不是也像我一样时不时想过,你从生活中得到了什么?"

欧文被这个话题吸引住了,他在回答之前先是低声重复了她的问题,然后说:"让我想想……一支好的雪茄、一杯上好的红酒、许多好朋友。"他笑着,温柔地吻了吻她的手。

"总结得不错,"她说,"那结局呢……你喜欢什么样的结局?"

欧文又向她重复了这个问题,陷入了沉思:"我喜欢什么样的结局?"他安静下来,久久地盯着虚空,足有30秒钟,特丽后来回忆说,她被高贵的欧文这幅安静的沉思画面感染了。然后他发现了他的答案。他迅速盯住她的眼睛,用一种戏剧化的姿势抬起自己的手,打了个响指。

"就像这样!"

第十五章
朋友,"交到您手中,哦,上帝啊"

亨利·欧文决定在从演五十年后退休。他是在 1904 年做出这一声明的,并计划用最后两年的时间在美国、加拿大,英国的伦敦及其他郡进行一次从容不迫的告别演出。

但在 1905 年,正值巡演期间,欧文的精力开始衰弱。因为他的健康问题,斯托克不得不重新规划了行程,推迟他公开露面的时间。10 月,当欧文在布拉德福德表演时,他在舞台之下时看起来尤其虚弱。布拉姆·斯托克担心晚上他要出演的《钟声》。"每次[欧文]听到钟声,他心脏的悸动肯定快要杀掉他,"艾伦·特丽后来回忆起这个角色时说,"他的脸色总是变得惨白——这没有任何的技巧可言,完全是想象的表演在身体上的表现。他的死亡如同马赛厄斯,一个强壮、粗野的人的死亡,同他在舞台上其他的死亡不同。他表现得就如同真的要死了一样,他想象中的死亡总是带有一种恐怖的紧张。他的眼睛向上翻,脸变成灰色,四肢变凉。"

1905 年 10 月 12 日,当欧文到达布拉德福德的剧院时,他看起来特别疲惫。斯托克震惊地看到他"无精打采"地坐在化妆间里。幸运的是,当他换上戏服,这个上了年纪的演员找回了他的精力，他扮演的马赛厄斯带有众所期盼的热情和凄美。观众没有察觉到任何不对的地方。但布拉姆·斯托克亲眼看到欧文离开舞台，拖着步子慢吞吞走回化妆间。他的双肩无力垂下，看起来好像垮掉了一样，又成了一个悲伤的老人。

斯托克走到后台，告诉他的机械师明早将《钟声》的舞台布景送回伦敦，他知道欧文不应该再登上舞台了。晚上他到欧文的化妆间，告诉了他自己的决定，欧文只是静静地点点头。斯托克感到亨利·欧文久久受困于这个角色，现在因为其他人替他做了决定而松了一口气。

第二天，也就是10月13日的早上，欧文看起来已经康复了，但他告诉斯托克取消之前计划好的美国巡演。"我们可以再做计划，"他说，"美国是一块友好的大陆，但可能的话，我尽量不在那里安息。"

在那天晚上，欧文出演了《贝克特》，一出备受其戏迷喜爱的传统戏剧。在最后一幕贝克特被谋杀的场景中，欧文最后的台词是："交到您手中，哦，上帝啊，交到您手中！"然后，按照剧本，他倒在了舞台上。

斯托克赶到后台，在化妆间找到欧文，并帮他打气："现在你又步入正轨了，工作会变得容易的。"欧文想了一会儿，点点头："我觉得也是这样。"斯托克之后要同来自伯明翰的广告宣传员商量下一周的行程，于是在剧院同欧文告别："裹好你的衣服，老朋友！"欧文说着，向他眨了眨眼："今晚特别冷，你还得了感冒。照顾好你自己。晚安。上帝保佑你！"

几分钟之后一辆马车赶到斯托克住的宾馆，他刚刚忙完正坐下吃晚餐。马车夫冲到宾馆里，告诉斯托克，亨利爵士病了。欧文刚刚回到宾馆就感到非常虚弱，然后就昏倒了。

斯托克冲到米德兰酒店（Midland Hotel），发现一群人沉默地站在靠近门厅的大堂中。他挤过去时，人群分开。亨利·欧文四肢摊开躺在地板上。一个医生被叫来，正蹲伏在他身边检查。

医生终于站起身，碰到斯托克的目光，业务经理立即意识到刚刚发生了什么，他倒吸一口气。医生摇摇头，向他表示了哀悼。亨利·欧文去世了，就在两分钟之前。

布拉姆·斯托克弯下身，把手放到演员的胸膛上。因为某些原因，他感到自己必须查看一下，最终确定一下，为了自己。没有心跳，他抬起手，合上了欧文的眼睛。

布拉姆·斯托克在自己一生之中花了29年的时间为这个象征着伦敦戏剧界的举足轻重的人物服务。曾同埃德温·布斯一起演出的美国演员劳伦斯·巴雷特（Lawrence Barrett）曾经哀叹说："一个演员就像是一个在雪上雕刻的雕塑家。"亨利·欧文的每场演出在幕布落下的那一刻都成为过去，唯一的承诺就是下一场演出。随着欧文的去世，对这些伟大的"雕塑"的回忆就开始永远地消逝了。

人们将亨利·欧文搬到宾馆的房间里，斯托克呆呆地注视着演员的身体缓慢地被灰色的清冷的晨光照亮。"所有的一切都非常凄凉和孤寂，就如同他大部分的人生一样。"斯托克后来写道。他将注意力转回即将发生的一连串的事情上，这是他擅长的事，他还欠欧文一次返回伦敦的最终之旅。他需要给欧文的儿子们发电报，通知剧院，联系媒体。他安排好殡仪馆员，更改了火车行程，安排剧团回家。根据当前的业务需要或同演员的关系，斯托克通知了一些同事，然后这个消息像涟漪一样传开了。

斯托克监督着殡仪馆工作人员的工作，之后安排剧团里那些现在可以自由回家的人员到宾馆同演员告别。他安排了一辆马车将棺材运到市场街站，经由大北方铁路（Great Northern Railway），斯托克和欧文的遗体便可以返回伦敦。

斯托克的队伍从满是人群的街道穿行。"一片人脸的海洋，"他回忆说，人们默默地站着，脱掉帽子，"每条街上都是沉默的人群。"布拉姆·斯托克震惊于布拉德福德人们这种神秘而尊敬的态度。很显然，整个城市的人聚集到一起，来向这位演员致敬。斯托克从马车上看过去，那是"令人沉痛的、痛心的、无法抗拒的"。在每个十字路口，人们都迎着灵车驶来的方向，默默地让开道路。当灵车驶过后，人们又聚拢到一起，跟在灵车后面。这种致敬——全然的尊敬、全然的沉默——同欧文一生之中引发的如雷掌声形成令人心碎的对比。这种神奇的、戏剧化的场面完全可以在兰心剧院上演。

在一天沉着而必要的工作中，斯托克的职责使他没有时间去悲伤。但在这悲伤的马车之旅中，理智的大坝崩溃了，他发现自己突如其来地颤抖起来。他后来写道："这种打动我的奇怪的情感，我至今仍会想起。"

欧文的骨灰被安葬在威斯敏斯特大教堂（Westminster Abbey）的诗人角，靠近嘉里克的纪念碑。英国将他视为一个英雄，但萧伯纳并未因此变得宽厚。这位剧作家、评论家拒绝出席欧文的葬礼，他写道："在欧文的墓边没有文学的位置。"他用一贯坦诚的评价、总结了欧文的一生："欧文极好地维持了戏剧的社会地位，并大大提升了演员的地位；但他对当代的戏剧文学没有任何贡献。"艾伦·特丽对萧伯纳缺乏慈悲的表现非常失望。特丽很清楚萧伯纳狂热地提倡健康饮食，在给他的信中，艾伦这样写道："我不明白，一个从不吃垃圾食品的人、一个从不饮酒来迷惑自己智慧的人，怎么能如此无礼。"

布拉姆·斯托克的《对亨利·欧文的个人回忆》在 1906 年出版。当时的人们对欧文记忆犹新，评价家们也从中发现许多可以赞颂的东西：作家对这位伟大的演员局内人的观察视角，他的排练、他的技巧、他对表演所有勤勉的细节和投入的热情。但《旁观者》(*The Spectator*) 同时还认为这本书是"一个崇拜者"在某种"催眠的魔力"下的歌功颂德之作。《戏剧》(*The Drama*) 嘲讽地说，书中对斯托克的描述过多，而他也没提供"什么新的或有价值的"东西。《书商》同样注意到，斯托克的故事中总是不厌其烦地提到"我们"或者"欧文和我"。因此，书中提供的唯一真实的就是斯托克参与的那些财务情况或剧院管理事务。

《布莱克伍德》杂志发表了一篇长长的富有洞察力的评论，同时批评了这两个人：保守而做作、喜爱追求大场景的欧文，以及过分紧张而平庸的斯托克，总是试图让欧文的人生看起来更具艺术性。评论者在这篇文章中还暗示说，正是兰心剧院稀薄的空气使得斯托克的自传充满古怪的守旧和无知，就像欧文的表演一样。

这篇评论在评价演员的遗产方面表现出一种野蛮般的诚实："就培养和纵容英国大众对'现实主义'和大场景堕落的品位方面，欧文所做的比他同时代的任何人都要多……他那些华丽的复兴与其说是延长或更新了莎士比亚戏剧，更像是将其驱逐出了英国舞台……对这种愚蠢可笑的戏剧的胃口一旦姑息，就会像其他的一样扩散……[欧文]是否'帮助观众思考'还在两说，可以肯定的是他对观众的想象没有任何益处。"

在这部关于欧文的书出版之后没有多久，布拉姆·斯托克遭受了第一次中风发作,昏迷了一整天。当他终于恢复过来,他的步伐不再整齐,视力也受到了永久性的损伤——他需要放大镜才能写作。

布拉姆·斯托克的社交圈也在逐渐变小。在兰心剧院刚刚解体之后,斯托克在19世纪90年代的投资失利,使得他的经济状况出现问题。他的稿酬——即使包括《德古拉》的——总数也非常微薄。他不得不靠一些稳定的写作来维持生计:包括杂志文章、短篇小说和书籍。

他的《海洋之谜》(*The Mystery of the Sea*)、《七星宝石》(*The Jewel of Seven Stars*)和《男子》(*The Man*)都完成于欧文去世前的1905年。在上述作品中,始于1903年的《七星宝石》是斯托克最有意思也最成功的作品之一。它讲述了一个埃及考古学家亚伯·特里劳尼被古埃及的一位德拉女王用魔咒控制的故事。德拉女王还掌控了一个现代女性玛格丽特的灵魂。为了实现女皇的转世复活,特里劳尼在康沃尔郡的一座城堡中进行了一场神秘的、类似弗兰肯斯坦的实验。

一阵猛烈的暴风雨,"夹杂着迅疾的、愤怒的活力"在窗外咆哮。"石棺边那些渴望的脸同时向前探去,那些眼神中充满无言的好奇……超越了凡人的智慧。"但是突如其来的风穿过百叶窗,摧毁了实验。女王被复活了,却死于复活的过程之中。其他那些旁观者,包括玛格丽特,全都死了,"眼中充满了难言的恐惧"。只有故事讲述者侥幸存活,把这个恐怖事件说给人们听。

《纽约先驱报》在评论这部小说时,惊奇于斯托克的双重生活,认为这些精彩的恐怖故事肯定是他戏剧工作的产物。"斯托克先生是如何取得这些成就的?"评论家忍不住猜测,"他是人类存在中最热诚的一员。他兢兢业业从事于业务经理这一职务,让人们看到他身上至关重要的男子气概……他肯定是受到亨利·欧文爵士感性［精神］的感染，再融合了哈姆雷特、马赛厄斯、麦克白……"

斯托克的这个故事对于他的出版商赖德来说肯定是过于毛骨悚然，因为他在1912年出版的故事中要求作家再写出一个相对幸福的结局。斯托克重写了结尾，玛格丽特活了下来，对德拉女王表示了安慰："不要为她悲伤……她曾经拥有梦想，这是我们每个人所希望的！"《七星宝石》对后来盛行的好莱坞木乃伊电影产生了长远而重要的影响。

1910年出版的《白衣女人》（The Lady of the Shroud）与《德古拉》形成了一个有意思的类比。斯托克将故事背景再次搬回巴尔干，题目中的女人特塔·维萨里昂是一个伪装成吸血鬼的公主。这个故事之中包括了毋庸置疑的现代因素，一桩空难营救事件。

斯托克在1911年发表的《著名的伪装者》（Famous Imposters）带有些出人意料的新闻特色。在有关历史上骗子的那些章节中，斯托克描述了巫师卡里奥斯特罗（Cagliostro）和维多利亚时代的骗子蒂奇伯恩·克莱曼特（Tichborne Claimant）。但让斯托克上了头条的是他精心炮制的一个可疑的理论，他认为伊丽莎白女王其实在很小的时候就去世了，现在的女王是由一个男孩冒充的。斯托克这一章带有些生动的历史学的推测，也可能他只是想起了奥斯卡·王尔德那篇关于伊丽莎白时期的幻想之作《W. H. 先生的肖像》。

1911年发表的《白虫之穴》（The Lair of the White Worm）是布拉姆·斯托克的最后一部，也是最具争议的作品。评论家自它发表之初就极其讨厌这部小说。《泰晤士文学增刊》（The Times Literary Supplement）感到斯托克"试图超越德古拉的那种超自然的恐怖"，结果却弄出"某些荒谬的东西……连贯性是小说的必要因素之一……这部作品的故事脱节,而且实际上非常愚蠢"。

这个小说讲的是一个神秘的蛇蝎美女阿拉贝拉·马奇夫人的故事。这个女贵族不仅长相阴险,个性卑劣,实际上是一只住在地底1000英尺深的洞穴中的巨大的白虫。它长达200英尺,把受害者拖进那个有毒的、邪恶的巢穴中。一个正直的年轻人亚当和他博学的导师纳撒尼尔爵士决心摧毁这个怪物:"但是作为女人,她或许高估了自己……我们就得利用男性的力量来与之对抗。"

她是一个令人胆怯的敌人。亚当成功地将多枚炸药投进那深深的令人作呕的巢穴中,在炸药造成的可怕场景中,人们能听到她"痛苦的尖叫,洞口鲜红一片……阿拉贝拉夫人的半截身子从沸腾的洞里冒了出来"。

斯托克的侄孙,也是他的传记作家丹尼尔·法森认为这本书"过于匪夷所思,甚至可以说荒谬",无法让人重视。但他同时也为作品中混杂着哥特式恐怖与离奇的幻觉而着迷:"没有一丝幽默的痕迹,却极其有趣。"德古拉研究专家伦纳德·伍尔夫认为年轻人可能会对这样一个故事不屑一顾,因为"无论作者的痛苦是什么,最后肯定会过去。但斯托克已经64岁了……他作品中的混乱和寂寞简直彰显无疑。"另一位斯托克的传记作家哈里·拉德卢姆(Harry Ludlum)感到了"作品中某些深邃的神秘——写这个故事的人神秘的思想"。文中那些怪异的——也粗鲁地昭示无疑的——情色画面在斯托克发表那篇关于审查制度的责难文章三年之后显得尤其古怪。文学评论家聚焦于《白虫之穴》的性欲方面,还有它侧面反映出的作家的厌女症。接下来,顺理成章的就是将这些结论再反映到《德古拉》中——而这些判断在文学评论界一直延续了几十年。

正是这部小说使得H. P. 洛夫克拉夫特在十年之后对斯托克大

摇其头，质疑是否同一个人创造了德古拉。"《白虫之穴》绝对是我看过的最含糊、最幼稚的作品，"洛夫克拉夫特写道，"斯托克明显缺乏结构感，也无法写出一个能够扭转其人生的连贯故事。"

丹尼尔·法森推断说这部作品可能是药物治疗的结果。布拉姆·斯托克晚年罹患布赖特氏病和痛风，这就需要疼痛治疗。

斯托克在写给皇家文学基金的信中指出，他在 1910 年靠写作只挣到了 166 英镑，而他自最近一次中风发作后已经开始行动不便，他现在身处"对一个需要依靠其头脑和双手的人"来说非常困难的处境中。基金会赠给了他 100 英镑。斯托克利用这笔钱，从切尔西的房子搬到了贝尔格维亚（Belgravia）的公寓中。弗洛伦丝帮忙收集她丈夫发表在杂志上的短篇小说，为他的下一部作品积累素材。

1912 年 4 月 20 日，也正是"泰坦尼克号"（*Titanic*）在从英国到纽约的首次航行沉没后的第五天，布拉姆·斯托克去世了，他的妻子和儿子一直守在他的床边。这个消息被刊登在报纸的内页，淹没在当时的热门新闻"泰坦尼克"及人们对这艘"永不沉没的"远洋轮船的指责中。

《伦敦时报》（*The London Times*）上刊载的布拉姆·斯托克的讣告中写道：作家在过去的六年中身体一直不好，还对他在《德古拉》中展现的那种"可怕而诡异的小说"表达敬意。但《泰晤士报》认为他最主要的文学成就是那部《对亨利·欧文的个人回忆》，这部充斥着荒唐和各种缺点的作品，虽然没有多少，却毕竟提供了一些宝贵记忆……［出自］挚爱的同事和崇拜者之手。

当然，他们的理解有误。

布拉姆·斯托克的老朋友霍尔·凯恩准确地理解了他的人生。

> 身为他的朋友的我们都意识到……随着欧文的去世，可怜的布拉姆的事业其实已告终结。对他来说，现在东山再起为时已晚。那条三十年前被打断的路现在已经无法寻觅，时移世易……虽然布拉姆勇敢地为了一种新生活进行了反抗，但他自己清楚，我们也非常清楚，他的时机早已失去。
>
> 他一直没有丧失成为一位作家的愿望。坦白地说，他写的书，除了其中的一本（关于欧文的那本）纯粹是为了出售，他也没有更高的追求……
>
> 虽然有很多缺点，但我们可怜的布拉姆的身上有一点非常伟大，那就是他对友谊的全心全意的付出……我想不到有什么事情——任何事情——我请求他的帮助而他拒绝的。在一个人的一生之中，这样珍贵的友谊只能拥有一次。今天，当我们埋葬了这颗伟大的心灵，我感到我仿佛也随之而去了。

斯托克杰出的友谊，同欧文的表演一样，没有留下什么纪念之物，除了几个亲历者逐渐黯淡的回忆录。但不同于欧文，斯托克创造了一件遗产，这不仅使他的名字得以流传，而且愈发光显。

布拉姆·斯托克被火化，于1912年4月24日葬在了伦敦的戈德斯格林火葬场（Golders Green Crematorium）。

在1975年给叔祖父写的传记中，丹尼尔·法森提出了一项令人震惊的事件，布拉姆·斯托克的死亡证明上列出的原因如下：

> 运动性共济失调，已六个月。
> 颗粒性固缩肾。
> 衰竭。

上面的肾病指的就是布赖特氏病。但据法森的医生所说，运动性共济失调则表明了麻痹性痴呆——这些症状全都表明造成死者的死亡原因是梅毒。

法森就此解释了斯托克身上其他明显的症状，包括他的视力下降、行动不稳和精神衰弱。然后，往前计算的话（梅毒一般要在十到十五年之后才会变得致命），他的医疗症状也说明了他最终的时光。

而这个结论极具诱惑力的是，它为《白虫之穴》提供了一个解释——斯托克最后这部小说其实是在神志昏迷、精神错乱的时候拼凑而成的。而且，它也说明了为什么他和弗洛伦丝的婚姻最终走向了失败——她的冷淡刺激了他小说中的主题以及他对性欲内容咆哮般的审查呼吁。同时，它还暗示了同奥斯卡·王尔德的另一项联系——斯托克可能是到巴黎看望王尔德的途中从一个法国妓女身上染上了这种病。

这种推测并不是出乎意料的，每个人都希望从布拉姆·斯托克身上发掘些可怕而私密的东西。不幸的是，死亡证明并不是最终决议。作家莱斯利·谢泼德（Leslie Shepard）指出运动性共济失调并非只是梅毒特有的症状，尤其是斯托克仅仅患病六个月。在最后一年的时光中，他一直非常警觉，忙于他的文学创作直到死亡的到来。他的家人回忆说他是一个"精神不安"的老者，但这不足以证明他得的就是那种疾病，看起来他患上的慢性麻痹或精神退化，似乎不可能是梅毒。

斯托克后来的传记作家保罗·默里咨询的医学专家似乎更坚定些：梅毒可能影响他的条件反射或视力，但不可能影响他的智力。（换句话说，他的《白虫之穴》没有任何医学上的借口。）默里的专家认为死亡证明只是说明了符合梅毒的症状，但它还没有发展到足以致命的地步。布拉姆·斯托克很可能死于肾病。

尽管在晚年一直忧虑金钱，但斯托克死后仍留给了弗洛伦丝一笔数目可观的财产，高达 4600 英镑。他的哥哥索恩利·斯托克在几周之后也去世了，遗赠了 1000 英镑给弗洛伦丝。她在下一年还靠出售布拉姆的藏书又获得了一笔额外的金钱。

1914 年，弗洛伦丝·斯托克将斯托克死前一直在准备的短篇小说结集出版。在序言中，她解释说她丈夫准备了"三个系列的短篇小说"。但在这部短篇小说集中，她加入了"《德古拉》中迄今从未发表的情节。这些情节最初由于篇幅原因不得不删除，但可能很多读者会感兴趣"。这本选集被命名为《德古拉的客人，以及其他怪异故事》(*Dracula's Guest and Other Weird Stories*)。

《德古拉的客人》讲的是一个英国旅行者在五朔节期间经行慕尼黑的故事。他下了马车，穿过一片树林，遇到了多林根伯爵夫人的坟墓，墓门上潦草地写着"死神总是快人一步"。为了躲避突如其来的暴风雪，他进入了墓室，看到了一个有着圆脸和红唇的漂亮女人，她看起来就像在棺材里睡觉一样。

闪电击中并摧毁了墓室，又把旅行者驱赶到风雪中。他醒过来，发现一只巨大无比的狼正卧在他的咽喉上。一队骑马的人经过，吓走了那只狼。那只神秘的狼帮他取暖，使他活了下来。当旅行者终于来到他在慕尼黑的旅馆，旅馆的老板让他看了一封来自比斯特里察的电报。电报上告诫旅店老板要保护英国旅行者不受"风雪、狼和夜晚"的伤害，因为"他的安危对我来说尤其重要"。电报是由德古拉发出的。

这个故事中的某些线索——慕尼黑的英国旅行者（我们推测应该是乔纳森·哈克）、五朔节、像吸血鬼的伯爵夫人，还有旅行者计划去拜访德古拉——看起来符合弗洛伦丝·斯托克的说明，这应该是《德古拉》第一部分中的情节。

作家伊丽莎白·米勒（Elizabeth Miller）和克莱夫·莱瑟戴尔（Clive Leatherdale）并不认可这种观点。斯托克为《德古拉》所做的早期笔记中的确包括这么一行，"暴风雪冒险和狼"，这表明《德古拉的客人》应该源自他最早的故事情节。但这部短篇小说是以第三人称，而不是第一人称写成的。这个匿名旅行者也比小说中的乔纳森·哈克更有闯劲儿，懂的德语也更少些。最后，这部短篇小说的写作时间表明它不可能只是简单地从小说中撤了出来。

莱瑟戴尔认为这可能是小说最早的草稿中的一部分，后来被从小说中去掉，又被单独加工成了一个故事——大概在1890年或1892年。或许它最早就是一部短篇小说，但"当斯托克意识到它的潜力后，又转而围绕它构建了一本小说"。

弗洛伦丝·斯托克的说明中最有启发性的句子是将《德古拉》评价为"我丈夫最出色的作品"。它是如此出色，以致作家在死后出版的作品被命名为《德古拉的客人，以及其他怪异故事》。

正如那只神秘出现提供了热量的狼一样，《德古拉》也为弗洛伦丝贡献良多。作为交换，她肯定会鼓励德古拉最令人诧异的变形——不是一只蝙蝠或一只狼，而是20世纪的一个英俊男主角。

第十六章
传奇,"流芳百世"

当时的小剧院(The Little Theatre)是伦敦西区很小的一个演出场所:它位于斯特兰德的约翰街,只是一个格局简单、功能齐备的平顶小礼堂,在一端有一个舞台,大厅里挂着几幅装饰性的绘画。它当时最多能容纳三百名观众。

1927年情人节的那天,弗洛伦丝·斯托克和她的儿媳来了。她们最尊贵的席位就在过道边。剧院的经理早就接到指示,要留意那位美丽娇小的女士,护送她穿过观众,同她聊天,如果她仍不满意的话,那就保持微笑和点头。毕竟,今天晚上每个人到这儿来的原因、这出戏剧会上演的原因,就是斯托克夫人。因此,一定要对她恭恭敬敬。

布拉姆·斯托克就曾在兰心剧院负责这种照管的工作,护送皇室成员去吸烟室,转送牛排屋的请柬,为亨利·欧文的客人挑选话题或提供茶点。因此,从某个意义来说,弗洛伦丝无论就如何掌控这样的谈话还是如何运作一个宏伟的剧院来说,都是一个专家。而她认为小剧院的这个经理很明显是个外行——磨损的鞋,不干净的指甲。布拉姆甚至不会雇他当引座员。

她了解这些。她出席了兰心剧院的大部分首演之夜，曾被隆重介绍给伦敦社会最好的阶层。她就在《温德米尔夫人的扇子》首演的现场，还是由剧作家本人亲自邀请的。正是在那个晚上，她引人瞩目的锦缎披肩得到无数称赞。奥斯卡后来出现在舞台上，手里夹着雪茄，西服的翻领上别着那朵饱受诟病的绿色康乃馨。

而小剧院中没有一丝这种旧日的庄严。剧院的装饰可怕而平庸，只有刷得雪白的墙和不舒服的椅子。亨利·欧文绝不会走进这么一个地方的。她周围的观众拖拖沓沓，嘟囔着，揉着节目单，脱了外套，然后坐下来。兰心剧院的观众可不是这样。小剧院的这个夜晚只能让她想起自己现在已经沦落到什么地步。

弗洛伦丝盯着节目单，她的白内障让她无法阅读。她的儿媳低声给她念着印在节目单前面的字："汉密尔顿·迪恩（Hamilton Deane）呈现的吸血鬼戏剧《德古拉》，由汉密尔顿·迪恩和H. L. 沃伯顿（H. L. Warburton）出演，改编自布拉姆·斯托克著名的小说。"今晚是《德古拉》在伦敦的首演之夜。弗洛伦丝叹口气，摇摇头。她在三年前第一次读这个剧本的时候就讨厌它，但并不妨碍她兑现支票，那是从这出戏剧的地方性演出中获得的似乎无穷无尽的版税。德古拉伯爵一旦宣布了他的神秘力量对票房的影响，接下来自然而然地就是对伦敦的入侵，正如他在小说中做的那样。

或许弗洛伦丝曾经想起这出戏剧一度是她丈夫的梦想，但更有可能的是，她早就忘掉了布拉姆昔日的计划。她现在只把《德古拉》当作一个简单而必要的收入来源，是她曾得到过的最好的东西。

剧院里灯光闪烁，然后熄灭了。舞台角落里的钢琴弹出一段快速的前奏，一段斯洛伐克旋律通过刺耳的音符在塑料墙之间回响。幕布升起，露出一个非常普通的书房——绘制的书架、垫得厚厚的椅子、一把睡椅、一个壁炉。一个穿着常礼服、上了年纪的男人迅速走上舞台，在壁炉前站定。他看了看自己的手表，然后用手指在壁炉架上打着鼓点。弗洛伦丝·斯托克向前倾身，盯着舞台上那片黄白色的灯光，等着看接下来会发生什么。她身下的椅子咯吱直响，就像教室里的一样。

一个年轻人通过一扇门走上舞台，门关上时摇晃的样子说明了整出戏剧廉价的舞台布景。"她怎么样了？"上了年纪的人问，仿佛从牙齿里把每个字挤出来似的，平平淡淡没有任何起伏。年轻人回答："没什么变化，依旧苍白，没有精神，但尽量表现出活泼的样子。"

他们的演出相当糟糕。

"唉，我实在搞不懂这件事……我从医这么久，从来没见过这样的事情……"

遗孀的心一沉。她观看过布斯的《奥赛罗》、艾伦·特丽的《麦克白》，听过王尔德出人意表的妙语警句在观众中引发的沸腾的欢笑。她自己还出演过一部丁尼生的戏剧，那个首演之夜简直是无与伦比。她可以确信，自己现在听到的绝对是戏剧史上最愚蠢的台词。演员们不伦不类地发出的每个音、每个词，都仿佛戳在她身上的匕首一样。

舞台上的年轻人停了会儿，然后站起身。"我的天哪，如果你那位科学家朋友能来的话就好了。"

欧文曾经怎么说来着？是的，《德古拉》真的是糟透了。

作家兼德古拉研究专家戴维·斯凯尔详细记录了斯托克这部维多利亚时期的吸血鬼小说曲折地进入爵士时代的过程。据斯凯尔所说："从某种意义上，德古拉成了弗洛伦丝的保护神。它为她提供了一份稳定而稍显单薄的生计。她打算从戏剧和电影版权中牟利，但盗版者激怒了她。"

在丈夫去世后，弗洛伦丝·斯托克的生活虽说不上是挥霍无度，但也非常舒适。她搬到了骑士桥（Knightsbridge），成为那一地区社交界的核心人物，观看戏剧和歌剧，和儿子诺埃尔一家乘坐游轮，享受假期。她还吸引了大批奥斯卡·王尔德的支持者，她把她昔日的恋人称作"可怜的奥"（Poor O），还炫耀般地展示了王尔德为她绘制的一小幅水彩风景画。

作为一个回头率颇高的美女，她在老年依旧保有了自己的美貌和虚荣。她的家人们称她为哞婆婆（Granny Moo），认为她"优雅、冷淡"，"更像是一件超然不俗的饰物，而不是一个充满激情的女人"。无独有偶的是，一个来自科陶德艺术学院（Courtauld Institute of Art）、名叫文森特·普莱斯（Vincent Price）的美国学生曾去拜访她。这件事发生在普莱斯对表演感兴趣之前，当然更是在他凭借自己的恐怖角色出名的多年之前。普莱斯将斯托克夫人评价为"虚弱、娇小……接受别人献殷勤，身边满是她年轻时的画像"。

同时她还非常固执。1922 年，她花了 1 英镑 10 先令加入了英国作家协会，这是她作为自己丈夫文学作品负责人的权利。在加入这个协会后，她立即给协会的秘书 G. 赫伯特·斯林（G. Herbert Thring）写了封抗议信，信中她还寄去了一张在柏林新上映的电影的海报。电影的名字叫《诺斯费拉图：恐怖交响曲》（*Nosferatu, A Symphony of Horror*），导演是 F. W. 穆尔瑙（F. W. Murnau）。

这应该是弗洛伦丝·斯托克花过的最划算的 1 英镑 10 先令。因为在接下来的十五年中，她不断地用一份自己受到冒犯的吓人记录去轰炸斯林先生，督促他去维护她的权利。对她来说，《诺斯费拉图》是一种特殊的诅咒。为此她从一个国家追到另一个国家，成功地阻止它多年之内在英国上映。她甚至还追到了美国，试图阻止这部电影在那里上映。后来她终于得到一家德国法庭的判决，然后几乎摧毁了该影片在市面上流通的所有拷贝。当制作这部电影的工作室普拉纳影业（Prana-Film）迅速破产时，她的法律演习显得尤为圆满。后来，弗洛伦丝又开始不懈地起诉普拉纳影业的破产受益人。

斯托克夫人从没看过《诺斯费拉图》，她也不想看。但幸运的是，这部杰作保留了下来，并成为一部著名的德国表现主义默片。当然，电影的剧情大部分来自《德古拉》——在美国，它最初就被宣传为《德古拉》。从很多方面来说，《诺斯费拉图》比《德古拉》更像是《德古拉》。制片人兼设计师阿尔宾·格劳（Albin Grau）抛弃了小说中现代伦敦的设置——包括打字机和留声机——将故事放到了1838年的德国。它陈旧，充满异国情调，仿佛玛丽·雪莱的弗兰肯斯坦身处的世界。同样，欧罗克伯爵（电影中的德古拉）很高，看起来就像一具尸体。他是一个令人胆寒的怪物，长着蝙蝠似的耳朵和啮齿动物般的牙齿。《诺斯费拉图》中对瘟疫的描述是直观而清晰的。当吸血鬼乘坐的船靠岸时，一种神秘的瘟疫控制了整个城市。欧罗克伯爵扬着爪子走过来，或从船上的棺材中坐起身的场景成为电影史上最恐怖的几幅画面。

布拉姆·斯托克在小说中制定的规则是阳光会消减吸血鬼的力量，但格劳和穆尔瑙首次夸大了这种效果，暗示出阳光对吸血鬼来说是致命的，这种设计完全适合于特技的表现力。在《诺斯费拉图》的结尾，欧罗克伯爵消失了，他变成透明的，最后完全消失了。好莱坞采用了这条规则，并把它炉火纯青地运用到20世纪三四十年代令观众着迷的一系列《德古拉》的续集电影之中。

在弗洛伦丝·斯托克同德国公司的战斗中，一位名叫汉密尔顿·迪恩的爱尔兰演员向她提出一个建议。迪恩一直着迷于将《德古拉》搬上舞台。在都柏林时，他的家族和斯托克家族都彼此熟悉。他还曾在1899年加入了亨利·欧文的巡演剧团，也曾有机会见到布拉姆·斯托克——尽管他太害羞，没敢同作家讨论他的《德古拉》。

多年以来，迪恩一直试图找到合适的剧作家来实施这个计划，但他们都认为这部小说根本无法改编成剧本。小说的日记体是第一个障碍，而且演员的阵容会非常庞大，经济上承受不起，也绝对不会通过审查。最后，迪恩的妻子建议他可以自己写这个剧本。1923年，他因为感冒卧床期间，居然迅速地完成了寻找了二十多年的剧本。

汉密尔顿拥有在英国巡演的轮演剧团，所以他写了一出刚好满足自己需要的简化版戏剧。他去掉了小说开篇中大部分令人胆寒的特兰西瓦尼亚的故事情节，将戏剧设为三幕剧，分别是伦敦的一间客厅、米娜的卧室和作为简短终曲的一个地下墓室。昆茜是一个随身配枪的美国女性，露西被彻底消灭，德古拉成为一个披着歌剧里丝绸披肩的高大欧洲绅士，他头发里白色的条纹象征了他魔鬼似的角。剧本中也没有吸血鬼猎人们杀回东欧的情节，他们冲到隔壁的房子，找到棺材，用一根木桩刺穿了它。

这个结局出人意料地平淡和乏味，这样一个室内惊悚故事看起来更像是《温德米尔夫人的扇子》，而不是兰心剧院的戏剧。他寻求斯托克夫人的授权。她并不喜欢这个剧本，她能读出来，迪恩的剧本采取了捷径。但她同样也意识到这将是她同《诺斯费拉图》战斗期间一个快速的盈利方法。迪恩的戏剧于1924年6月——悄悄地混在一些最受欢迎的轮演剧目之中——在德比（Derby）上演。

而且从首演之夜开始，《德古拉》就获得了毋庸置疑的成功。观众并没有期待一出好戏，由于吓人的故事，他们乐意原谅戏剧里的那些错误。它令他们尖叫，令他们紧张地傻笑。如果说这些激动很廉价——尖叫、蝙蝠、迷烟和爆炸的闪光——这些激动绝对会令人耳目一新。

还有一种可能，《德古拉》的成功部分是由于大木偶剧场两年前的演出。1920年，法国著名的恐怖戏剧团在伦敦的小剧院第一次上演了其怪异戏剧的英语版——后来也正是在这个刷得雪白的房间里举行了《德古拉》的首演。大木偶剧场因为血腥的心理恐怖而招来大量批评。他们的戏剧总是需要细细品味，那带着异国风情的时事讽刺剧总会给观众带来异乎寻常震撼的感受，"夹杂着热水、凉水的淋浴"。观众一旦了解了大木偶剧场的戏剧后，《德古拉》就出场了。这出戏剧是原汁原味的英国出品，带着令人安慰的笨拙和令人发狂的熟悉。但人们接下来就惊讶地从中发现某些全新的东西——某些时髦的大木偶剧场的东西。

汉密尔顿·迪恩选择扮演范海辛，他的妻子朵拉·玛丽·帕特里克（Dora Mary Patrick）扮演米娜。后来加入演出阵营的是23岁的雷蒙德·亨特利（Raymond Huntley），他后来扮演了上千次的德古拉伯爵。汉密尔顿·迪恩飞快抛掉了他剧团中的其他22部戏剧，因为它们已毫无必要。观众只想看《德古拉》。他在各个地方性的剧院里巡演了近两年，"有了《德古拉》，我们绝不会变穷。"他写道，"到了那个时候，靠这出戏剧我就可以躺着数钱了。无论如何，情况绝对不会变糟。"

当这出戏剧在1927年的情人节上演时，迪恩已经对伦敦的评论界做了最坏的打算，事实也确实如此。

《泰晤士报》认为在这出戏剧中"根本没有布拉姆·斯托克的影子"，那些转折都很粗糙，大部分只是响亮的噪声，"我们之中的大部分人在每幕中至少从椅子上站起过一次"。他们的表演非常业余。迪恩扮演的范海辛的口音被专门指出，尤其是因为他的口音在幕间休息时神奇地消失了。《晨邮报》（The Morning Post）一口咬定迪恩没有能力写出任何对话，扮演米娜的朵拉·玛丽·帕特里克被称为"雄辩家的终生受害者"之一。这家报纸还引用她抱怨"Leth Are Gee"（Lights Are Glare，灯光太耀眼）影响了她送"Leems"（Leers，秋波）。（这是对使观众长期着迷的亨利·欧文的马虎发音一个很好的歪曲。）《笨拙》（Punch）用一个乏味的难题结束了自己的评论："悲哀的是为什么这类东西偏偏成了人们的娱乐活动。"

迪恩的自尊受损，直到他收到票房进款。观众没办法不去看这出戏。因为观众数量，他们搬到了一家更大的剧院——约克公爵剧院（Duke of York's Theater）上演，迪恩还不停地通过各类宣传的花招来吸引观众。一则广告安慰人们说："在表演期间始终会有一位护士在场。"护士紧张地站在舞台一角，想必是关注着那些昏倒的观众，而且当然会有观众昏倒。大木偶剧场在小剧院表演时也使用了同样的花招，后来则是 1921 年，音乐厅的魔术师 P. T. 塞尔比特（P. T. Selbit）上演他的新魔术《把一个女人锯成两截》时。

在伦敦的首演之夜，斯托克夫人甚至没有到后台去同演员会面。她对演出非常失望，而且极其令人厌恶地要同迪恩分享收益。作为这个故事的拥有者，她立即找到剧作家哈里·莫雷尔（Harry Morrel），委托他去为自己写剧本。这个版本的《德古拉》更加庸俗而絮叨，还从小说中引用了更多的事件。它于 1927 年 9 月第一次在沃灵顿（Warrington）上演，然后就迅速失败了。

与此同时，观众继续蜂拥赶到伦敦，《德古拉》在再次巡演之前至少上演了 250 多场。人们的需求是如此之多，迪恩不得不组织了三个不同的巡演公司。斯托克小说原本不景气的销量也受这出戏剧的影响，提高到每年两万册。

这一切的结果就是，支票不停地寄到弗洛伦丝·斯托克的公寓。

出版商兼百老汇制片人贺拉斯·利沃莱特（Horace Liveright）在1927年早些时候到了伦敦，他在小剧院观看了四次《德古拉》。他对它既爱又恨，决心一定要让它在纽约上演。

他同弗洛伦丝·斯托克就美国版权进行了协商，坚持百老汇一定会对迪恩的剧本进行改编。然后他担保，由美国剧作家约翰·鲍尔德斯顿（John Balderston）来改编，并继续同这个令人不耐烦的寡妇进行棘手的谈判。

美国版的《德古拉》在1927年10月在百老汇上演。这出戏剧没有什么过多的野心，利沃莱特和鲍尔德斯顿去掉了一些可笑的对话，他们还去掉了某些角色，加入了一些他们自己的噱头。比如，一名女演员会在黑暗中从后台溜到观众之中，然后当德古拉袭击他的受害者时，她就会在这个时候大声呻吟，听起来就像是一个观看演出的可怜女人压抑不住自己的情感。在演出结尾处，范海辛会走上前，发表一番幕前致辞："在你们走之前我还有一些话要说。希望德古拉和伦菲尔德不会让你做噩梦，我保证。当你今晚回到家，关掉了所有的灯……你害怕看到有张脸出现在窗户边上……！啊，振作起来，要记住，毕竟，世上有这些东西！"

利沃莱特提出要将扮演伯爵的雷蒙德·亨特利（Raymond Huntley）和扮演精神病人伦菲尔德的伯纳德·朱克斯（Bernard Jukes）带到美国。朱克斯接受了，但亨特利因为每周125美元的周薪拒绝了。后来这个角色落到一个刚刚到百老汇开始自己演出生涯的罗马尼亚演员贝拉·费伦茨·德若·布拉斯科（Belá Ferenc Dezso Blasco）身上，他的艺名是贝拉·卢戈西（Bela Lugosi）。

卢戈西的英语并不完美，他念起台词来参差不齐，听起来很奇怪。当利沃莱特观看他排练时，还担心自己是否做了错误的决定。但后来卢戈西终于有了观众，他发出了一种奇怪的、专横的咆哮，并带着一股危险的、性欲的能量。正是这个角色使他成名，而且说实话，也正是由于这个演员使得德古拉出名。

因为这一代人，德古拉被彻底改造了。卢戈西新奇的羽毛状的头发和敏锐的眼睛都十分像是鲁道夫·瓦伦蒂诺（Rudolph Valentino）——这个著名的外国默片明星凭借自己压抑性的目光和残忍的性感在美国女性中激发了一种狂热。1926年，瓦伦蒂诺意外去世。一年之后，他以德古拉的形象再次复活，他半是情人，半是尸体。（百老汇将卢戈西的眼睛四周涂黑，还给他抹上白绿色的化妆品。）斯托克笔下那个咆哮的白发老贵族不见了，现在他成了一个20世纪20年代的万人迷。

这出戏剧成功的另一个因素是它出人意料的观点。20世纪20年代初期，百老汇中充斥着带有神秘色彩的惊悚片，比如《猫与金丝雀》（The Cat and the Canary）、《蝙蝠》（The Bat）和《蜘蛛》（The Spider）。这些电影基本上都是一些侦探故事，里面神秘的现象总会有一个符合逻辑的解释，在落幕之前罪犯总会被发现。《德古拉》的惊悚在于它不加掩饰的神秘，而且从不给出任何解释或结局。

范海辛的演讲确保了这个因素。对大部分观众来说，这个晚上之所以恐怖就在于有人提醒他们："世上真有这些东西。"

评论家都非常谨慎，反而显得像是在开玩笑一样。《时尚》（Vogue）杂志写道："这出戏剧制作和表演上的粗制滥造可能会增加一些欢乐的成分，或者更可能的是创造了欢乐。如果每部分做得再好一些，整出戏剧可能就没这么好笑了。"《纽约时报》认为："这些材料带有些许病态的精彩，并且当然，它非常愚蠢。"《纽约镜报》(*The New York Mirror*)把它比作一个披着床单大叫着"呸"的小男孩。《纽约客》(*The New Yorker*)认为如果没有那么多"彻头彻尾的胡扯"的话可能会好些。但是亚历山大·伍尔科特（Alexander Woolcott）的看法似乎把握住了这出戏的精髓："你们原本拥有的情节期待，现在准备扔掉吧。"

当然，《德古拉》在百老汇取得了巨大的成功。

好莱坞打来了电话。

这出戏剧的成功意味着《德古拉》的商业潜力不容小觑。在参与竞争的多家工作室中，环球影业脱颖而出赢得了青睐，尽管工作室的老板卡尔·拉默尔（Carl Lammele）觉得制作恐怖电影的想法是"病态的"。应该是他的儿子，21岁起就开始掌管工作室的公司的继承人小卡尔·拉默尔赞成这种想法。

据报道说著名的默片影星，被称为"千面人"的朗·钱尼（Lon Chaney）准备要出演《德古拉》，直到钱尼突然去世。制片方对贝拉·卢戈西不感兴趣，认为他严格来说是一个戏剧明星，缺乏电影方面的吸引力。卢戈西居然联系上斯托克夫人，请她帮忙协商电影版权，还向工作室推销自己。

不幸的是，由于斯托克夫人的手段，在原版小说和三份彼此独立的戏剧剧本之间，版权处于一种无望的混乱之中。正当《德古拉》似乎绝望地沦为一场关于错误的法律喜剧时，遮在吸血鬼这轮满月上的乌云开始缓慢而神秘地散去。

卢戈西被雇用了，他的周薪被压低到500美元，总酬劳是3500美元。弗洛伦丝·斯托克得到了60000美元。

环球影业的《德古拉》可能是电影史上最糟糕的"伟大"电影之一。曾指导了朗·钱尼最成功的影片的托德·布朗宁（Tod Browning）担任导演，在百老汇演出中扮演范海辛的爱德华·范·斯隆（Edward van Sloan）在电影中延续自己的角色，一名好莱坞性格演员德怀特·弗赖伊（Dwight Frye）令那个恶意地瞥视、大笑的伦菲尔德知名起来。但当剧本经过了无数的好莱坞作家之手后，它成了一个包括小说和戏剧的凌乱拼凑。现在去特兰西瓦尼亚会见伯爵的成了伦菲尔德——而且他在那里被伯爵而不是吸血鬼新娘们引诱，这就令乔纳森·哈克这个角色无用武之地了。先是对特兰西瓦尼亚的风光和德古拉的城堡进行印象派的拍摄，这也是这部电影一直为人称道的地方，随后场景转换到了伦敦，并且开始模仿汉密尔顿·迪恩剧本里的客厅场面。

如果说电影版的《德古拉》令人着迷的话，那是由于它超凡的品质。这部电影里没有百老汇演出中那种充满浮夸的欢乐，反而显得可怕而严肃。卢戈西特立独行，令人着迷，对话稀少而怪异，人物动作迟缓且模糊。电影中没有设置背景音乐，有的只是沉默中的爆裂声和嗒嗒声。最后，一阵啜泣和画外"砰"的木桩声结束了这部电影。范海辛著名的幕前致辞最初也被收录其中，它总是令观众会心一笑，后来在胶片中被删去。

电影在1931年2月上映，评论家意见不一。《洛杉矶时报》(*The Los Angeles Times*)认为它是"一部普通的恐怖电影"，一部"缺乏能引起更广泛同情心的奇特之作"。当然，它十分轰动，获得了空前的成功。

这部电影在第一年就收回了双倍的投资，之后仍不断地定期上映。之前谁都不认为是个聪明人的电影制片人小拉默尔在《德古拉》上演后被誉为天才。这种恐怖电影的流行帮助环球影业挺过了大萧条时期，第二年他们制作了《弗兰肯斯坦》，然后是《木乃伊》，还有一系列著名的怪物电影，只要缺钱就开拍。

德古拉为弗洛伦丝提供了非凡的服务。"你们以为这么做，我就无处藏身了，我还有更多藏身的地方。我的复仇计划刚刚开始！为了这个计划，我筹划了几百年，现在该我行动了。你们所爱的那些女人们现在已经属于我啦。"

汉密尔顿·迪恩和环球影业公司使得她的生活变得奢侈起来，她甚至把家中的三楼建成了画廊。弗洛伦丝·斯托克在1937年去世时，留下了将近7000英镑的财产，和布拉姆·斯托克去世时留下的相比已经多了许多。

当然，接下来发生的事算是巧合，但也许可以说是某种充满诗意的公平。

1939年3月，汉密尔顿·迪恩带着他的《德古拉》返回伦敦，在冬日花园剧院（Winter Garden）开始另一场西区演出时，制片人使用了美国人的剧本。在扮演了多次同德古拉对质的范海辛之后，迪恩这次选择了明显更出彩的德古拉。当观众增多后，他们不得不换到另外一家剧院，迪恩在最后一刻发现了合适的地方——那就是亨利·欧文的老兰心剧院。

1939年的这次签约就仿佛一系列神秘巧合所结成的蛛网一样。可以想象，斯托克同欧文的鬼魂正看着德古拉在他们的舞台上趾高气扬地走来走去。汉密尔顿·迪恩穿着那种歌剧斗篷，扮演著名的伯爵。然后，因为一部电影来到伦敦的贝拉·卢戈西在一次表演结束时走上舞台。这是他和迪恩的第一次见面。这两个德古拉拥抱，互相鞠了个躬。在《德古拉》表演结束之后，兰心剧院上演的是约翰·吉尔古德（John Gielgud）的《哈姆雷特》——吉尔古德是艾伦·特丽的外甥，而哈姆雷特不仅是欧文最著名的角色之一，还是他和艾伦·特丽合作的第一部戏剧。

在《哈姆雷特》之后，兰心剧院就被迫关闭，伦敦计划拆除这座建筑来拓宽街道。兰心剧院空置了有十年之久，后来被改成了一家舞厅。它在1996年被全面整修，还在1999年主持上映了迪士尼的《狮子王》。

在拍完《德古拉》几个月之后，卢戈西拒绝了《弗兰肯斯坦》中那个怪物的角色，认为这个怒气冲冲咆哮着的形象太没有挑战性了。当然，当时还不知名的英国性格演员鲍里斯·卡洛夫（Boris Karloff）凭借《弗兰肯斯坦》一举成名，这就使得卢戈西对弗兰肯斯坦的拒绝带有些许富有诗意的公平。当年正是雷蒙德·亨特利拒绝到百老汇出演《德古拉》，才使得卢戈西崭露头角。

卢戈西受益于德古拉这个角色，同时也受到它的束缚。他绝望地一再出演这类角色，只要他一披上那件著名的斗篷，观众就会蜂拥而至。他出演了一系列恐怖电影和许多《德古拉》的续集，总是受到欢迎。1956年卢戈西去世时，他已经扮演了许多这种已经开始退潮的、令人绝望的角色，后来由于药物上瘾而瘦骨嶙峋。他在下葬时披着德古拉的斗篷，这是他儿子和前妻的决定，他们认为他肯定也想这么做。

汉密尔顿·迪恩一直扮演德古拉到1941年，然后他就退休了。他在1958年去世。

布拉姆·斯托克的怪物出现在他总共390页小说的62页之中，而且很多次出场是以蝙蝠或狼的样子。德古拉很少发表长篇大论，几乎从未表达过自己的观点或动机，对他外表的描绘模糊到令人困惑的地步。在小说的后半部分，他几乎消失在吸血鬼猎人洪流般的日记、推测和路线安排之中。他变成了一种模糊的疾病，一种可以用科学思维和谨慎计划击败的瘟疫。他不像是一个恶棍，更像是一个悲剧英雄；但他不是人类，更像是某种瘴气。

"一部很少讲述德古拉的《德古拉》"可能是布拉姆·斯托克最伟大的成就了。这就意味着读者可以对伯爵进行自己的解读——人们可以去填补他的性格特征，推测他的思想和动机，这就使得对斯托克创作动机的探寻——比如欧文、王尔德、惠特曼、"开膛手杰克"——不仅是一个有意思的谜题，更成了理解作家的钥匙。

作品中德古拉的缺席同时还提供了另一个机会。这个故事可以世世代代地改编下去，会有形形色色、截然不同的吸血鬼，这个尘封的故事可以发生在20世纪20年代伦敦的客厅中，也可以发生在20世纪80年代的联排公寓之中。不考虑中世纪的特兰西瓦尼亚的话，德古拉可以改头换面地出现在当代观众面前——或更有甚者，他可以出现在他们的噩梦中。

就算斯托克写作的技能并不出色，但他的个性使他可以接触周边那些名人，默默地观察他们的性格特征，综合他们的缺点，梳理他们的悲剧。斯托克将这些整合成了一种新的梦魇：沃尔特·惠特曼大胆的肉欲、奥斯卡·王尔德腐化的堕落、亨利·欧文的神秘角色或"开膛手杰克"残忍的恐怖。这些尘封许久的历史人物令人困惑，因为这些噩梦已经从人们的记忆中淡去许久了，我们已经不再需要它们了。我们现在有了自己的噩梦。

就算布拉姆·斯托克真的从未意识到，在他关于审查制度的看法掩盖之下，《德古拉》其实是关于性的作品。吸血鬼的故事只是性欲的代言，这对那些不允许去思考性的读者来说是一次极具诱惑的冒险。

作家莫里斯·理查森（Maurice Richardson）试图用精神分析疗法来分析这部小说，他在1959年发表的文章中将其描述为一种"包含了乱伦、恋尸癖、性虐待的摔跤比赛"。再清楚地说就是，《德古拉》可以是我们想要的几乎所有的东西。加布里埃尔·罗内（Gabriel Ronay）将小说评价为"显示社会流行风潮的风向标"。而且，我们的老吸血鬼说得对，时间的确站在他那一边。

1976年，安妮·赖斯（Anne Rice）的小说《夜访吸血鬼》（Interview with the Vampire）——及其续集《吸血鬼纪事》（The Vampire Chronicles）——彻底颠覆了之前的吸血鬼类型小说。在她的作品中，人们忽然意识到吸血鬼看起来永恒而迷人的生命及他们的过往肯定非常有趣。德古拉似乎从未注意过千百年来的受害者——只是当作一次次盛宴而已，但赖斯的路易斯却是一个深富真知灼见的伟大的日记作家，或者说美食评论家，他能回忆起每次品尝美味时啃咬的所有细节。

《夜访吸血鬼》出现在艾滋病的全面暴发之前，但她这部现代吸血鬼小说却迅速被解读为这种新的瘟疫。在作品中，路易斯解释了他是如何在百年前通过莱斯特成为吸血鬼社会中的一员。《夜访吸血鬼》走得比斯托克更远，而且赖斯在作品中大肆张扬激情，丝毫不以她双性恋的吸血鬼为耻。

"艾滋病的故事成为一个老套的恐怖电影剧本，"作家戴维·斯凯尔发现，"一种有害健康的血液疾病……每个受害者都能制造更多的受害者……只有当传统的性别角色得以遵守时才能控制这种传染病……与这个怪物相关联的是性的许可问题。"

最近几年，德古拉被改造为一个十几岁的年轻人——比如爱德华·卡伦（Edward Cullen），一个全新的满是激素的梦幻般拜伦式的神秘男主角。斯蒂芬妮·梅尔（Stephenie Meyer）自2005年开始出版的《暮光之城》（*Twilight*）系列小说，受到年轻人的追捧，其中的人物形象光彩夺目，而不是散发着棺材的腐臭。她的人类女主角贝拉·斯旺（Bella Swan）使读者纷纷想象是自己身处这个吸血鬼故事之中。贝拉就是现代版的米娜·哈克。"贝拉是每个女孩，"梅尔在一次访谈中解释道，"她不是英雄。她不一定非要特别酷，或者总是穿着最酷的衣服。她很普通。贝拉是个好女孩，她正是我对年轻人的印象，因为我的青春就是那样的。"

"如果我对他们说，你知道，'它讲的是吸血鬼，'然后立刻每个人都会有这本书应该是什么样子的心理印象，"她说，"而且它和之前的吸血鬼小说完全不同。它不是那种黑暗、沉闷、嗜血的世界。然后当你说'它发生在高中'，很多人立即就把它归为另一种［类型］。"

但正如她的《暮光之城》的小说销量和电影票房所证明的那样，这种组合是让人无法抗拒的。在她的吸血鬼故事中，展现的都是深深的悲剧和反文化的英雄主义，被剥夺了各种权利的年轻人理所当然地感同身受，或许他们自身的感受还要更多一些。当然，对吸血鬼的迷信在某种程度上还代替了性——这是青少年另一个不被允许提及的话题。吸血鬼不再需要研究和分类，它已成为文化的一部分。梅尔将传统的吸血鬼套路同她自己的神话相结合，但她从没看过任何吸血鬼的电影，也没有读过斯托克的《德古拉》。"它在我的阅读清单上，"她说，"我早就应该去读那本书，但我看不了其他人的吸血鬼故事。"

《德古拉》证明自己经得起任何考验，能通过各种媒介，吸引每个观众，成为最挣钱的工具。不管怎样，在过去的20年中，它引发了许多有意思的实践——德古拉仿佛又回到了百花齐放的维多利亚时代的伦敦：音乐剧版的《德古拉》、歌剧版的《德古拉》、特效版的《德古拉》等，为各种门类的观众专门打造的《德古拉》。一个评论家可能会注意到，伯爵离奇的魅力并不是没有局限的，或许他还是最喜欢躺在装有泥土的、阴冷的棺材中。制作低廉的《德古拉》在某些方面令人扫兴——20世纪20年代的演员们冲着舞台下的玻璃灯罩咆哮来模仿狼，而耗资甚巨的《德古拉》又让观众心寒——它看起来就像精心制作、电脑掌控的吸血鬼的空中芭蕾。

可能正是这些原因，亨利·欧文这个某些方面很像吸血鬼的、技艺精湛的演员一度嘲笑布拉姆·斯托克。可能他已经意识到《德古拉》从不需要兰心剧院。只需一件老式斗篷、一阵烟雾、一个穿着睡衣的女人催眠般的目光——德古拉就出现了，悄悄地走进我们的梦境，带着一股推开法式大门的坚定。

人们一旦经历过某个真正伟大的噩梦，那么就永远不会忘掉。当我们闭上眼睛时，它会自然而然地出现。它只需要你的想象，而且从未远离。

致谢和出处

我的经纪人吉姆·菲茨杰拉德（Jim Fitzgerald）是第一个对我说起"布拉姆·斯托克"的人，他没有想到多年以来我会沿着这条曲折的线索，把它变成了一个关于德古拉的历史故事。

这项计划被交到我的编辑——塔彻（Tarcher）出版社的米奇·霍洛维茨（Mitch Horowitz）手中，我非常感激他在整个写作过程中的热情以及认真的建议。

我曾在20世纪80年代早期和奥森·威尔斯一起工作过，他认为斯托克创造的这个角色的原型就是亨利·欧文，但之后的研究拓宽了这个范围，还给故事增加了许多深层的复杂性，从几十个精彩的德古拉研究资料中提取、收集这些线索简直太令人着迷了。

关于德古拉，现在有非常多引人入胜的研究资料，我从那些见闻广博、颇有见地的作家杰出的作品中获益良多。在这里，我要特别指出的是戴维·斯凯尔，他研究德古拉在流行文化中进化过程的杰作《好莱坞的哥特风》（*Hollywood Gothic*）是对我的第一个启发。斯凯尔先生之后又继续出版了许多关于德古拉的原始资料，还给出了自己的评论。

同理，伊丽莎白·米勒在她的多部作品中也收集了大量关于德古拉的重要资料，她的研究表现了勤勉的工作和精彩的洞察力。我认为没有人能像伊丽莎白·米勒那样为德古拉研究找到正确的道路，提供正确的见解。

在罗森巴赫图书馆时，法勒·菲茨杰拉德（Farrar Fitzgerald）和伊丽莎白·富勒（Elizabeth Fuller）对我帮助很大。

最后，感谢我的朋友兼《德古拉》书迷理查德·考夫曼（Richard Kaufman）和马蒂·德马雷斯特（Marty Demarest），他们为我提供了全新的批评视角。感谢戴维·雷加尔（David Regal）和本·罗宾逊（Ben Robinson）的建议和鼓励。还有我的妻子弗朗姬·格拉斯（Frankie Glass），感谢她在这个过程中的支持、观点和意见。

第一章　恶魔，"以意想不到的方式"

我对亨利·欧文的《浮士德》排练和制作的过程是根据多种描述而来的。布拉姆·斯托克在《对亨利·欧文的个人回忆》（New York：MacMillan Company，1906）中讲述了布罗肯场景的故事和他对整体效果的忧虑。《浮士德》的制作过程在迈克尔·布斯的《维多利亚时代的壮观戏剧》（*Victorian Spectacular Theatre*，London：Routledge & Kegan Paul，1981）和乔治·罗威尔（George Rowell）的《欧文时代的戏剧》（*Theatre in the Age of Irving*，Totowa，NJ：Rowman and Littlefield，1981）中得到了精彩的描绘。

埃德温·布斯（Edwin Booth）的评价出自布斯的《维多利亚时代的壮观戏剧》。这本书同样解释了专门安装的特效，对欧文安装在兜帽上的独特的灯光做出了推测。迈克尔·布斯在灯光效果方面引用了多部资料，认为欧文在戏剧中使用了三种不同颜色的灯光，或许欧文专门进行过实验。但我认为这种观点有些牵强附会，这种微妙的效果在 1885 年时应该没有办法实现。斯托克的《个人回忆》中提供了神奇的剑光的细节。布斯在《维多利亚时代的壮观戏剧》中解释了首演之夜的事故。

《浮士德》很好地证明了欧文在戏剧舞台上独特的贡献，以及他对错觉艺术和舞台效果相结合的品位。我相信这种异常紧张的、戏剧性的氛围肯定对斯托克产生了重要的影响，他一定从同样手段中看到了他理想的故事。

欧文对斯托克所说的有关布罗肯场面的评价出自斯托克的《个人回忆》。

艾伦·特丽关于灯光的评价出自艾伦·特丽的《艾伦·特丽回忆录》(*Ellen Terry's Memoirs*，New York：G. P. Putnam's Sons，1932)，此书的共同作者有 Edith Craig 和 Christopher St. John)。布斯的评价和亨利·詹姆斯的批评均出自《维多利亚时代的壮观戏剧》。戴维·德文特的观察出自戴维·德文特的《我魔法的秘密》(*Secrets of My Magic*，London：Hutchinson and Company，1936)。

第二章　男孩，"生而羞涩"

斯托克对他与欧文之间关系的解释出自斯托克的《个人回忆》。关于布拉姆·斯托克的早年生活，我借鉴了他的《个人回忆》(里面包含一些有关他童年的自传性材料) 和他的四位传记作家的作品：哈里·卢德伦的《〈德古拉〉的传记：布拉姆·斯托克的一生》(*A Biography of* Dracula，*The Life Story of Bram Stoker*，London：Quality Book Club，1962)、丹尼尔·法森的《写〈德古拉〉的人：

布拉姆·斯托克传》(*The Man Who Wrote* Dracula, *A Biography of Bram Stoker*, New York: St. Martin's Press, 1975)、芭芭拉·贝尔福德的《布拉姆·斯托克：〈德古拉〉作者的传记》(*Bram Stoker, A Biography of The Author of* Dracula, New York: Alfred A. Knopf, 1996)，以及保罗·默里的《在〈德古拉〉的阴影中：布拉姆·斯托克的一生》(*From the Shadow of* Dracula, *A Life of Bram Stoker*, London: Pimlico, 2005)。上面的几个传记作家中，有好几个都同斯托克的家庭成员和同事有联系。卢德伦的写作是在斯托克之子诺埃尔·斯托克的帮助下完成的，还借助了汉密尔顿·迪恩的回忆录，这位演员兼制片人将《德古拉》搬上了戏剧舞台。芭芭拉·贝尔福德充分利用了兰心剧院中斯托克的各种记录，包括许多私人记录。丹尼尔·法森是斯托克的侄孙，在诺埃尔去世之后完成了此书，他参考了大量的家庭信件，还得到了布拉姆的孙女安·麦考（Ann McCaw）和她的儿子诺埃尔·多布斯（Noel Dobbs）的帮助。斯托克家族的文件现在保存在三一学院中。

斯托克对亨利·欧文的早期看法出自斯托克的《个人回忆》。

奥斯卡·王尔德在都柏林的童年时光出自理查德·埃尔曼的《奥斯卡·王尔德》(*Oscar Wilde*, New York: Alfred A. Knopf, Inc, 1988)和埃里克·兰伯特（Eric Lambert）的《心急如焚：奥斯卡·王尔德父母的生活》(*Mad with Much Heart, A Life of the Parents of Oscar Wilde*, London: Fredrick Muller, 1967)。勒法努出自默里的《在〈德古拉〉的阴影中》和伊丽莎白·米勒编辑的《布拉姆·斯托克的〈德古拉〉》(*Bram Stoker's* Dracula, edited by Elizabeth Miller, New York: Pegasus, 2009)，这是一本有意思的书，也是研究德古拉的资料的重要来源。

波利多里的故事出自伊丽莎白·米勒编辑的《布拉姆·斯托

克的〈德古拉〉》，吸血鬼戏剧出自罗克萨娜·斯图尔特（Roxana Stuart）的《舞台上的鲜血：19世纪戏剧中的吸血鬼》（*Stage Blood, Vampires of the 19th Century Stage*，Bowling Green，OH：Bowling Green State University Popular Press，1994）和理查德·福克斯（Richard Fawkes）的《戴恩·鲍西考尔特》（*Dion Boucicault*，London：Quartet Books，1979）。斯托克同鲍西考尔特的会面出自默里的《在〈德古拉〉的阴影中》。

斯托克写给惠特曼的信是由斯托克在《个人回忆》中重述的（用模糊的语言），还引用了贺拉斯·特劳贝尔的《与沃尔特·惠特曼在卡姆登》第4卷（1889年1月21日—4月7日）（*With Walt Whitman in Camden*，Philadelphia：University of Pennsylvania Press，1953）。

斯托克对欧文的评价及《尤金·亚兰之梦》出自斯托克的《个人回忆》。

第三章　首席女演员，"只用真正的鲜花"

亨利·欧文的故事出自斯托克的《个人回忆》、贝尔福德的《布拉姆·斯托克》、劳伦斯·欧文的《亨利·欧文：演员及其世界》（*Henry Irving: The Actor and his World*，New York：The MacMillan Company，1951）、奥斯丁·布里尔顿的《亨利·欧文的一生》（*The Life of Henry Irving*，Benjamin Blom，New York：Bronx，1969）、弗朗西丝·唐纳森（Frances Donaldson）的《演员暨经理》（*The Actor-Managers*，Chicago：Henry Regnery，1970），以及戴维·梅尔所编的《亨利·欧文和〈钟声〉》（*Henry Irving and The Bells*，Manchester：Manchester University Press，1980），特别

是该书所附埃里克·琼斯-埃文斯的回忆录。

弗洛伦丝·巴尔科姆的资料来自卢德伦的《〈德古拉〉的传记》、法森的《写〈德古拉〉的人》、贝尔福德的《布拉姆·斯托克》和默里的《在〈德古拉〉的阴影中》。她同王尔德的关系出自埃尔曼的《奥斯卡·王尔德》。

亨利·拉布谢尔对欧文感兴趣出自欧文的《亨利·欧文》。

艾伦·特丽的资料来自斯托克的《个人回忆》、贝尔福德的《布拉姆·斯托克》、欧文的《亨利·欧文》和特丽的《艾伦·特丽回忆录》。

有关诺埃尔·斯托克和弗洛伦丝·斯托克的资料来自卢德伦的《〈德古拉〉的传记》、法森的《写〈德古拉〉的人》、贝尔福德的《布拉姆·斯托克》和默里的《在〈德古拉〉的阴影中》。有关王尔德的资料来自埃尔曼的《奥斯卡·王尔德》、尼尔·麦肯纳（Neil McKenna）的《奥斯卡·王尔德的秘密生活》(*The Secret Life of Oscar Wilde*, New York: Basic Books, 2005) 和弗兰妮·莫伊尔（Franny Moyle）的《康丝坦斯：奥斯卡·王尔德夫人的悲剧和丑闻》(*Constance, The Tragic and Scandalous Life of Mrs. Oscar Wilde*, London: John Murray, 2005)。

斯托克的早期小说出自贝尔福德的《布拉姆·斯托克》和默里的《在〈德古拉〉的阴影中》。他的短篇小说被收录到《布拉姆·斯托克作品全集》(London: Delphi Classics, Digital Edition, 2011)。评论出自卡罗尔·森夫（Carol A. Senf）编辑的《对布拉姆·斯托克的评论》(*The Critical Response to Bram Stoker*, Westport, CT: Greenwood Press, 1993)。

特丽和欧文的录音现在网上都可以找到。马克斯·比尔博姆引自贝尔福德的《布拉姆·斯托克》，欧文对莎士比亚台词的态度和特丽的反对意见都出自斯托克的《个人回忆》，她有关压路机的评论出自唐纳森的《演员暨经理》。

欧文的舞台效果出自斯托克的《个人回忆》和尼古拉斯·瓦尔达克（Nicholas Vardac）的《从舞台到银幕》(*Stage to Screen*, Cambridge：Harvard University Press，1949)。王尔德的信出自埃尔曼的《奥斯卡·王尔德》。

第四章　业务经理，"令人不快的事情"

法西出自贝尔福德的《布拉姆·斯托克》和默里的《在〈德古拉〉的阴影中》，它在舞台上的故事出自特丽的《艾伦·特丽回忆录》，斯托克在舞台上的表现出自斯托克的《个人回忆》。

欧文的戏剧作品出自奥斯丁·布里尔顿的《亨利·欧文的一生》、欧文的《亨利·欧文》、贝尔福德的《布拉姆·斯托克》和埃尔曼的《奥斯卡·王尔德》。为维多利亚女王的表演出自斯托克的《个人回忆》。斯托克在兰心剧院的工作出自卢德伦的《〈德古拉〉的传记》、法森的《写〈德古拉〉的人》和贝尔福德的《布拉姆·斯托克》。欧文的演讲出自斯托克的《个人回忆》。

霍尔·凯恩出自米勒的《布拉姆·斯托克的〈德古拉〉》和薇薇安·艾伦（Vivien Allen）的《霍尔·凯恩，一个维多利亚时期浪漫主义者的肖像》(*Hall Caine*, *Portrait of a Victorian Romancer*, Sheffield：Sheffield Academic Press，1997)。欧文的晚宴和牛排屋的夜晚出自斯托克的《个人回忆》、贝尔福德的《布拉姆·斯托克》和默里的《在〈德古拉〉的阴影中》。

斯托克的评论出自森夫编辑的《对布拉姆·斯托克的评论》，他接受的法律培训出自默里的《在〈德古拉〉的阴影中》。

欧文的巡演和对惠特曼的拜访出自布里尔顿的《亨利·欧文的一生》和斯托克的《个人回忆》。

凯恩出自米勒编辑的《布拉姆·斯托克的〈德古拉〉》，对斯托克的描绘出自约瑟夫·哈顿（Joseph Hatton）的《亨利·欧文的美国印象》(*Henry Irving's Impressions of America*, Boston: J. R. Osgood and Company, 1884)。路易斯·奥斯丁的评价出自法森的《写〈德古拉〉的人》。

惠特比度假出自贝尔福德的《布拉姆·斯托克》、默里的《在〈德古拉〉的阴影中》和米勒编辑的《布拉姆·斯托克的〈德古拉〉》。斯托克的笔记现在保存在费城的罗森巴赫图书馆，我在那里阅读了它们。图书管理员伊丽莎白·富勒对我帮助极大，且见闻极为广博。这些笔记被出版到布拉姆·斯托克的《布拉姆·斯托克的〈德古拉〉笔记》（影印版）(*Bram Stoker's Notes for* Dracula, A Facsimile Edition, Jefferson, NC: McFarland & Company, 2008)，由罗伯特·艾廷-毕桑（Robert Eighteen-Bisang）和伊丽莎白·富勒编辑整理。

第五章 吸血鬼，"我是德古拉"

为了概括斯托克著名的小说，我使用了两个非常精彩的带注释的版本，一个比较老，一个比较新：伦纳德·伍尔夫导读、注释的布拉姆·斯托克《注释版德古拉》(*The Annotated Dracula*, New York: Ballantine Books, 1975) 和尼娜·奥尔巴赫（Nina Auerbach）和戴维·斯凯尔编辑的诺顿评论版《德古拉》(*Dracula*, New York: W. W. Norton, 1997)。

斯托克变换的结局出自米勒编辑的《布拉姆·斯托克的〈德古拉〉》和斯托克的《布拉姆·斯托克的〈德古拉〉笔记》。

第六章　总督,"恶魔般的狂怒"

关于螃蟹的说法最早出现在卢德伦的《〈德古拉〉的传记》。

罗森巴赫图书馆的故事以及引用的那些注释都出自斯托克的《布拉姆·斯托克的〈德古拉〉笔记》,我还参考了布里尔顿的《亨利·欧文的一生》。

斯托克同万贝里的会面,以及对亨利·莫顿·斯坦利的描述出自斯托克的《个人回忆》。

斯托克的写作假期出自贝尔福德的《布拉姆·斯托克》和默里的《在〈德古拉〉的阴影中》。斯托克的资料来源出自斯托克的《布拉姆·斯托克的〈德古拉〉笔记》,米勒编辑的《布拉姆·斯托克的〈德古拉〉》和克莱夫·莱瑟戴尔的《德古拉的源头》(*The Origins of Dracula*, London: William Kimber, 1987)。

关于德古拉伯爵的资料出自拉杜·弗洛雷斯库和雷蒙德·麦克纳利的《寻找德古拉》(*In Search of Dracula*, Greenwich, CT, New York Graphic Society, 1972)和上述两位作家的《德古拉的原型》(*The Essential Dracula*, New York: Mayflower Books, 1979)、米勒编辑的《布拉姆·斯托克的〈德古拉〉》、《德古拉(1488年纽伦堡版的翻译)》(*Dracula, A Translation of the 1488 Nurnberg Edition*, Philadelphia: Rosenbach Museum and Library, 1985。书中有 Beverly D. Eddy 的评论文章)、《布拉姆·斯托克的〈德古拉〉:罗森巴赫图书馆百年展览》(Philadelphia: Rosenbach Museum and Library, 1997)和伊丽莎白·米勒的《德古拉指南》(*A Dracula Handbook*, Bloomington, IN: Xlibris, 2005)。

第七章 小说家,"糟透了"

伦纳德·伍尔夫对德古拉外表的考虑出自伍尔夫的《注释版德古拉》。

斯托克将《德古拉》改编成戏剧出自卢德伦的《〈德古拉〉的传记》、贝尔福德的《布拉姆·斯托克》、斯图尔特的《舞台上的鲜血》和戴维·斯凯尔的文章《他的舞台时光:〈德古拉〉的戏剧改编》,后者收录在诺顿评论版《德古拉》。其他关于演员的资料和斯托克最初的剧本出自由西尔维娅·斯塔莎恩(Sylvia Starshine)编辑评注的《德古拉,或不死之身,一出序言和五幕剧》(*Dracula, or The Un-Dead, A play in Prologue and Five Acts*, Nottingham: Pumpkin Books, 1997)。

评论引自米勒编辑的《布拉姆·斯托克的〈德古拉〉》和森夫的《对布拉姆·斯托克的评论》。

洛夫克拉夫特写给唐纳德·旺德莱的信出自S.T.乔希(S. T. Joshi)和戴维·舒尔茨(David E. Schultz)编辑的《神秘的时空:洛夫克拉夫特与唐纳德·旺德莱的通信》(*Mysteries of Time and Space, The Letters of H. P. Lovecraft and Donald Wandrei*, San Francisco: Night Shade Books, San Francisco, 2002)。

柯南·道尔出自米勒编辑的《布拉姆·斯托克的〈德古拉〉》。夏洛特·斯托克的评论出自卢德伦的《〈德古拉〉的传记》。

第八章 谋杀犯,"病态的迷恋"

斯托克对冰岛版本的说明和引用的评论出自米勒编辑的《布拉姆·斯托克的〈德古拉〉》。

对曼斯菲尔德的描述出自马丁·达哈奈（Martin A. Dahanay）和亚历山大·齐索姆（Alexander Chisolm）编辑的理查德·曼斯菲尔德的《〈化身博士〉的戏剧化，1887年剧本及其在戏剧舞台上的演化》（Jekyll and Hyde *Dramatized, the 1887 Script and the Evolution of the Story on Stage*, Jefferson, NC：McFarland and Company, 2004），约翰·兰肯·陶斯的《戏剧60年》（*Sixty Years of the Theater*, New York：Funk & Wagnalls, 1916）和威廉·温特的《理查德·曼斯菲尔德的人生与艺术》（*Life and Art of Richard Mansfield*, New York：Moffat, Yard and Company, 1910）。我还参考了1887年4月10日《纽约时报》上的一篇评论。

"开膛手杰克"的凶案出自梅尔文·哈里斯（Melvin Harris）的《开膛手杰克：血淋淋的真相》（*Jack the Ripper, The Bloody Truth*, London：Columbus Books, 1987）和马克西姆·雅库博夫斯基（Maxim Jakubowski）、内森·布朗德（Nathan Braund）编辑的《开膛手杰克材料大全》（*The Mammoth Book of Jack the Ripper*, Philadelphia：Running Press, 2008）。

斯托克关于曼斯菲尔德参加晚宴的记录出自斯托克的《个人回忆》。

第九章　嫌疑人，"知名人士"

"开膛手杰克"的凶案出自哈里斯的《开膛手杰克：血淋淋的真相》和雅库博夫斯基、布朗德编辑的《开膛手杰克材料大全》（*The Mammoth Book of Jack the Ripper*）。

关于霍尔·凯恩的资料和他早期同塔布莱特的友谊出自艾伦的《霍尔·凯恩》。塔布莱特的故事出自斯图尔特·埃文斯和保罗·盖尼的《房客：开膛手杰克的捉与放》(*The Lodger, The Arrest & Escape of Jack the Ripper*, London: Century, 1995)。其他关于塔布莱特的资料和他在纽约的采访出自《开膛手杰克材料大全》中的一篇《我的一生与开膛手杰克》。

关于牛排俱乐部和牛排屋的资料出自贝尔福德的《布拉姆·斯托克》。

第十章　演员，"卑贱的恐怖，冷酷的幽默"

我引用了诺顿评论版《德古拉》中戴维·斯凯尔的文章《他的舞台时光》和贝尔福德的《布拉姆·斯托克》。威尔斯的注释出自法森的《写〈德古拉〉的人》。法森认为威尔斯言过其实，因为他声称自己是亲耳听斯托克自己说的这个故事。这是不可能的，因为威尔斯出生时，斯托克已经去世三年了。

我相信威尔斯在他14岁的时候读过《芝加哥论坛报》上的评论文章，因为他在很小的时候就喜欢戏剧，而且他当时住在芝加哥。这应该完全符合他对欧文和斯托克的理论，他的夸张只是想以第一人称重述这个故事——这也是他讲故事的典型方式。

特丽的资料出自特丽的《艾伦·特丽回忆录》。

欧文的故事出自欧文的《亨利·欧文》和布里尔顿的《亨利·欧文的一生》。有关他独特的步态和发音出自罗威尔《欧文时代的戏剧》和梅的《亨利·欧文与〈钟声〉》。

阿彻的观察出自布斯的《维多利亚时代的壮观戏剧》。艾伦·特丽的评价出自特丽的《艾伦·特丽回忆录》。贝尔福德在《布拉姆·斯托克》中描述过特丽和萧伯纳。萧伯纳对欧文的评论出自理查德·福克斯的《亨利·欧文：一位杰出的维多利亚演员兼经理人的再审视》(*Henry Irving: A Re-evaluation of the Pre-eminent Victorian Actor-Manager*, Aldershot, Hampshire：Ashgate Publishing, 2008)。

欧文受封爵士出自斯托克的《个人回忆》。在这部书中，他还不点名地讨论了萧伯纳的评论。萧伯纳的评论出自贝尔福德的《布拉姆·斯托克》。比尔博姆对马车中亨利·欧文的观察出自欧文的《亨利·欧文》。

欧文辛勤的工作出自斯托克的《个人回忆》和欧文的《亨利·欧文》。法西的命运和萧伯纳的指控出自贝尔福德的《布拉姆·斯托克》和法森的《写〈德古拉〉的人》。

兰心剧院布景的大火出自斯托克的《个人回忆》。关于《歇洛克·福尔摩斯》和《巫医》的故事出自 W. D. 金（W. D. King）的《亨利·欧文的滑铁卢》(*Henry Irving's Waterloo*, Berkley：University of California Press, 1993)。

多纳吉发表在《芝加哥论坛报》上的文章出自诺顿评论版《德古拉》中戴维·斯凯尔的文章《他的舞台时光》。对斯托克小说结构的评价是根据斯托克的《布拉姆·斯托克〈德古拉〉笔记》。

第十一章 诗人，"永恒而甜美的死亡"

斯托克的信件出自特劳贝尔的《与沃尔特·惠特曼在卡姆登》，斯托克对两者通信的看法出自斯托克的《个人回忆》。

丹尼斯·佩里（Dennis Perry）的文章《惠特曼对斯托克〈德古拉〉的影响》("Whitman's Influence on Stoker's *Dracula*") 收录在《沃尔特·惠特曼评论季刊》(*The Walt Whitman Quarterly Review* 3, No. 3, pp. 29-35)。除了惠特曼的诗歌外，我还引用

了他传记中的资料，杰罗姆·洛文（Jerome Loving）的《沃尔特·惠特曼：他的自我之歌》(*Walt Whitman, The Song of Himself*, Berkeley：University of California Press，1999）。

斯托克写给格莱斯顿的信和他关于审查制度的文章出自米勒编辑的《布拉姆·斯托克的〈德古拉〉》。

第十二章　剧作家，"他的罪恶之谜"

斯托克对王尔德的忽略出自斯托克的《个人回忆》，萧伯纳撰写的讣告和引起的争议出自金的《亨利·欧文的滑铁卢》和福克斯的《亨利·欧文》。

乔纳森·哈克和奥斯卡·王尔德的关系出自法森的《写〈德古拉〉的人》、塔莉娅·谢弗的《我的狂野欲望：德古拉的同性恋爱史》（"A Wilde Desire Took Me, the Homoerotic History of Dracula", *ELH*, Summer 1994，pp. 381-425）和戴安娜·金德隆（Diana Kindron）的《斯托克在〈德古拉〉中运用同性恋行为来消除对奥斯卡·王尔德的罪恶感》（"Stoker's Use of Homoerotic Behavior in *Dracula* to Relieve Feelings of Guilt Over Oscar Wilde"，网络资源，2007年）。

王尔德的故事出自埃尔曼的《奥斯卡·王尔德》、麦肯纳的《奥斯卡·王尔德的秘密生活》、莫伊尔的《康丝坦斯》和贝尔福德的《布拉姆·斯托克》。

拉布谢尔和他的修正案出自 F. B. 史密斯（F. B. Smith）的《拉布谢尔的修正案对刑法修正案的影响》（"Labouchere's Amendment to the Criminal Law Amendment Bill", *Historical Studies* 17，Australia，1976，pp. 165-175）。

克莱德·菲奇的信出自梅丽莎·诺克斯（Melissa Knox）的

《奥斯卡·王尔德：漫长而优美的自杀》(*Oscar Wilde, A Long and Lovely Suicide*, New Haven：Yale University Press, 1994)，其他关于菲奇的资料出自蒙特罗斯·摩斯（Montrose J. Moses）与弗吉尼亚·格尔森（Virginia Gerson）的《克莱德·菲奇与他的通信》(*Clyde Fitch and His Letters*, Boston：Little, Brown and Company, 1924) 和温特的《理查德·曼斯菲尔德的人生与艺术》。

第十三章　被告，"可怕的和非法的"

《道林·格雷的画像》的故事及引发的评论和《绿色康乃馨》都出自埃尔曼的《奥斯卡·王尔德》和麦肯纳的《奥斯卡·王尔德的秘密生活》。

斯托克的笔记出自斯托克的《布拉姆·斯托克的〈德古拉〉笔记》。《温德米尔夫人的扇子》演出时弗洛伦丝的表现出自贝尔福德的《布拉姆·斯托克》，欧文的表现出自布里尔顿的《亨利·欧文的一生》。

王尔德与道格拉斯的交往及与昆斯伯里侯爵的矛盾出自埃尔曼的《奥斯卡·王尔德》和麦肯纳的《奥斯卡·王尔德的秘密生活》。弗雷德·特丽的故事出自玛格丽特·斯蒂恩（Marguerite Steen）的《特丽的骄傲》(*A Pride of Terrys*, London：Longmans, 1962)。特丽和紫罗兰出自欧文的《亨利·欧文》，她与康丝坦斯的通信出自莫伊尔的《康丝坦斯》。

斯托克对受封爵士的讲述出自《个人回忆》。

塔莉娅·谢弗的观察出自《我的狂野欲望》。斯托克关于念珠和十字架的笔记出自斯托克的《布拉姆·斯托克的〈德古拉〉笔记》。

第十四章　陌生人，"在这里，我是贵族"

社会上对王尔德的反应及他在监狱的时光出自埃尔曼的《奥斯卡·王尔德》和麦肯纳的《奥斯卡·王尔德的秘密生活》。弗雷德·特丽的笑话出自斯蒂恩的《特丽的骄傲》。

霍尔·凯恩的反应出自艾伦的《霍尔·凯恩》，特丽的评价出自特丽的《艾伦·特丽回忆录》。在巴黎遇到王尔德的故事出自斯蒂恩的《特丽的骄傲》，斯托克送钱给王尔德的故事出自法森的《写〈德古拉〉的人》，弗洛伦丝·斯托克对王尔德的评价出自戴维·斯凯尔的《好莱坞的哥特风》(*Hollywood Gothic*，New York：W. W. Norton，1990)。

关于德古拉形象的灵感出自米勒编辑的《布拉姆·斯托克的〈德古拉〉》和默里的《在〈德古拉〉的阴影中》。斯托克后来的小说出现在森夫编辑的《对布拉姆·斯托克的评论》。

兰心剧院的命运出自斯托克的《个人回忆》、欧文的《亨利·欧文》和米勒编辑的《布拉姆·斯托克的〈德古拉〉》。艾伦·特丽的回忆出自特丽的《艾伦·特丽回忆录》。

第十五章　朋友，"交到您手中，哦，上帝啊"

特丽对于《钟声》的描述出自特丽的《艾伦·特丽回忆录》。对欧文最后一场表演的记录出自斯托克的《个人回忆》和欧文的《亨利·欧文》。萧伯纳的评论及特丽的回应出自罗威尔的《欧文时代的戏剧》。

对《个人回忆》的评价及斯托克后期的小说都来自森夫编辑的《对布拉姆·斯托克的评论》和米勒编辑的《布拉姆·斯托克的

〈德古拉〉》。斯托克的晚年时光出自贝尔福德的《布拉姆·斯托克》和默里的《在〈德古拉〉的阴影中》。

《白虫之穴》精彩的讨论出自卢德伦的《〈德古拉〉的传记》和法森的《写〈德古拉〉的人》。斯托克的讣告出自米勒编辑的《布拉姆·斯托克的〈德古拉〉》。法森在《写〈德古拉〉的人》里提出了他的梅毒理论，这个理论在之后很多作品中被多次讨论，尤其是默里的《在〈德古拉〉的阴影中》和米勒编辑的《布拉姆·斯托克的〈德古拉〉》。

《德古拉的客人》出自米勒编辑的《布拉姆·斯托克的〈德古拉〉》和斯托克的《布拉姆·斯托克的〈德古拉〉笔记》。

第十六章　传奇，"流芳百世"

弗洛伦丝·斯托克同《诺斯费拉图》的战斗以及伦敦西区和百老汇剧本构建的过程均出自戴维·斯凯尔的杰作《好莱坞的哥特风》，汉密尔顿·迪恩和 H. L. 沃伯顿的故事出自戴维·斯凯尔编辑注释的《德古拉》（*Dracula*，New York：St. Martin's Press，1993）、卢德伦的《〈德古拉〉的传记》和法森的《写〈德古拉〉的人》。汉密尔顿的故事出自卢德伦的上述作品。

大木偶剧场出演的英国戏剧及对其他娱乐活动的影响（比如《把一个女人锯成两截》）出自施坦梅尔的《把大象藏起来？》（*Hiding the Elephant*，New York：Carroll and Graf，2003）。戏剧舞台上的《德古拉》和在百老汇上演的神秘戏剧出自《苍蝇中的蜘蛛》（"The Spider in the Flies"，*Gibercière* 6，No.1，Winter 2011，pp. 11-35）。关于《德古拉》的评论出自迪恩和鲍尔德斯顿的《德古拉》，以及塞缪尔·莱特（Samuel L. Leiter）主编的《纽约戏剧百科全书，1920—1930》（*The Encyclopedia of the New York Stage, 1920-1930*，Westport，CT：Greenwood Press，1985）。

迪恩在兰心剧院的活动及卢戈西的情况出自卢德伦的《〈德古拉〉的传记》。

伊丽莎白·米勒在她的论文《性交中断：性、布拉姆·斯托克与德古拉》（"Coitus Interruptus: Sex, Bram Stoker, and Dracula"，*Romanticism on the Net*，No. 44，November 2006）中综合而富有趣味地探讨了围绕着《德古拉》产生的各种心理学和性方面的理论。斯凯尔的评论出自戴维·斯凯尔的《怪物展：恐怖的文化史》（*The Monster Show, A Cultural History of Horror*，New York：Penguin，1993）。斯蒂芬妮·梅尔的评论分别来自她与格雷戈里·克希林（Gregory Kirschling）的访谈（*Entertainment Weekly*，July 5，2008）和里克·马戈利斯（Rick Margolis）的访谈（*School Library Journal*，October 1，2005）。

新知文库

01 《证据:历史上最具争议的法医学案例》[美]科林·埃文斯 著　毕小青 译

02 《香料传奇:一部由诱惑衍生的历史》[澳]杰克·特纳 著　周子平 译

03 《查理曼大帝的桌布:一部开胃的宴会史》[英]尼科拉·弗莱彻 著　李响 译

04 《改变西方世界的26个字母》[英]约翰·曼 著　江正文 译

05 《破解古埃及:一场激烈的智力竞争》[英]莱斯利·罗伊·亚京斯 著　黄中宪 译

06 《狗智慧:它们在想什么》[加]斯坦利·科伦 著　江天帆、马云霏 译

07 《狗故事:人类历史上狗的爪印》[加]斯坦利·科伦 著　江天帆 译

08 《血液的故事》[美]比尔·海斯 著　郎可华 译　张铁梅 校

09 《君主制的历史》[美]布伦达·拉尔夫·刘易斯 著　荣予、方力维 译

10 《人类基因的历史地图》[美]史蒂夫·奥尔森 著　霍达文 译

11 《隐疾:名人与人格障碍》[德]博尔温·班德洛 著　麦湛雄 译

12 《逼近的瘟疫》[美]劳里·加勒特 著　杨岐鸣、杨宁 译

13 《颜色的故事》[英]维多利亚·芬利 著　姚芸竹 译

14 《我不是杀人犯》[法]弗雷德里克·肖索依 著　孟晖 译

15 《说谎:揭穿商业、政治与婚姻中的骗局》[美]保罗·埃克曼 著　邓伯宸 译　徐国强 校

16 《蛛丝马迹:犯罪现场专家讲述的故事》[美]康妮·弗莱彻 著　毕小青 译

17 《战争的果实:军事冲突如何加速科技创新》[美]迈克尔·怀特 著　卢欣渝 译

18 《最早发现北美洲的中国移民》[加]保罗·夏亚松 著　暴永宁 译

19 《私密的神话:梦之解析》[英]安东尼·史蒂文斯 著　薛绚 译

20 《生物武器:从国家赞助的研制计划到当代生物恐怖活动》[美]珍妮·吉耶曼 著　周子平 译

21 《疯狂实验史》[瑞士]雷托·U.施奈德 著　许阳 译

22 《智商测试:一段闪光的历史,一个失色的点子》[美]斯蒂芬·默多克 著　卢欣渝 译

23 《第三帝国的艺术博物馆:希特勒与"林茨特别任务"》[德]哈恩斯-克里斯蒂安·罗尔 著　孙书柱、刘英兰 译

24 《茶:嗜好、开拓与帝国》[英]罗伊·莫克塞姆 著　毕小青 译

25 《路西法效应:好人是如何变成恶魔的》[美]菲利普·津巴多 著　孙佩妏、陈雅馨 译

26	《阿司匹林传奇》[英]迪尔米德·杰弗里斯 著 暴永宁、王惠 译	
27	《美味欺诈:食品造假与打假的历史》[英]比·威尔逊 著 周继岚 译	
28	《英国人的言行潜规则》[英]凯特·福克斯 著 姚芸竹 译	
29	《战争的文化》[以]马丁·范克勒韦尔德 著 李阳 译	
30	《大背叛:科学中的欺诈》[美]霍勒斯·弗里兰·贾德森 著 张铁梅、徐国强 译	
31	《多重宇宙:一个世界太少了?》[德]托比阿斯·胡阿特、马克斯·劳讷 著 车云 译	
32	《现代医学的偶然发现》[美]默顿·迈耶斯 著 周子平 译	
33	《咖啡机中的间谍:个人隐私的终结》[英]吉隆·奥哈拉、奈杰尔·沙德博尔特 著 毕小青 译	
34	《洞穴奇案》[美]彼得·萨伯 著 陈福勇、张世泰 译	
35	《权力的餐桌:从古希腊宴会到爱丽舍宫》[法]让-马克·阿尔贝 著 刘可有、刘惠杰 译	
36	《致命元素:毒药的历史》[英]约翰·埃姆斯利 著 毕小青 译	
37	《神祇、陵墓与学者:考古学传奇》[德]C.W.策拉姆 著 张芸、孟薇 译	
38	《谋杀手段:用刑侦科学破解致命罪案》[德]马克·贝内克 著 李响 译	
39	《为什么不杀光?种族大屠杀的反思》[美]丹尼尔·希罗、克拉克·麦考利 著 薛绚 译	
40	《伊索尔德的魔汤:春药的文化史》[德]克劳迪娅·米勒-埃贝林、克里斯蒂安·拉奇 著 王泰智、沈惠珠 译	
41	《错引耶稣:〈圣经〉传抄、更改的内幕》[美]巴特·埃尔曼 著 黄恩邻 译	
42	《百变小红帽:一则童话中的性、道德及演变》[美]凯瑟琳·奥兰丝汀 著 杨淑智 译	
43	《穆斯林发现欧洲:天下大国的视野转换》[英]伯纳德·刘易斯 著 李中文 译	
44	《烟火撩人:香烟的历史》[法]迪迪埃·努里松 著 陈睿、李欣 译	
45	《菜单中的秘密:爱丽舍宫的飨宴》[日]西川惠 著 尤可欣 译	
46	《气候创造历史》[瑞士]许靖华 著 甘锡安 译	
47	《特权:哈佛与统治阶层的教育》[美]罗斯·格雷戈里·多塞特 著 珍栎 译	
48	《死亡晚餐派对:真实医学探案故事集》[美]乔纳森·埃德罗 著 江孟蓉 译	
49	《重返人类演化现场》[美]奇普·沃尔特 著 蔡承志 译	
50	《破窗效应:失序世界的关键影响力》[美]乔治·凯林、凯瑟琳·科尔斯 著 陈智文 译	
51	《违童之愿:冷战时期美国儿童医学实验秘史》[美]艾伦·M.霍恩布鲁姆、朱迪斯·L.纽曼、格雷戈里·J.多贝尔 著 丁立松 译	
52	《活着有多久:关于死亡的科学和哲学》[加]理查德·贝利沃、丹尼斯·金格拉斯 著 白紫阳 译	

53	《疯狂实验史Ⅱ》[瑞士]雷托·U.施奈德 著　郭鑫、姚敏多 译
54	《猿形毕露：从猩猩看人类的权力、暴力、爱与性》[美]弗朗斯·德瓦尔 著　陈信宏 译
55	《正常的另一面：美貌、信任与养育的生物学》[美]乔丹·斯莫勒 著　郑嬿 译
56	《奇妙的尘埃》[美]汉娜·霍姆斯 著　陈芝仪 译
57	《卡路里与束身衣：跨越两千年的节食史》[英]路易丝·福克斯克罗夫特 著　王以勤 译
58	《哈希的故事：世界上最具暴利的毒品业内幕》[英]温斯利·克拉克森 著　珍栎 译
59	《黑色盛宴：嗜血动物的奇异生活》[美]比尔·舒特 著　帕特里曼·J.温 绘图　赵越 译
60	《城市的故事》[美]约翰·里德 著　郝笑丛 译
61	《树荫的温柔：亘古人类激情之源》[法]阿兰·科尔班 著　苜蓿 译
62	《水果猎人：关于自然、冒险、商业与痴迷的故事》[加]亚当·李斯·格尔纳 著　于是 译
63	《囚徒、情人与间谍：古今隐形墨水的故事》[美]克里斯蒂·马克拉奇斯 著　张哲、师小涵 译
64	《欧洲王室另类史》[美]迈克尔·法夸尔 著　康怡 译
65	《致命药瘾：让人沉迷的食品和药物》[美]辛西娅·库恩等 著　林慧珍、关莹 译
66	《拉丁文帝国》[法]弗朗索瓦·瓦克 著　陈绮文 译
67	《欲望之石：权力、谎言与爱情交织的钻石梦》[美]汤姆·佐尔纳 著　麦慧芬 译
68	《女人的起源》[英]伊莲·摩根 著　刘筠 译
69	《蒙娜丽莎传奇：新发现破解终极谜团》[美]让–皮埃尔·伊斯鲍茨、克里斯托弗·希斯·布朗 著　陈薇薇 译
70	《无人读过的书：哥白尼〈天体运行论〉追寻记》[美]欧文·金格里奇 著　王今、徐国强 译
71	《人类时代：被我们改变的世界》[美]黛安娜·阿克曼 著　伍秋玉、澄影、王丹 译
72	《大气：万物的起源》[英]加布里埃尔·沃克 著　蔡承志 译
73	《碳时代：文明与毁灭》[美]埃里克·罗斯顿 著　吴妍仪 译
74	《一念之差：关于风险的故事与数字》[英]迈克尔·布拉斯兰德、戴维·施皮格哈尔特 著　威治 译
75	《脂肪：文化与物质性》[美]克里斯托弗·E.福思、艾莉森·利奇 编著　李黎、丁立松 译
76	《笑的科学：解开笑与幽默感背后的大脑谜团》[美]斯科特·威姆斯 著　刘书维 译
77	《黑丝路：从里海到伦敦的石油溯源之旅》[英]詹姆斯·马里奥特、米卡·米尼奥–帕卢埃洛 著　黄煜文 译
78	《通向世界尽头：跨西伯利亚大铁路的故事》[英]克里斯蒂安·沃尔玛 著　李阳 译

79	《生命的关键决定：从医生做主到患者赋权》[美]彼得·于贝尔 著　张琼懿 译	
80	《艺术侦探：找寻失踪艺术瑰宝的故事》[英]菲利普·莫尔德 著　李欣 译	
81	《共病时代：动物疾病与人类健康的惊人联系》[美]芭芭拉·纳特森－霍洛威茨、凯瑟琳·鲍尔斯 著　陈筱婉 译	
82	《巴黎浪漫吗？——关于法国人的传闻与真相》[英]皮乌·玛丽·伊特韦尔 著　李阳 译	
83	《时尚与恋物主义：紧身褡、束腰术及其他体形塑造法》[美]戴维·孔兹 著　珍栎 译	
84	《上穷碧落：热气球的故事》[英]理查德·霍姆斯 著　暴永宁 译	
85	《贵族：历史与传承》[法]埃里克·芒雄－里高 著　彭禄娴 译	
86	《纸影寻踪：旷世发明的传奇之旅》[英]亚历山大·门罗 著　史先涛 译	
87	《吃的大冒险：烹饪猎人笔记》[美]罗布·沃乐什 著　薛绚 译	
88	《南极洲：一片神秘的大陆》[英]加布里埃尔·沃克 著　蒋功艳、岳玉庆 译	
89	《民间传说与日本人的心灵》[日]河合隼雄 著　范作申 译	
90	《象牙维京人：刘易斯棋中的北欧历史与神话》[美]南希·玛丽·布朗 著　赵越 译	
91	《食物的心机：过敏的历史》[英]马修·史密斯 著　伊玉岩 译	
92	《当世界又老又穷：全球老龄化大冲击》[美]泰德·菲什曼 著　黄煜文 译	
93	《神话与日本人的心灵》[日]河合隼雄 著　王华 译	
94	《度量世界：探索绝对度量衡体系的历史》[美]罗伯特·P.克里斯 著　卢欣渝 译	
95	《绿色宝藏：英国皇家植物园史话》[英]凯茜·威利斯、卡罗琳·弗里 著　珍栎 译	
96	《牛顿与伪币制造者：科学巨匠鲜为人知的侦探生涯》[美]托马斯·利文森 著　周子平 译	
97	《音乐如何可能？》[法]弗朗西斯·沃尔夫 著　白紫阳 译	
98	《改变世界的七种花》[英]詹妮弗·波特 著　赵丽洁、刘佳 译	
99	《伦敦的崛起：五个人重塑一座城》[英]利奥·霍利斯 著　宋美莹 译	
100	《来自中国的礼物：大熊猫与人类相遇的一百年》[英]亨利·尼科尔斯 著　黄建强 译	
101	《筷子：饮食与文化》[美]王晴佳 著　汪精玲 译	
102	《天生恶魔？：纽伦堡审判与罗夏墨迹测验》[美]乔尔·迪姆斯代尔 著　史先涛 译	
103	《告别伊甸园：多偶制怎样改变了我们的生活》[美]戴维·巴拉什 著　吴宝沛 译	
104	《第一口：饮食习惯的真相》[英]比·威尔逊 著　唐海娇 译	
105	《蜂房：蜜蜂与人类的故事》[英]比·威尔逊 著　暴永宁 译	
106	《过敏大流行：微生物的消失与免疫系统的永恒之战》[美]莫伊塞斯·贝拉斯克斯－曼诺夫 著　李黎、丁立松 译	

107	《饭局的起源:我们为什么喜欢分享食物》[英]马丁·琼斯 著 陈雪香 译 方辉 审校
108	《金钱的智慧》[法]帕斯卡尔·布吕克内 著 张叶 陈雪乔 译 张新木 校
109	《杀人执照:情报机构的暗杀行动》[德]埃格蒙特·科赫 著 张芸、孔令逊 译
110	《圣安布罗焦的修女们:一个真实的故事》[德]胡贝特·沃尔夫 著 徐逸群 译
111	《细菌》[德]汉诺·夏里修斯 里夏德·弗里贝 著 许嫚红 译
112	《千丝万缕:头发的隐秘生活》[英]爱玛·塔罗 著 郑嬿 译
113	《香水史诗》[法]伊丽莎白·德·费多 著 彭禄娴 译
114	《微生物改变命运:人类超级有机体的健康革命》[美]罗德尼·迪塔特 著 李秦川 译
115	《离开荒野:狗猫牛马的驯养史》[美]加文·艾林格 著 赵越 译
116	《不生不熟:发酵食物的文明史》[法]玛丽-克莱尔·弗雷德里克 著 冷碧莹 译
117	《好奇年代:英国科学浪漫史》[英]理查德·霍姆斯 著 暴永宁 译
118	《极度深寒:地球最冷地域的极限冒险》[英]雷纳夫·法恩斯 著 蒋功艳、岳玉庆 译
119	《时尚的精髓:法国路易十四时代的优雅品位及奢侈生活》[美]琼·德让 著 杨冀 译
120	《地狱与良伴:西班牙内战及其造就的世界》[美]理查德·罗兹 著 李阳 译
121	《骗局:历史上的骗子、赝品和诡计》[美]迈克尔·法夸尔 著 康怡 译
122	《丛林:澳大利亚内陆文明之旅》[澳]唐·沃森 著 李景艳 译
123	《书的大历史:六千年的演化与变迁》[英]基思·休斯敦 著 伊玉岩、邵慧敏 译
124	《战疫:传染病能否根除?》[美]南希·丽思·斯特潘 著 郭骏、赵谊 译
125	《伦敦的石头:十二座建筑塑名城》[英]利奥·霍利斯 著 罗隽、何晓昕、鲍捷 译
126	《自愈之路:开创癌症免疫疗法的科学家们》[美]尼尔·卡纳万 著 贾颐 译
127	《智能简史》[韩]李大烈 著 张之昊 译
128	《家的起源:西方居所五百年》[英]朱迪丝·弗兰德斯 著 珍栎 译
129	《深解地球》[英]马丁·拉德威克 著 史先涛 译
130	《丘吉尔的原子弹:一部科学、战争与政治的秘史》[英]格雷厄姆·法米罗 著 刘晓 译
131	《亲历纳粹:见证战争的孩子们》[英]尼古拉斯·斯塔加特 著 卢欣渝 译
132	《尼罗河:穿越埃及古今的旅程》[英]托比·威尔金森 著 罗静 译
133	《大侦探:福尔摩斯的惊人崛起和不朽生命》[美]扎克·邓达斯 著 肖洁茹 译
134	《世界新奇迹:在20座建筑中穿越历史》[德]贝恩德·英玛尔·古特贝勒特 著 孟薇、张芸 译
135	《毛奇家族:一部战争史》[德]奥拉夫·耶森 著 蔡玳燕、孟薇、张芸 译

136 《万有感官：听觉塑造心智》［美］塞思·霍罗威茨 著　蒋雨蒙 译　葛鉴桥 审校

137 《教堂音乐的历史》［德］约翰·欣里希·克劳森 著　王泰智 译

138 《世界七大奇迹：西方现代意象的流变》［英］约翰·罗谟、伊丽莎白·罗谟 著　徐剑梅 译

139 《茶的真实历史》［美］梅维恒、［瑞典］郝也麟 著　高文海 译　徐文堪 校译

140 《谁是德古拉：吸血鬼小说的人物原型》［英］吉姆·斯塔迈尔 著　刘芳 译